Tom Dolby

OS INFIÉIS

UM LIVRO DA SOCIEDADE SECRETA

tradução de Otávio Albuquerque

iD editora

Publicado originalmente com o título *The Trust: A Secret Societ Novel*

Coordenação editorial – Lenice Bueno da Silva
Assistente editorial – Amanda Osti da Silva
Tradução – Otávio Albuquerque
Preparação de originais – Daniel Oliveira Peres
Diagramação – Vitória Sousa
Revisão – Duna Dueto Editora Ltda.
Edição de arte – Camila Fiorenza
Pré-impressão – Helio P. de Souza Filho, Marcio H. Kamoto
Impressão e acabamento – Corprint Gráfica e Editora Ltda.

Dados Internacionais de Catalogação na Publicação (CIP)
(Câmara Brasileira do Livro, SP, Brasil)

Dolby, Tom
Os infiéis um livro da sociedade secreta / de
Tom Dolby ; tradução de Otávio Albuquerque. --
São Paulo : Moderna, 2011.

Título original: The trust : a secret society novel.
1. Romance inglês I. Título.

11-03087 CDD-823

Índices para catálogo sistemático:
1. Romances : Literatura inglesa 823

Editora Moderna Ltda.
Rua Padre Adelino, 758, Belenzinho – 03303-904 – São Paulo, SP
Vendas e atendimento: Tel.: (11) 2790-1500
Fax: (11) 2790-1501
www.moderna.com.br
Impresso no Brasil, 2011

PRÓLOGO

CIDADE DE NOVA YORK, 1992

Em uma noite fria de fevereiro, em frente ao Museu de Arte Metropolitana de Nova York, fotógrafos se aglomeravam em volta da entrada, acotovelando-se e empurrando uns aos outros, todos ávidos pela foto perfeita. A grande escadaria do museu, coberta por um tapete preto pontilhado com flocos de neve, era como uma pista de decolagem para um esquadrão dos nomes mais ilustres de Manhattan que subiam museu adentro para o maior evento da temporada de inverno, o Baile de Dendur. A maioria deles fazia poses e flertava com as câmeras, saboreando aquele momento sob os holofotes antes de serem levados para dentro.

Uma mulher absolutamente linda, com seus quase trinta anos, cabelos longos e escuros, pele clara e um pescoço fino e imponente, atravessou a rua com o marido, desviando das limusines e carros de passeio que se amontoavam na Quinta Avenida. Erguendo a barra do vestido para não enroscar no próprio salto, trazia uma pequenina bolsa em uma das mãos e um casaquinho fino que pairava ao vento na outra. Ela não havia chegado ali com um motorista ou em um táxi como os outros convidados do baile. E nem seria necessário, já que morava do outro lado da rua.

A multidão se abriu para os dois passarem, como se eles emitissem uma carga elétrica, uma energia irresistível que alertava a todos que estavam em seu caminho. Ele era bonito e estava usando um paletó preto clássico, mas era ela quem monopolizava as atenções, tendo seu nome gritado pelos fotógrafos e repórteres. Ela mal parecia ouvi-los enquanto subia degrau por degrau, lenta e cuidadosamente. No alto da escadaria, virou-se não para a multidão, nem para o clarão dos flashes, mas sim para a neve que caía à sua volta.

Pôs a língua para fora com toda delicadeza e pegou um floco de neve enquanto fechava os olhos, como se estivesse fazendo um desejo.

O nome dela, conforme sussurravam os fotógrafos para os novatos, era Esmé Madison Evans. Estava usando um vestido branco-marfim longo feito especialmente pelo promissor jovem estilista Sebastian Giroux. Em volta do pescoço, trazia uma réplica perfeita da nova joia em exibição na ala egípcia do museu nova-iorquino, um artefato emprestado temporariamente pelo Museu de Antiguidades Egípcias do Cairo para uma mostra especial. Em volta do pescoço, Esmé Madison Evans, a esposa de Patchfield Evans Jr., trazia uma réplica do Escaravelho de Ísis, um colar que, até aquela noite, nunca havia sido visto na cidade de Nova York.

I
ANO-NOVO

UM

— Eles me deram duas opções — disse Patch.

Era véspera de ano-novo na ilha de Ísis, uma pequena propriedade particular no litoral do Maine, e Patch estava sentado em um platô de pedra, cercado por seus amigos. Os quatro estavam reunidos mais uma vez após vários meses de tentativas: Nick, Phoebe, Lauren e o mais novo membro do grupo, Thad.

Patch conhecia Nick há tanto tempo que era como se eles fossem dois lados de uma mesma moeda. Ainda assim, naquela noite, era como se ele estivesse há anos sem ver o amigo. Os dois haviam se distanciado durante o semestre de outono e só chegaram a se reconciliar na noite anterior. Nick agora estava sentado ao lado de sua namorada, Phoebe, com Lauren e Thad juntos, embora esses fossem apenas amigos.

Ao contrário dos outros, que vestiam a última moda em roupas de inverno, Patch estava enrolado em uma *parka* velha e larga. Sobre a cabeça, com seus cabelos castanhos raspados quase por completo como parte do disfarce para chegar à ilha, usava um gorro de lã. Seu olho esquerdo, ainda inchado e roxo pela briga recente com Nick, estava começando a melhorar.

Ele sabia que sua aparência não deveria ser das melhores.

Patch não pôde se dar ao luxo de fazer as malas com o devido cuidado. Ele havia trazido tudo o que estava usando apenas em uma mochila quando conseguiu se infiltrar na ilha vários dias antes, disfarçado de entregador.

Mas agora que estava com seus amigos, estava seguro. Ou tão seguro quanto qualquer um deles poderia estar depois de tudo o que tinha acontecido, pensou ele.

O que realmente tinha acontecido? Como todos eles vieram parar aqui?

Patch sabia de tudo, mas isso não acalmava a inquietação que ele podia sentir pairando entre o grupo. Esta era a noite seguinte àquela em que todos os Iniciados da Sociedade foram promovidos ao nível de Conscritos, uma ocasião cheia de revelações para eles. Na noite anterior, Patch havia renascido dentro do grupo secreto, e o destino de Alejandro Calleja, seu colega de turma e namorado de Lauren, foi revelado pelo pai de Nick, Parker Bell, o presidente da Sociedade.

Alejandro havia desaparecido depois de uma festa da Sociedade havia várias semanas, mas agora eles sabiam que seu cadáver gelado estava em um necrotério no centro da cidade, onde testes toxicológicos revelariam as drogas que ele havia tomado. Foi dito aos quatorze novos Conscritos que Alejandro era um exemplo a não ser seguido, um aviso sobre os perigos das drogas e da bebida.

Mas Patch sabia a verdade, assim como seus quatro amigos ali. Alejandro não tinha feito aquilo sozinho, nem com a cumplicidade de nenhum de seus colegas, por mais que o resto deles acreditasse que sim. Os verdadeiros responsáveis eram os membros do Conselho dos Regentes da Sociedade, com a ajuda de sua equipe de segurança particular, os Guardiães.

Os membros mais velhos – os Anciãos e o Conselho – haviam voltado para casa naquela manhã para passar o ano-novo com suas famílias. A ilha de Ísis parecia vazia agora em comparação ao caos dos últimos dias.

Os cinco amigos estavam sentados no mirante com vista para a Grande Casa de Campo, um retiro isolado onde a maioria das atividades da Sociedade era realizada. Mais abaixo, Patch podia ver os outros Conscritos cheios de alegria, estourando garrafas de champanhe em uma das varandas rústicas perto da entrada, todos prontos para comemorar o ano-novo. Ao contrário dos cinco ali no alto, o resto deles continuava alheio ao que realmente havia por trás da Sociedade. Mesmo que Patch e seus amigos tentassem explicar, eles nunca acreditariam.

— E que opções foram essas? — Lauren perguntou a Patch, enquanto esfregava as mãos, tentando se esquentar.

— Eu tive que entregar o material que filmei da iniciação. Isso eu nem tive como discutir. E aí pude escolher entre ser liberado ou me tornar um membro. Sabia que a segunda opção era a única que realmente me daria alguma segurança. Seja lá o que isso queira dizer.

— Você acha mesmo que está seguro agora? — perguntou Lauren.

— Não sei — disse Patch. — Depois do que fizeram comigo, sem falar no que fizeram com os outros... é difícil duvidar que o mesmo possa acontecer com qualquer um de nós.

Todos eles olharam para o horizonte, para o céu aberto e cheio de estrelas. Os últimos quatro dias haviam sido tão cheios de incerteza e tensão que era um alívio ter um pouco de sossego. Patch ainda estava com as juntas doloridas pelo tempo que tinha passado preso, mas estava tentando não pensar nisso, na aterrorizante sensação de se ver preso em um caixão, sendo alimentado por uma sonda intravenosa no braço. Essa memória insistia em não deixar sua mente.

— E o que vamos fazer então? — disse Nick por fim.

Patch pensou em tudo aquilo pelo que tinha passado, no horrível interrogatório conduzido pelo pai de Nick e em como tinha feito a única escolha que garantiria sua liberdade. Ele esperava que se tornar um membro pudesse esclarecer as dúvidas que tinha sobre sua mãe, Esmé, e sua loucura; esperava que alguém pudesse explicar como ela havia desenvolvido um misterioso transtorno de personalidade limítrofe que a fez ser internada quando ele tinha seis anos. Ele esperava que isso pudesse esclarecer as dúvidas que tinha sobre a família Bell e sobre sua avó, Genie. Patch pensou em todas as coisas pelas quais precisou passar ao longo dos últimos meses para chegar até aqui: a iniciação da Sociedade no Meatpacking District, sua mãe internada em Ossining, sua infiltração e sequestro. Os outros membros, até mesmo aqueles quatro que estavam ao seu lado, nunca entenderiam o que ele tinha enfrentado.

Por isso, ainda que tivesse se tornado oficialmente um Conscrito, um membro de fato, Patch sempre seria um estranho. Era como uma frase que ele tinha ouvido falar e que a Sociedade usava em alguns de seus comunicados: *Estranhos são aqueles que não pertencem ao grupo.*

— Phoebe, você está tão quieta — disse Nick, cutucando-a de leve.

— Pois é... — disse ela, devagar. — É que eu estava pensando numa coisa.

— Que coisa? — perguntou Thad.

— Acho que Patch tem razão, a gente devia tomar cuidado. Todos nós. Não acho que o pior já tenha passado.

Fogos de artifício explodiram no céu sobre a ilha de Ísis, e eles puderam ouvir os dez outros Conscritos de sua turma e os quatorze da turma acima aos gritos e urros, todos fazendo brindes de ano-novo no terraço do alojamento. Dois dias antes, a Sociedade havia conseguido alcançar seu objetivo de formar duas turmas com quatorze membros cada. Eles tinham começado com quinze no outono; mas então houve a morte de Jared Willson, da turma acima, e depois a de Alejandro Calleja. Cada turma havia perdido um integrante, fazendo com que todos os outros se unissem pela terrível verdade por trás da morte dos colegas, forçando todos a confiarem uns nos outros ainda que a maioria deles nem sequer se conhecesse até quatro meses atrás.

Turmas de quatorze eram supostamente mais estáveis e incorruptíveis. Turmas de quinze eram voláteis e davam margem a insurreições. A Sociedade tinha a tradição de pegar turmas assim, à beira da anarquia, e instituir essa política de redução para apenas quatorze membros.

Era o que eles chamavam de o Poder dos Quatorze.

Em resumo, pensou Patch, era apenas uma explicação muito requintada para um assassinato ritual, tudo sob a pretensa justificativa de proteger um modo de vida.

— Como assim? Como "o pior ainda não passou"? — Nick perguntou a Phoebe.

Antes que Phoebe pudesse responder, Patch já sabia o que ela iria falar: o Poder dos Quatorze havia se perdido. Com a entrada de Patch na noite anterior, eles voltaram a ser quinze.

DOIS

Lauren não ficou nem um pouco surpresa ao ver a Catedral de São Patrício lotada para o funeral de Alejandro. A família Calleja havia até preparado lugares a mais para aqueles que chegassem de última hora. Parentes e amigos vieram da América do Sul e da Europa, todos com suas melhores roupas pretas – chapéus, casacos, broches, véus –, como se, de alguma maneira sinistra, estivessem só esperando o momento certo para exibir esses seus refinados trajes. A igreja estava enfeitada com milhares de peônias brancas, todas importadas do Brasil.

Lauren se lembrou da festa dos seus dezessete anos, da decoração em preto e branco, do beijo que ela e Alejandro trocaram na pista de dança. Agora, esse mar de roupas pretas e peônias brancas parecia uma medonha versão distorcida de toda a beleza daquela noite em que tudo pareceu possível.

Ela sentiu um gosto amargo subindo pela garganta, mas engoliu seco.

Lauren olhou para baixo, viu o que estava usando e nem conseguiu reconhecer o vestido. Era um vestido preto, um vestido que tinha tirado do armário sem olhar. Seria algo formal? Algo apropriado para a ocasião?

Fazia apenas alguns dias que eles haviam voltado da ilha, apenas alguns dias que ela havia recebido a notícia. Não que apenas alguns dias fossem o bastante para assimilar o choque pela morte de Alejandro, mas Lauren se imaginava mais forte do que isso. Teria ela ao menos se lembrado de passar maquiagem hoje de manhã? De se olhar no espelho? De pentear o cabelo? Ela não sabia dizer. Passou a mão no lado direito da testa e sentiu a ardência de uma espinha em formação, resultado de muito estresse, muitas noites sem dormir e muita cafeína.

Por um instante, até pensou se teria conseguido cobrir direito a marca, mas depois percebeu que não se importava mais.

Nick e Phoebe estavam sentados de um lado de Lauren, e Thad estava do outro. Phoebe passou a cerimônia toda segurando a mão dela, mas Lauren mal pôde sentir qualquer contato com a amiga ou a compaixão por trás desse gesto. Não era culpa de Phoebe. Era Lauren quem havia perdido parte de sua sensibilidade.

Depois da cerimônia, o corpo de Alejandro seria levado de volta para a Argentina.

Eles não poderiam ir ao enterro.

Agora, naquela igreja, entre uma multidão de pessoas que ela nunca havia visto antes, Lauren teria sua última chance de dizer adeus.

Era uma missa católica, contando até com uma versão do *Réquiem* de Mozart. Lauren achou tudo aquilo um exagero, além de muito impessoal, já que Alejandro nunca havia demonstrado qualquer interesse por coisas como religião ou música clássica.

Mas era tudo para a família. Lauren sabia disso.

Uma família que não queria aceitar o fato de que seu filho era viciado em drogas.

Talvez não fosse justo pensar assim. Claro, Alejandro usava drogas, mas ele sabia administrar o vício – não que isso deixasse de ser um problema. Já tinha feito várias besteiras ao longo dos anos, mas nunca passou do limite. Não até a Sociedade o forçar a isso. Lauren não sabia de muitos detalhes, e nem queria mesmo. Era terrível demais ficar pensando no que eles tinham feito, oferecendo a ele sem parar os venenos que seu corpo tanto desejava.

Alejandro podia estar desencaminhado na vida, mas não merecia morrer. Não aos dezessete anos. Não com tantas pessoas ao seu lado que o amavam.

Não com ela ao seu lado. Por maiores que fossem seus problemas – a bebida, a incapacidade de assumir responsabilidades –,

ela ainda o amava. Pelo seu sorriso gentil, pelo seu divertido espírito de aventura. Independente dos defeitos, ela sentia falta dele.

O relacionamento dos dois havia acabado abruptamente quando ele foi arrastado para fora de uma boate pelos Guardiães, duas semanas antes, no Lower East Side, e nunca mais foi visto. Como ela foi deixar isso acontecer? E agora, como iria lidar com todo esse turbilhão de emoções? A culpa e o remorso por não ter cuidado melhor de Alejandro e o medo e a raiva que sentia pela Sociedade, pelo que eles tinham feito com ele?

Que psicólogo iria entender o que ela estava passando?

Lauren levou a mão ao rosto para esfregar os olhos e percebeu que estava chorando. Por Alejandro, claro, mas também por ela mesma.

Como ela foi se meter em uma confusão dessas? Uma parte dela queria descobrir a verdade sobre Alejandro e o que realmente havia acontecido, mas outra queria deixar tudo aquilo no passado e se transformar em uma menina fria que nem se importava com a morte do namorado.

Ela nunca seria assim. Mas se remoer esse assunto fosse fazer com que aquela dor bruta e angustiante nunca passasse, seria melhor deixar tudo para trás.

Hoje, enquanto chegava para o funeral, enquanto procurava um banco para sentar, sentiu-se como se estivesse sendo seguida pelo fantasma de Alejandro; pôde sentir a pena nos olhos das pessoas.

Os Anciãos da Sociedade e os membros do Conselho dos Regentes ocupavam a primeira das várias fileiras de bancos atrás de

Rocío e Federico Calleja, a mãe e o pai de Alejandro; suas irmãs mais velhas, que tinham vindo da Argentina com seus maridos; e outros membros da família Calleja.

A maioria dos presentes chorou durante a cerimônia, e Lauren viu Gigi e Parker Bell, os pais de Nick, fazendo toda uma cena enquanto enxugavam os olhos com lenços de linho, ao lado de Palmer Bell, o avô de Nick. Queria gritar, pular por cima dos bancos e estrangular todos eles: Parker e Palmer por terem tramado o assassinato de Alejandro, e Gigi por sua hipocrisia, por fingir que era apenas uma espectadora inocente daquela farsa. A amizade entre Nick e Lauren não tinha nada a ver com isso. Até Nick sabia o quanto seus pais e seu avô eram perversos – e que eles eram os líderes da Sociedade, e de seu generoso braço financeiro, a Associação Bradford. Ela queria gritar com eles, berrar a plenos pulmões: *Vocês o mataram, seus desgraçados! Nada disso nunca teria acontecido se não fosse por vocês!*

Lauren queria contar a todo mundo tudo o que sabia. Procurar a imprensa. Contar para os seus pais. Contar para a polícia.

Mas como faria isso?

Parker Bell havia deixado muito claro o quanto o futuro deles estaria em risco se eles revelassem qualquer detalhe sobre a morte de Alejandro. Mas esse era um motivo bom o bastante para ficar calada? Lauren não sabia. Se ela falasse, alguém acreditaria? Já tinha visto o que aconteceu quando Phoebe tentou discutir com a mãe as dúvidas que tinha sobre a Sociedade no último outono. Assim que abriu a boca, Phoebe foi mandada para um psiquiatra

que a tratou como se estivesse louca, receitando tranquilizantes e dando a entender que ela poderia até ser internada.

Olhando à sua volta, Lauren percebeu que a decoração da catedral estava mais exuberante do que a de muitos casamentos, com velas por todos os lados, arranjos florais até nas vigas do teto, isso sem falar na abundância de coroas de flores que não pareciam ser nada baratas, uma tradição argentina. Todo o dinheiro que poderia ter sido gasto com um tratamento de desintoxicação agora estava sendo desperdiçado com flores e velas que depois iriam para o lixo. Ela olhou para os Callejas. Rocío Calleja estava usando mais joias do que qualquer pessoa que Lauren já havia visto em um funeral: rubis, diamantes, ouro. Rocío havia cumprimentado Lauren na entrada com um abraço, como se fosse da família.

Depois da morte de Alejandro, a posição de Lauren como sua namorada parecia estar mais consolidada do que nunca.

Lauren tinha certeza de uma coisa: não queria mais saber de meninos rebeldes. Aliás, talvez até de qualquer tipo de menino, pelo menos por um tempo.

Enquanto a cerimônia se encerrava, ela se levantou com Thad e seguiu até a saída, tentando evitar a multidão. Thad vinha sendo um ótimo amigo nos últimos dias, levando-a para almoçar ou tomar café, qualquer coisa que pudesse arejar sua cabeça. Ele até a levou para fazer compras, coisa que ele mesmo admitiu odiar fazer. Era um cara tão gentil, e ela estava muito contente por ele ser gay – isso tirava qualquer pressão da amizade entre eles. Ela tinha passado a última semana praticamente em outro mun-

do, mas pelo menos teve alguém que se importava com ela para acompanhá-la.

Enquanto todos começavam a sair, um alvoroço irrompeu próximo à entrada. Palmer Bell, o avô de Nick, estava quase saindo quando sua bengala escorregou e ele caiu no chão. Vozes em pânico tomaram a catedral, ecoando sobre o som do órgão ao fundo, enquanto todos, mas especialmente os membros da Sociedade, se amontoavam em volta dele, ligando para a emergência e clamando por ajuda.

"Tomara que ele morra", pensou Lauren. "Tomara que ele morra bem aqui nesta igreja, a dez metros do caixão de Alejandro. Nada seria mais justo".

Os paramédicos entraram às pressas, ao som das sirenes das ambulâncias. Palmer Bell estava começando a voltar a si, mas claramente precisava ir para um hospital. Em meio a toda a comoção, foi como se o motivo pelo qual todas aquelas pessoas estavam ali – para honrar a memória de Alejandro – tivesse sido completamente esquecido.

Mais uma vez, pensou Lauren com amargor, os Bells eram o centro das atenções.

TRÊS

Depois do acidente com seu avô, Nick saiu meio sem jeito da catedral e entrou com sua família em uma das Mercedes pretas que estavam à espera deles. Uma ambulância que iria levar Palmer Bell para o Hospital Presbiteriano de Nova York havia acabado de deixar o local. Nick prometeu se encontrar com Phoebe assim que soubesse melhor o que estava acontecendo. Segundo o que os paramédicos tinham dito ao seu pai, Palmer havia sofrido um derrame, um diagnóstico indicado pela queda, reclamações de dormência nas pernas e desorientação geral. A ambulância partiu pelo sul, virando à esquerda em uma rua lateral e depois indo rumo à área nobre da cidade. O motorista seguiu os paramédicos, aproveitando o caminho aberto pelas sirenes.

Nick soltou sua gravata e coçou o pescoço atrás do colarinho, percebendo que estava todo suado. Esse pânico todo era quase como um alívio bem-vindo depois da farsa que eles vinham tendo que encenar. Foi horrível aguentar calado o funeral de Alejandro, sabendo de toda a verdade sobre o que havia acontecido com ele. E agora, sua família estava neste confortável casulo de luxo (como é que a limusine deles *sempre* tinha aquele cheiro de carro novo?) enquanto o resto do terrível mundo continuava girando lá fora. Aquela era a primeira vez em uma semana que Nick havia visto seus pais de perto – ele vinha evitando contato com eles desde que voltou da ilha de Ísis no dia de ano-novo. Sua mãe, com seus reluzentes cabelos ruivos; e seu pai, embora cada vez mais grisalho, ainda em boa forma graças a uma combinação de corridas e muito estresse.

Os dois irmãos mais velhos de Nick, Henry e Benjamin, que tinham vindo de Yale para o funeral, estavam alheios em seus cantos, mandando mensagens pelo celular e trocando olhares preocupados entre eles e seus pais. Nick viu o quanto eles eram meros peões nesse jogo quando perguntou a eles sobre a Sociedade, em dezembro passado. Ele não ficaria nada surpreso se alguém dissesse que seus irmãos haviam sido lobotomizados. Ele sempre achou que Ben poderia ter se rebelado contra o grupo, por sempre ter sido mais independente, uma das mentes mais críticas de Yale, o tipo de cara que deixaria *O livro de receitas do anarquista* largado em cima da mesa da sala durante as férias de final de ano. Henry, por outro lado, era mais certinho e foi direto para a faculdade de direito. Nick percebeu que Henry, agora prestes a se formar, já estava sendo preparado para se envolver mais com o grupo. Talvez Ben estivesse no mesmo caminho também.

Gigi, a mãe de Nick, estava no celular, tentando cuidar dos detalhes, ligando para o médico de Palmer e vendo se o hospital estava preparado para recebê-lo. O pai de Nick estava resmungando com ela, dizendo que eles poderiam chamar qualquer médico – qualquer um que estivesse de plantão na sala de emergência serviria. Só porque tinha feito uma grande doação ao hospital vários anos atrás, Palmer não deveria esperar nenhum tratamento especial.

Ah, claro, pensou Nick. Os ricos sempre eram tratados de forma especial.

As duas limusines pararam atrás da ambulância, e Nick pôde ver seu avô sendo colocado em uma maca e depois levado para a sala de emergência.

Enquanto Nick esperava no saguão do hospital com seus pais e seus dois irmãos, conhecidos dos mais variados tipos começaram a chegar pouco a pouco: advogados da família. Conselheiros. Amigos. Membros da Sociedade preocupados. *Como ele está? Em que quarto ele vai ficar? Ele está com o melhor médico daqui? Meu pai também teve um derrame e...*

Para Nick, aquelas pessoas pareciam abutres rodeando um animal moribundo, só esperando para levar sua parte do espólio.

Ele saiu pelas portas giratórias do hospital e voltou para casa sem dizer nada a ninguém.

QUATRO

Quando Phoebe se encontrou com Lauren em frente à catedral depois da cerimônia, Thad a recebeu com um olhar de cumplicidade. Tinha esperado ali ao lado de Lauren com toda paciência, mas agora que Phoebe havia chegado, ele parecia saber quase por instinto que elas precisavam de um tempo a sós. Ele se despediu, dando um abraço em cada uma.

Phoebe voltou andando até o apartamento de Lauren na Park Avenue. Os Callejas haviam preparado uma recepção com bufê em seu apartamento na St. Regis, mas Lauren não estava a fim, e Phoebe concordou que seria melhor não ir mesmo. As duas sabiam que isso não faria nenhuma diferença para Alejandro, e que a família dele nunca notaria a falta delas em meio à multidão de convidados ainda atordoados pela longa viagem.

Phoebe também sabia que a amiga precisava mais de sua atenção.

Lauren estava muito deprimida, como qualquer menina ficaria depois de perder o namorado daquele jeito – fazia apenas duas semanas que ele havia desaparecido, e a dor ainda era muito forte. Mas o pior de tudo era saber que Alejandro não precisava ter morrido. Claro, ele abusava da sorte, mas ninguém merecia algo assim: ser sequestrado em uma boate, levado para uma pensão no Lower East Side e então forçado a se drogar até morrer. Alejandro podia ser um viciado, mas nunca tinha pensado em se matar.

Phoebe, Lauren, Nick, Patch e Thad eram os únicos que sabiam disso. Parker Bell havia dito a todos os outros membros da Sociedade que Alejandro tinha tomado uma overdose por livre e espontânea vontade, e que essa era uma terrível tragédia que poderia ter sido evitada.

Só eles cinco sabiam que aquilo era uma mentira – que a Sociedade tinha matado Alejandro porque ele estava ameaçando revelar ao mundo o que sabia sobre o grupo. Alejandro teve uma série de noites problemáticas no outono, inclusive uma quando teria dito que conhecia pessoas importantes e que todos ali iriam se arrepender.

Um simples comentário como esse foi o bastante para deixar a Sociedade em alerta – isso punha em risco o segredo sobre a existência da Sociedade, sem falar nos recursos da Associação. No entanto, acima de tudo, com a morte de Alejandro, a Sociedade havia realizado seu objetivo de formar uma turma de quatorze alunos. Uma turma que seria mais forte. Uma turma que seria unida por um segredo.

E por quê? Em meio a todo aquele caos e ameaças, era difícil entender com o que a Sociedade estava tão preocupada. Durante o retiro, Parker Bell fez várias referências ao modo de vida que a Sociedade deveria defender. Phoebe entendeu que aquele segredo era o que dava força à organização. Ela descobriu que a Sociedade era uma rede de pessoas ricas e cultas que recrutavam seus filhos e filhas, assim como outros jovens talentosos e inteligentes. Phoebe se encaixava nessa segunda categoria, enquanto Nick, graças ao envolvimento de sua família, pertencia à primeira.

O grupo usava essa rede para garantir e conceder vantagens aos seus membros, às vezes por meios lícitos, e outras por vias ilegais. Quando descobriam sobre os métodos criminosos da Sociedade, seus membros já estavam envolvidos demais; ou já eram culpados por alguns desses atos, ou a Sociedade já tinha informações o suficiente sobre eles para chantageá-los sem maiores problemas.

A Sociedade também tinha uma frente pública: a Associação Bradford, que era usada pelos membros como uma fachada, às vezes dando ao grupo a aparência de uma benevolente fundação de caridade. Phoebe suspeitava de que alguns membros nem sequer sabiam sobre os crimes da Sociedade, e que a viam apenas como um grupo social ligado à Associação Bradford.

Era até irônico pensar nessa fachada tão benevolente da Sociedade. Além de Nick e seus três outros amigos, Phoebe sabia que não poderia contar realmente com a bondade de mais ninguém naquela cidade.

Como os outros, Phoebe estava louca para fugir de tudo aquilo e alertar o mundo sobre a Sociedade, mas seria impossível. Antes de revelar qualquer coisa, ela e seus amigos precisavam de um plano. Eles concordaram que seria uma tolice arriscar qualquer atitude antes do funeral de Alejandro. E o fato de a família de Nick estar tão diretamente envolvida no acobertamento – coisa da qual Phoebe só havia se dado conta na semana anterior – deixava tudo ainda mais complicado.

Afinal, Nick era o seu primeiro e único amor. E ela não queria pôr isso a perder.

Por enquanto, Phoebe não queria pensar em nenhum plano ou traçar qualquer tipo de estratégia – haveria tempo de sobra para isso depois. Agora, ela só queria confortar a amiga. Afinal, era Lauren, a menina que veio falar com ela em uma boate quatro meses atrás e a acolheu com todo carinho, a menina que tornou Chadwick um lugar suportável.

A menina que incentivou Phoebe a ir com ela à iniciação da Sociedade quando as duas foram convidadas.

Phoebe olhou para ela enquanto as duas subiam pelo elevador até o apartamento da mãe de Lauren na Park Avenue. Mesmo exausta, Lauren era tão linda; Phoebe sempre se sentia como um patinho feio perto de um cisne. Lauren tinha cabelos loiros, enquanto os de Phoebe eram ruivo-acastanhados; Lauren era esguia e delicada, enquanto Phoebe, embora também magra, não gostava muito de sua cintura. Antes de chegarem ao andar do apartamento, Phoebe puxou a amiga para perto e lhe deu um abraço em particular.

Não podia dizer que tudo iria ficar bem, porque sinceramente não sabia se isso seria possível.

Quando as duas chegaram ao apartamento, a mãe de Lauren, Diana, já estava em casa. Ela tinha saído de carro da catedral e chegado dez minutos antes delas. Na cozinha, Diana parecia estar preparando um velório só para elas três. Allison, a irmã mais nova de Lauren, já havia voltado para o internato, e o pai de Lauren morava do outro lado da cidade.

Diana Mortimer não era exatamente a pessoa mais carinhosa do mundo e era tão magra que Phoebe não imaginava seus abraços como uma experiência muito agradável. Mas hoje ela tinha feito exatamente aquilo que Lauren precisava. Nesta tarde de sábado, lá estava ela com um drinque de champanhe com suco de laranja na mão, recebendo as duas na cozinha com uma maravilhosa variedade de pratos que ela havia preparado: dois tipos de quiche, uma salada, ovos *poché* feitos como Lauren mais gostava, bolinhos, uma torta de nozes, chá, café e suco de laranja fresquinho. Phoebe ficou até emocionada ao ver tudo aquilo. Pelo que Lauren tinha dito a Phoebe sobre sua mãe, Diana nunca foi muito do tipo que demonstra amor com comida – ela gostava mais de bolsas e joias –, mas nenhum artigo de luxo ajudaria nesta situação.

Lauren se sentou na bancada da cozinha, abrindo um leve sorriso para Phoebe e para a sua mãe.

— Sabe de uma coisa? Estou morta de fome. Pela primeira vez depois de tanto tempo, estou com fome de verdade. É melhor eu comer logo, antes que passe.

Phoebe sabia do que ela estava falando, daquela náusea causada pelo medo, uma sensação tão constante que, assim que se dissipa, você corre para comer alguma coisa. Ultimamente, Phoebe também vinha sentindo um nó no estômago. Por isso mesmo, em vez de tentar se controlar como em geral faria antes de uma grande noitada, ficou até contente por conseguir comer um pouco sem passar mal.

Lauren e Phoebe avançaram, pedindo à cozinheira para encher seus pratos com ovos *poché*, quiche e bolinhos. Diana perguntou se elas queriam um drinque também, mas as duas recusaram. Depois de tudo aquilo, não queriam beber demais – afinal, seus amigos só se meteram em tanta confusão graças à bebida. Como Jared, que morreu de hipotermia na Agulha de Cleópatra depois de uma noite de farra. E Alejandro, que fez papel de idiota na boate em Hamptons, e depois, é claro, exagerou na dose na Prohibition, a boate no Lower East Side onde os Guardiães o sequestraram.

Phoebe sabia, e sentiu que Lauren concordava, que se manter sóbria e alerta seria a melhor estratégia, pelo menos pelas próximas semanas.

Lauren ficou em silêncio enquanto comia em pequenos bocados, e Phoebe resistiu à tentação de pegar seu celular, que não parava de vibrar na sua bolsa. Deveria ser Nick, mas achou que seria falta de educação atender naquela hora. Ela vinha se dando tão bem com Nick durante toda essa turbulência que até ficou pensando no que aconteceria se eles não estivessem enfrentando uma crise como essa, se não tivessem esse constante estímulo externo para mantê-los unidos. Eles começaram a namorar no Dia de Ação de Graças e tinham conseguido superar o estresse das provas, as mortes de Jared e Alejandro, o retiro da Sociedade e o desaparecimento e a iniciação de Patch. Os dois só estavam juntos havia algumas semanas, mas Phoebe tinha um pouco de medo de que o relacionamento ficasse meio morno assim que as coisas se acalmassem.

Depois de comer, Lauren disse que Phoebe não precisava ficar, porque não tinha dormido muito bem na noite anterior e queria tirar um cochilo. Phoebe deu um abraço na amiga, se despediu de Diana com dois beijinhos no ar e então foi embora.

Mas não iria voltar para casa, para o lugar onde ela e a mãe estavam morando, na Bank Street.

Com uma mensagem de texto, Nick tinha pedido a ela para encontrá-lo no Central Park, em um lugar do qual ela se lembrava muito bem do outono: as mesas de xadrez.

CINCO

— Não sei por que, mas achei que este seria o melhor lugar — disse Nick. Quando Phoebe chegou, ele estava sentado em um banco perto de uma das mesas de xadrez em frente à Casa de Dama e Xadrez no Central Park.

— Não dava para escolher um lugar menos gelado, não? — perguntou Phoebe, abrindo um sorriso aflito. Era fim de tarde e a parte interna da Casa de Dama e Xadrez já estava fechada. Ele entregou seu cachecol para Phoebe, que o enrolou em volta do pescoço. Em uma tentativa de se aquecer, ela ficou batendo os pés no chão enquanto os dois se sentavam em um dos bancos gelados do parque.

Nick deu um abraço apertado nela, mas isso não pareceu ajudar muito.

— Desculpa — disse ele, meio envergonhado por não ter se dado conta do quanto estaria frio ali. — A gente pode continuar andando.

Phoebe deu um beijo na orelha dele.

— Tudo bem, valeu pela intenção. Eu já estava com saudade do parque, mesmo.

Eles olharam à sua volta. A glicínia, tão exuberante com suas flores lilás no verão, estava adormecida. Não havia ninguém jogando xadrez. Nick se lembrou daquela noite, vários meses atrás, quando eles tinham sido desafiados a decodificar o endereço da casa da Sociedade, e o quanto tudo aquilo parecia novo e empolgante: as vantagens, a emoção de ser um membro, as portas que se abririam para eles. E o segundo evento da Sociedade também foi quase como um segundo encontro entre ele e Phoebe. Lembrou-se de como achava que ela nunca iria gostar dele e do quanto os dois ficaram felizes quando finalmente começaram a namorar no Dia de Ação de graças. Agora, eles estavam saindo do parque juntos.

— Como está o seu avô? — perguntou Phoebe.

— Eu não fiquei para ver — disse ele, encolhendo os ombros com um ar frustrado. — Os paramédicos disseram que ele teve uma obstrução enorme. Para falar a verdade, já estava cheio de todo aquele drama familiar.

Phoebe esfregou os ombros dele enquanto os dois andavam.

— Mas você não... sei lá, você não se importa com o que pode acontecer com ele? Enfim, apesar de tudo, ele ainda é seu avô.

Nick balançou a cabeça com amargor.

— É, acho que me importo, sim, meio que por obrigação. Mas se eu me importo de verdade? Não. O que eles fizeram não tem desculpa. Ele pode não estar mais no comando da Sociedade, mas ainda é responsável, junto com meu pai e todos os outros. E não sei por que ele foi ter um derrame justo durante o funeral. Ele só conseguiu desviar a atenção de todo mundo do verdadeiro motivo pelo qual a gente estava lá.

Nick chutou um monte de folhas úmidas no chão enquanto eles andavam.

— Você acha que ele pode ter armado tudo só para isso? — perguntou Phoebe.

Nick abriu um sorriso triste.

— Não. Ele não vale nada, mas acho que nunca conseguiria ter um derrame assim de propósito. Enfim, ele está no hospital agora, em recuperação. E acho que pode ficar lá por um bom tempo.

— Desculpa por ter falado isso — disse Phoebe.

Nick encolheu os ombros de novo.

— Eu só não penso nele como eu sei que um neto deveria.

Enquanto andavam, Nick ficou pensando se esse sentimento algum dia iria mudar. A sua própria família o havia traído. Primeiro, esconderam o fato de estarem envolvidos com a Sociedade. Depois, orquestraram a morte de duas pessoas que Nick conhecia. Ele vinha tentando não pensar nisso durante as duas últimas semanas. E então Patch entrou em cena, sendo declarado um membro da Sociedade instantaneamente logo depois de se infiltrar no retiro. Nick estava feliz em ver que a distância entre eles estava começando a diminuir, mas isso também trouxe à tona uma série de outras questões. Será que Patch o perdoaria por ele ter se afastado durante todos aqueles meses? E será que Patch aceitaria a verdade da qual Nick agora sabia, o segredo que seu pai havia revelado a ele na manhã após a iniciação de Patch?

Por enquanto, Nick estava decidido a pensar que aquela conversa tinha acontecido com um Nick Bell diferente, e que ele e Patch estavam bem e não havia mais nenhum problema a ser resolvido, nem qualquer assunto espinhoso a ser abordado.

— Tudo bem com você? — perguntou Phoebe.

Ele se deu conta de que estava calado havia vários minutos, só olhando para o chão enquanto andavam. Uma das coisas que Nick gostava em Phoebe era que, em geral, ela o deixava em paz com seus pensamentos quando sabia que ele precisava disso.

— Eu só estou com muita raiva de todos eles — disse Nick. — Como a gente vai continuar fazendo parte disso sabendo de tudo o que eles fizeram? E agora, com a minha família, até já sei como vai ser. Se a gente pedir para sair, não vão nem querer discutir e vão ficar usando meu avô e a saúde dele como desculpa. "Agora não, Nick, temos que cuidar do seu avô. Pare de nos incomodar com essas besteiras, Nick." Como se a morte dos nossos amigos fosse uma besteira.

— Talvez falar com eles não seja a melhor saída — disse Phoebe.

— O que a gente vai fazer então?

Phoebe parou.

— Boicotar as reuniões obrigatórias? Não só nós dois, mas todos nós cinco, você, eu, a Lauren, o Patch e o Thad. Isso já dá mais de um terço da nossa turma. Acho que eles iriam se tocar, você não acha?

Naquele momento, o telefone de Nick começou a tocar. Phoebe fez um gesto para que atendesse, e então ele atendeu, mesmo sem reconhecer o número no visor.

— O seu avô gostaria de falar com você — disse um homem.

— Quem está falando? — perguntou Nick.

— Eu recomendaria a você ir visitá-lo no hospital. Seus outros parentes já foram embora — seja lá quem estivesse ligando, não queria se identificar.

— Por que eu deveria ir até lá?

— Ele sabe das suas intenções e quer ajudar você.

O sujeito desligou.

— Você não vai acreditar nessa... — disse Nick. — Nós fomos chamados, bom, na verdade, eu fui chamado para visitar meu avô no hospital porque ele "sabe das minhas intenções". Seja lá o que isso queira dizer.

— Você acha mesmo que deve ir? — perguntou Phoebe, balançando a cabeça.

— Não sei — disse Nick. — Quer ir comigo? — Ele se lembrou daquele dia no outono quando prometeram cuidar um do outro.

Phoebe parou de andar e, por um instante, Nick até pensou que ela viraria as costas, pegaria um táxi para o centro e nunca mais falaria com ele. Mas então ela acenou a cabeça devagar enquanto o pegava pela mão.

— Vamos lá.

SEIS

Como a maioria das pessoas, Nick odiava hospitais. Ele tinha pavor desses lugares, e o Presbiteriano de Nova York não era uma exceção. Além de ser um hospital, a arquitetura do saguão lembrava uma catedral gótica, com pé-direito alto, vigas de madeira escura nas paredes e até uma capelinha perto da entrada onde as pessoas podiam rezar pela rápida recuperação de seus entes queridos.

Em resumo, aquele não era um lugar divertido para se passar a noite.

Os dois pegaram o elevador até a UTI. Nick estava feliz por Phoebe ter aceitado vir com ele.

Ao que parecia, a condição de Palmer havia se estabilizado, mas os médicos ainda iriam mantê-lo sob rigorosa observação. O horário oficial de visita já havia acabado, mas Palmer deixou avisado na recepção que Nick poderia subir.

Em frente ao quarto de seu avô, um dos Guardiães, com um terno preto, estava de vigia. Ele acenou a cabeça para os dois enquanto eles entravam, mas Nick apenas ignorou o gesto do brutamonte.

O avô de Nick estava consciente, mas ainda meio lento para falar e se mover. Era muito estranho ver aquele senhor imponente deitado tão indefeso em uma cama.

— Como o senhor está? — perguntou Nick. — O senhor se lembra da Phoebe?

— Mmmmmff... — grunhiu Palmer.

— Posso fazer alguma coisa para ajudar? O senhor precisa de alguma coisa? — Nick perguntou isso mais por educação, pois sabia muito bem que todas as necessidades de seu avô já estavam sendo atendidas.

Palmer limpou a garganta e começou a falar lentamente:

— Fico feliz que tenha vindo. Eu preciso, sim, que você me faça um favor.

— Claro, pode falar. — Nick percebeu que estava sendo educado com seu avô por mero hábito e não mais por qualquer demonstração genuína de respeito.

Palmer então fez uma pausa, como se estivesse organizando seus pensamentos. Nick percebeu o desconforto de Phoebe ao seu lado.

— O seu pai não irá entender isso, tampouco seus irmãos. Não pretendo contar nada a eles, e sugiro que você faça o mesmo — começou Palmer. Nick acenou a cabeça. — Não sei mais quanto tempo ainda vou aguentar. E sei que você quer se desligar.

Nick olhou para Palmer e depois para Phoebe.

— Como assim, senhor?

— Eu sei que você quer deixar a Sociedade. Isso ficou óbvio logo na primeira semana. E suas atitudes na ilha no mês passado deixaram tudo ainda mais claro.

— Bom, é que... — gaguejou Nick. Não sabia o que dizer. — Por que... por que o senhor está me dizendo isso?

— Nicholas, quero que você viva a sua própria vida em vez de seguir os planos da sua família. Eu sei... eu sei o quanto isso pode ser devastador. O quanto sonhos podem ser arruinados quando uma família diz aos filhos como eles devem viver.

Nick acenou a cabeça.

— Mas e os meus amigos?

— Se você me fizer esse favor, nenhum de vocês nunca mais terá qualquer contato com a Sociedade.

Nick hesitou. Isso era muito importante, era a chance para se ver livre desse grupo que os vinha aterrorizando nos últimos meses.

— E que favor é esse?

Palmer riu, mas começou a tossir. Assim que o ataque passou, voltou a falar:

— Bom, vamos ser sinceros... não poderia ser tão fácil assim, concorda?

— Claro — disse Nick, olhando com um ar cansado para Phoebe, que encolheu os ombros.

Mais um dia, mais uma charada. A vida deles parecia se resumir a isso agora. Nick ouviu Phoebe soltar um suspiro.

Palmer pegou a mão de Nick, que sentiu a pele frágil e ressecada do avô.

— Vocês precisam ir até a praia, meu jovem. Vocês encontrarão tudo aquilo que precisam na praia. Nas duas praias.

— Acho que não entendi. De que praia o senhor está falando?

— Todos os tesouros estão enterrados na areia. Você se lembra dessa praia. Dos castelos de areia, das conchinhas, das águas-vivas, dos troncos perdidos que você pegava no mar e trazia para casa. Você e os seus irmãos passavam o dia inteiro naquela praia.

Nick fechou a cara. Seu avô estava brincando com eles como com marionetes.

— E o senhor quer que a gente vá até lá pra...?

— Vocês precisam ir até a praia, precisam descobrir o que há lá embaixo. O que há por baixo da superfície das coisas.

— Eu não estou entendendo, senhor. Qual praia? A da casa em Southampton?

— Você precisa da chave antes. Você precisa encontrar a chave.

— E onde podemos encontrar a chave?

— Nas duas praias.

Nick olhou para o avô com um ar confuso. O que ele queria dizer? Southampton tinha várias praias: Cooper's, Fowler e muitas outras. Isso sem falar no resto das praias na região de Hamptons, que se estendia ao leste até Montauk.

Uma enfermeira bateu na porta.

— Desculpe interromper a visita, mas o Sr. Bell precisa tomar sua medicação.

— Calma! — disse Nick ao seu avô. — O senhor precisa explicar isso melhor.

— Já falei o suficiente — disse Palmer. — Talvez você não tenha consciência disso, Nicholas, mas você sempre teve tudo o que precisava.

SETE

Enquanto desciam pelo elevador, Phoebe ainda estava confusa com o pedido de Palmer. Ele poderia mesmo liberá-los da Sociedade? Como presidente emérito do grupo, teria o poder para isso? Era difícil acreditar. Ela já havia se desiludido com membros mais velhos da família Bell antes – com o pai de Nick, mais precisamente, que havia retirado alguns dos quadros de sua exposição na galeria no ano passado –, então ainda estava hesitante em confiar naquele senhor. Mais do que isso, sabia que Parker e Palmer Bell eram responsáveis pelas mortes de Jared e Alejandro. Por que Palmer se colocaria contra a organização de seu filho, um grupo que ele havia comandado por tantos anos?

— Você acha mesmo que isso faz algum sentido? — Phoebe perguntou a Nick. — Poderia ser uma armadilha, não acha?

— Sei lá... — respondeu Nick, balançando a cabeça.

— Ele me pareceu lúcido até demais — disse Phoebe. — Ele não tinha sofrido vários danos no cérebro?

— Sofreu, sim — respondeu Nick. — É isso o que me deixa mais confuso. Não sei dizer se ele estava fingindo, ou se realmente pirou e só estava falando besteira.

— Mais uma charada. Parece até uma caça ao tesouro. Mas, para variar, a gente não sabe onde o tesouro está. Que papo era aquele de as coisas estarem enterradas na areia?

As portas do elevador se abriram. Phoebe cutucou Nick de lado, apontando para o corredor com a cabeça. Eles precisavam ficar calados. Gigi, a mãe de Nick, estava na entrada do saguão, segurando uma sacola bordada cheia de coisas. Phoebe já tinha visto Gigi naquele dia, durante o funeral, mas ainda não havia falado com ela.

— Phoebe, querida! — exclamou Gigi, como se as duas estivessem se vendo em uma festa e não em um hospital com aquele leve cheiro de desinfetante. — Que gentil da sua parte vir visitar o Palmer. Aposto que ele ficou muito contente. Eu só vim trazer umas roupas limpas para ele... aquelas enfermeiras são umas chatas, mas acho que vão me deixar entrar. Como ele estava?

Nick hesitou, como se não soubesse bem o quanto podia dizer.

— Melhor do que eu esperava. Mas meio estranho. Acho que ele está com aquela coisa de quem tem derrame e aí começa a lembrar de algumas coisas do passado.

Nick obviamente não queria contar para sua mãe sobre a conversa. Gigi era uma Anciã da Sociedade e levava muito a sério seu papel como a esposa do presidente.

Gigi suspirou.

— Não se preocupe com isso, querido. Ele está tomando muitos remédios. Você sabe como é. — Ela olhou para a sacola. — Bom, é melhor eu levar isto aqui lá para ele. — Então soprou um beijinho para Phoebe. — Que bom ver você, querida.

Nick abriu caminho entre as portas giratórias do hospital, chegando ao ar frio da noite lá fora. Os dois começaram a caminhar para a esquerda.

— O que a gente faz agora? — perguntou Nick.

— Vamos fazer uma reunião, só entre nós cinco — disse Phoebe. — A gente vai precisar de todo mundo para tentar entender essa história.

OITO

Sempre que sentia seu mundo girando rápido demais, Patch gostava de ir ao Museu Metropolitano para arejar a cabeça. Conhecia alguns lugares mais escondidos, longe de todos os turistas, entre as coleções mais obscuras. Uma de suas favoritas era a de Artes Decorativas Europeias — que era só um termo mais chique para "antiguidades". Era interessante ficar pensando que pessoas já tinham sentado nessas cadeiras, comido nessas mesas, levando suas vidas e resolvendo suas intrigas. E que nós teríamos como saber nada sobre elas.

Era um universo tão distante de seus próprios problemas que isso o ajudava a se esquecer deles por um tempo. Naquela tarde de domingo, ele estava quase conseguindo se esquecer de tudo sobre a Sociedade, sobre todas as suas dúvidas. A Sociedade já havia marcado um encontro para a noite seguinte, na casa da cidade. Ele deveria ir? E quanto a Nick e os outros? Ele não sabia.

O celular de Patch vibrou enquanto examinava uma espineta[1] antiga. Era uma mensagem de texto enviada por Phoebe, confirmando os detalhes de uma reunião na casa de Lauren naquela noite só entre eles cinco. O local escolhido era adequado; Lauren era a única que não tinha os pais ligados à Sociedade. Phoebe já havia contado a Patch sobre Daniel Fullerton, o cara com quem sua mãe estava saindo e que fazia parte da Sociedade; os pais de Nick também, é claro; e Genie, a avó de Patch, provavelmente ouviria qualquer coisa que eles estivessem planejando e tentaria dar sua opinião sobre o assunto. Quanto ao cara novo, Thad – eles não sabiam muito sobre sua família, mas Patch achou que Phoebe não iria querer se arriscar na casa de alguém que eles conheciam há tão pouco tempo. Patch sabia que confiar nas pessoas não vinha sendo algo muito simples nesses últimos meses.

Algumas horas depois, Patch chegou ao apartamento de Lauren. Mesmo dizendo ter tirado um cochilo, Lauren parecia exausta e estava com o cabelo todo bagunçado. Os cinco se reuniram na cozinha, onde ela convidou todos a se servirem com o que havia na geladeira que ainda estava cheia. Patch ficou surpreso; aquilo lhe lembrou de uma casa comum, aconchegante, e não a

[1] Antigo instrumento musical semelhante ao cravo (N.E.).

de uma socialite famosa, como ele costumava enxergar a mãe de Lauren. Ele, Nick e Thad assaltaram com gosto a geladeira.

Lauren estava usando jeans e um suéter largo, enquanto tomava uma xícara de chá na sala de estar. Nick aceitou uma cerveja, e Patch decidiu fazer o mesmo também – só uma, para ajudá-lo a relaxar. Phoebe se sentou com um ar protetor ao lado de Lauren no sofá em frente às janelas com as cortinas transparentes que davam para a Park Avenue. Os acontecimentos daqueles últimos meses tinham sido muito difíceis para todos eles, mas Lauren estava particularmente abalada no momento. Mesmo já tendo ouvido ela mesma dizer que não sabia se as coisas com Alejandro iriam durar muito, Patch imaginava o quanto deveria ser terrível a sensação de ver alguém importante na sua vida desaparecer daquele jeito, como se nunca nem tivesse existido.

Por um instante, ele se deu conta de que era assim que se sentia em relação a seus pais. Seu pai morreu quando ainda era novo demais para ter qualquer lembrança mais clara dele, e sua mãe estava internada desde que Patch tinha seis anos.

— Como você está? — Nick perguntou a Lauren.

— Do jeito que daria para estar, acho — respondeu, encolhendo os ombros. — Ainda não li nenhum dos livros de inverno. Acho que vou boiar totalmente nas minhas aulas amanhã. O Sebastian me pediu para pensar em alguns modelos novos de joias... ele deve ter achado que isso poderia ajudar a me distrair, sei lá. Mas eu só quero é dormir e ficar vendo filmes idiotas.

— Será que... — Patch hesitou, não querendo dizer nada inadequado. — Será que não seria melhor se você falasse com alguém sobre isso? Com um psicólogo, talvez?

— Não com aquele maluco do Meckling — disse Phoebe, entrando na conversa. — Aquele cara é um psicopata. Ainda não consigo acreditar que a minha mãe aceitou a recomendação do Daniel. Acho que ela não sabia que ele fazia parte de tudo isso.

— Eu conheço um cara bom — disse Thad. — Ele ajudou meu irmão mais velho quando ele passou por uma época muito difícil.

— Talvez sim — disse Lauren, acenando a cabeça. — Sei lá, só quero que tudo isso passe logo.

— Não sei se podemos fazer isso passar — disse Nick. — Mas acho que podemos dar um jeito de sair dessa — completou ele, olhando para Phoebe. — Ontem meu avô me propôs um desafio de procurar uma coisa.

— Procurar o quê? — perguntou Thad.

— Nós não sabemos direito — disse Phoebe. — Estou com medo de que seja uma armadilha.

— Bom, a gente pode pelo menos tentar — disse Thad. — Vocês acham que isso realmente livraria todos nós da Sociedade?

— Ele me prometeu que "nenhum de nós nunca mais teria qualquer contato com a Sociedade" se desse certo — explicou Nick. — E a procura começaria numa praia.

— Qual praia? — perguntou Patch.

— É isso o que a gente não sabe — disse Phoebe.

— Eu e a Phoebe vamos começar a procurar na próxima sexta — disse Nick. — Mas, por enquanto, acho que precisamos decidir como vamos fazer com os encontros da Sociedade, não é? Especialmente esse de amanhã à noite.

— Sinceramente, eu não sei o porquê desse encontro — disse Phoebe. — Eles não podiam só deixar a gente tentar digerir um pouco tudo isso que aconteceu até agora?

— Eu não vou — disse Lauren. — Não tenho como continuar fazendo isso.

— Nem eu — concordou Thad.

— E você, Phoebe? — perguntou Lauren.

Ela olhou para Lauren e depois para Thad.

— Estou com vocês. Eu não vou, não.

— Acho melhor eu ir com o Patch, pelo menos — disse Nick. — Sei lá, só para eles não desconfiarem de nada.

— É, pode ser — concordou Phoebe.

— Isso tudo só me dá muita raiva — disse Lauren. — Acho que a gente deveria é falar com a polícia. O que a sociedade poderia fazer? A gente poderia contar tudo o que sabe para a polícia. Não estou nem aí se isso for me atrapalhar na faculdade, ou se quiserem prender a gente por beber naquela noite. A morte do Alejandro não foi culpa nossa. A gente nem estava com ele. Não foi por causa daquela festa que ele morreu.

Todos pareceram hesitantes.

— Você acha mesmo que a polícia acreditaria na gente? — perguntou Nick.

— Bom, pelo menos em alguma parte eles iam ter que acreditar — disse Phoebe. — Vocês não acham? Sei lá, a gente já caiu nessa antes. A gente devia ter procurado a polícia naquela noite quando o Alejandro desapareceu.

— A gente não sabia o que estava rolando. Não tinha como saber que isso ia dar no que deu — disse Nick.

— Para falar a verdade, a maioria das pessoas lá dentro da boate nem sabia que ele estava lá — disse Thad, e então se virou para Patch. — O que você acha?

— Eu, hum, eu sei lá... — disse Patch, encolhendo os ombros. — Eu não estava lá, então fica difícil dizer qualquer coisa.

Naquele momento, Patch se deu conta de que isso fazia parte do seu desconforto. Mesmo sabendo que deveria, não se sentia como um verdadeiro membro. Nunca se sentiria tão ligado quanto eles. Mesmo sendo recebido por todos com carinho e como um amigo, ainda se sentia um intruso. Eles eram os escolhidos, e nada jamais mudaria esse fato.

E Patch então ficou se perguntando por que queria tanto fazer parte de um grupo do qual ele e seus amigos estavam tentando se afastar tão desesperadamente.

NOVE

Uma das vantagens de ser um membro da Sociedade era ter acesso à casa na East 66th Street, que tinha uma piscina com teto de vidro na cobertura. A mensagem de texto que Nick, Patch e os outros tinham recebido dizia que naquela segunda à noite, haveria uma festa na piscina, algo bastante raro para o frio de janeiro em Nova York.

Enquanto Nick se aproximava das portas da tradicional casa de pedras com Patch, pensou em como, pela primeira vez, os dois estavam indo a um encontro da Sociedade juntos. Por um instante, era como se fosse assim que as coisas deveriam ser, como se o mundo tivesse entrado nos eixos e tudo estivesse de volta a seu devido lugar.

Claro, isso estava longe de ser verdade. Nick soltou um suspiro alto enquanto a porta era aberta para eles por Anastasia Lin, que era a mentora de Phoebe na turma acima dela. Ela estava vestida casualmente, com um jeans e um suéter de caxemira, embora também estivesse usando seu espalhafatoso batom vermelho de sempre.

— Nick! Patch! Que bom ver vocês — disse ela, enquanto dardejava os olhos de um para o outro. — Phoebe veio com vocês?

Nick notou Patch disparando um olhar de lado meio sem jeito para ele.

— Não, hã, ela vai vir depois — disse Nick. — Talvez atrase um pouco. Ela disse que não estava se sentindo muito bem — explicou ele, esperando que a mentira afastasse qualquer suspeita quando todos percebessem que Phoebe não viria ao encontro.

Anastasia subiu vários lances de escada com Nick e Patch, em direção à piscina na cobertura. Nick ficou com vontade de mostrar tudo a Patch, mas também não queria atrair nenhuma suspeita entre os outros membros que estavam espalhados pela casa. Como um clube clássico de cavalheiros, o lugar tinha um cheiro de couro velho e charutos no ar, e suas paredes eram adornadas com antigas pinturas medíocres a óleo, ao lado de molduras com medalhas, fotos e cartas de políticos, todas com as pontas amareladas e as bordas enrugadas.

Depois de tudo o que Nick havia descoberto sobre a Sociedade, estar nesta casa era decepcionante. Seria um exagero dizer que sua primeira noite ali no outono tinha sido uma experiência mágica, mas com certeza algo com uma certa aura de exclusividade, de que eles faziam parte de alguma coisa especial. Antes, aquele prédio parecia ter um quê de opulência; mas agora, tudo o que ele via era um vazio perturbador, uma sensação de promessas quebradas, de traição.

— Então é aqui — disse Patch, enquanto olhava à sua volta, assim que chegaram à cobertura. A entrada para a área da piscina tinha um piso de mármore branco e o teto na forma de um domo inclinado. Através dessa abertura, a luz azulada da piscina tremeluzia contra as palmeiras em vasos que adornavam as laterais do lugar. O teto da piscina era de vidro, para que se pudesse contemplar as estrelas enquanto boiava na água.

Um bar havia sido instalado contra uma das paredes, onde Emily van Piper, uma das alunas da turma acima deles, estava preparando alguns drinques. Com um maiô azul com um laço na cintura e seus cabelos loiros, ela estava perfeita para aquele clima de festa na piscina. Nick sabia que Emily era a mentora de Lauren, e com certeza notaria sua falta também. Nick e Patch foram pegar refrigerantes, mas, por sorte, Emily não perguntou nada sobre Lauren.

Nick ficou com Patch ao lado da piscina.

— Você vai pôr sunga? — perguntou Patch, apontando para a bolsa a tiracolo de Nick. Os dois haviam trazido seus trajes de banho, seguindo à risca as instruções dadas a eles, mas nadar era a última coisa que Nick queria fazer.

— Não — disse Nick, balançando a cabeça.

Enquanto via todos os outros membros brincando na piscina, tão relaxados, Nick se lembrou da primeira vez em que esteve ali, no outono. Tudo tinha sido tão divertido, eletrizante e misterioso. Mas o melhor foi ter visto Phoebe, e só de biquíni, apenas vinte e quatro horas depois de terem se conhecido. Ele não teve como fingir que não estava interessado, que não estava prestando atenção.

Charles Lawrence se aproximou de Nick. Estava com uma sunga vermelha de corte reto, e uma toalha em volta do pescoço, como se estivesse no meio do verão e fosse um guarda-vidas de algum clube de campo, fazendo suas rondas em volta da piscina.

— E aí, estão curtindo? — perguntou Charles.

Nick olhou para Charles com uma expressão vazia. Era difícil saber como lidar com Charles — afinal, ele era o verdadeiro líder da turma mais velha de Conscritos. No começo, tinha parecido ser um cara legal, amigo de todo mundo, mas agora, depois do último semestre, Nick desconfiava de que Charles poderia estar envolvido nas mortes de seus dois amigos. Alejandro desmaiou logo após pegar uma bebida da mão dele, e Charles foi o primeiro a encontrar Jared na Agulha de Cleópatra. Nick não sabia se deveria sentir medo ou desprezo por ele.

— Preciso ter uma conversa com você — disse Charles. — Com vocês dois, aliás. O Conselho dos Regentes me pediu para ser mentor de vocês, já que vocês dois estão sem nenhum agora.

Era verdade. Jared era o mentor de Nick, e Patch ainda não havia recebido um.

— Mas e o Jeremy? — perguntou Nick. — E você já não é mentor do Bradley Winston?

Jeremy Hopkins tinha sido mentor de Alejandro, então seria lógico que ele fosse o novo mentor de Patch.

Charles riu.

— O Bradley está indo bem. E acho que o Jeremy não daria conta. Ele está meio ocupado agora com um projeto de artes junto com a Anastasia — ele olhou para Nick. — Seu pai me pediu pessoalmente para ser o mentor de vocês dois.

— Está certo — disse Nick, encolhendo os ombros. — Por mim, tudo bem.

— Por que vocês não vão trocar de roupa? — perguntou Charles. — A água está uma delícia.

Nick fez uma cara feia.

— Hoje não — ele riu um pouco, mas mais por nervosismo. — Não entendo como vocês conseguem relaxar assim depois de tudo o que aconteceu — murmurou ele.

— Como assim? — rebateu Charles.

— Ah, sei lá — disse Nick. — Duas pessoas morreram no último semestre, né? Parece que ninguém está nem aí para isso.

— Acidentes acontecem, Nick. Todo mundo sabe disso. A gente não pode ficar remoendo o passado. Venha, vamos tomar uma bebida e ficar lá com os outros membros. A galera já está começando a achar que você é um esnobe por só ficar falando com os seus amigos.

— Não tem por quê... — disse Nick. — Estamos bem aqui. Vamos ficar só olhando aqui de fora mesmo.

Nick sabia que deveria fingir que não havia nada de errado, mas quando alguém como Charles o provocava, não conseguia ficar calado. Claro, não queria revelar nada sobre o desafio proposto por seu avô e sua oferta para liberá-los da Sociedade – isso seria pura estupidez. Mas ele também achou que Charles e os outros poderiam ficar desconfiados se Nick e Patch de repente começassem a agir como se nada de mais tivesse acontecido.

— Vocês que sabem — disse Charles, que encolheu os ombros e se afastou.

Nick sentiu uma repulsa enquanto olhava para os outros membros, que brincavam na piscina. Dois caras, ambos malhados e bronzeados, tentaram jogar uma das meninas na água, até que os três caíram juntos, e ela então revidou, tentando afundar as cabeças deles na água. Ele podia ouvir partes de conversas ecoando pela sala: "Recebi o formulário de matrícula esses dias..." "Yale..." "Harvard..." "férias em St. Bart's..." "estação de esqui em Aspen..." "eu sei!..". "Me traz mais um drinque?..." "Resultado das provas? Bom, não vou me preocupar com o que não me afeta!".

Nick cutucou Patch.

— O que está achando? — perguntou ao amigo, que parecia chateado.

— Sei lá. Seria errado dizer que parece legal? Sei que eu não deveria achar isso, mas agora entendo por que as pessoas entram nisso. As vantagens não são poucas. E a vista... acho que essa é a vista mais linda de Manhattan que já vi.

— É verdade — disse Nick. — Mas a gente não pode se deslumbrar. E eu preciso tomar mais cuidado. Quase perdi a paciência com o Charles.

— Ele é um sacana — disse Patch. — Parece que ele virou o aprendiz do seu pai.

— Pois é... como eu nunca preenchi esse papel, e os meus irmãos estão estudando fora...

— Ah, não esquente com isso — disse Patch. — Você está fazendo o certo. O Charles ainda vai ter o que merece algum dia. Mas você acha que as coisas sempre foram assim? Digo, se os nossos pais, ou melhor, os seus, no caso, fizeram parte da Sociedade, é difícil acreditar que todas aquelas coisas horríveis que nós vimos na ilha venham rolando desde sempre. Por que eles iriam se meter com um grupo assim?

Nick balançou a cabeça.

— Sei lá. Talvez a Sociedade tenha tido uma era de ouro que nós perdemos. Meu pai disse que isso do Poder dos Quatorze... — ele abaixou a voz — começou nos anos sessenta. Bem nesta piscina aqui, aliás. O que é uma loucura, eu sei. Alguém se afogou durante uma cerimônia e todos tiveram que ficar calados, já que todo mundo achava ter parte da culpa.

— Talvez seja como várias outras coisas — disse Patch. — Que começam boas e depois se estragam. As pessoas se corrompem quando não sabem mais o que fazer com seu próprio poder.

Nick concordou com um aceno de cabeça.

— Mas acho que todo mundo aqui, ou pelo menos a maioria das pessoas aqui, não tem ideia do quanto a Sociedade é perversa. Pensam que é só uma organização social, com todos os eventos beneficentes, festas e doações feitas pela Associação Bradford. Mas tudo isso é só uma fachada.

Os dois viram a Administradora do outro lado da sala, vindo na direção deles, e Nick soube que era hora de interromper a conversa.

— Olá, Nicholas — disse Katherine Stapleton. Conhecida pelos membros como a Administradora, era um antigo membro da Sociedade, responsável pelos registros da instituição. Ela era uma mulher já de mais idade que não tolerava nenhuma gracinha dos mais jovens e evitava que seus pais, dos quais muitos também eram Anciães, precisassem disciplinar seus próprios filhos quanto aos assuntos da Sociedade.

Nick esboçou um aceno cauteloso com a cabeça.

— Reparei que todos estão presentes hoje, a não ser Phoebe Dowling, Lauren Mortimer e Thaddeus Johnston. Você sabe onde eles estão? — perguntou ela.

Nick balançou a cabeça.

— Acho que eles estavam passando mal — disse Nick.

— Eu deixei bem claro desde o começo que, caso alguém estivesse passando mal, deveria me avisar com antecedência e pedir permissão para não vir ao encontro.

— Eu não sei o que aconteceu, senhora Stapleton — disse Nick. — Talvez eles só não tenham se lembrado disso de tão mal que estavam.

Ela fez algumas anotações em seu bloquinho e então voltou para a antessala dos painéis. Ela abriu um dos painéis, entrou e o fechou logo em seguida.

Charles apareceu de repente ao lado de Nick.

— Ela comentou sobre os seus amigos que não vieram? — perguntou. — Eu disse para ela que não sabia de nada — Nick acenou a cabeça. Parecia óbvio que Charles estava só fingindo estar do lado deles. — É bom vocês tomarem cuidado. Você pode até achar que está acima dessas coisas por causa da sua família e tal, mas você é igual a todo mundo aqui.

Claire Chilton, uma aluna da turma deles, aproximou-se dos três depois de se levantar de uma espreguiçadeira. Naquela noite, Claire era uma das poucas pessoas que ainda não tinham molhado o cabelo. Estava usando um roupão branco e sandálias, como uma cliente de algum spa da Park Avenue.

— Oi, meninos. Vocês estavam falando dos seus três amigos que não vieram?

Nick a ignorou, embora não soubesse se deveria ou não responder ao comentário anterior feito por Charles. Por sorte, Patch o salvou.

— Bom, é melhor a gente ir embora. Amanhã tem aula, sabe como é.

Alguns membros da Sociedade começaram a olhar de modo estranho para Nick e Patch. Hunter Jones e Emily van Piper tinham parado sua conversa ao lado do bar, e Jeremy Hopkins os encarava do outro lado da piscina. Nick se perguntou se estava sendo paranoico.

— A mesma história de sempre — Patch murmurou para Nick. — Você entra para um clube e mesmo assim continua se sentindo um estranho. Vamos embora, cara.

DEZ

Na terça-feira à tarde, Lauren se encontrou com Claire Chilton no banheiro feminino da loja da Ralph Lauren, na Madison Avenue, que ficava em uma mansão da Era Dourada, onde até os banheiros eram lindos, com instalações de aço inoxidável inglês e belíssimos adornos nas paredes. Lauren estava dando uma olhada nas peças da liquidação pós-natal, o que vinha funcionando como uma boa distração até então.

Mas encontrar Claire estragou aquele momento.

— Que engraçado ver você aqui, Lauren — disse Claire.

Lauren tinha se esquecido de quanto, por baixo de toda aquela fachada esnobe, Claire era completamente sem jeito. O que tinha de engraçado em encontrá-la ali? Nada.

Lauren respondeu a Claire com um olhar seco antes de se virar para os espelhos. Elas não estavam em nenhum evento da Sociedade, e Lauren não tinha por que ser gentil com ela. Afinal, Claire nunca havia se esforçado muito também.

— Você não apareceu no encontro ontem à noite — continuou Claire, enquanto lavava as mãos. — Foi bem legal ficar lá na piscina. Achei estranho três pessoas ficarem doentes, todas na mesma noite. Nenhum de vocês parecia estar passando mal na missa do seu namorado — Lauren a encarou como quem diz "como você ousa falar do Alejandro?", mas Claire continuou. — Eu ouvi minha mãe comentando, e ela disse que na época dela, nunca tinham problema com presença e tal. As pessoas se dedicavam mais à causa.

— Causa? Que causa? — Lauren não sabia do que Claire estava falando.

— Você ficou sabendo do evento beneficente no museu, não ficou? — perguntou Claire, enquanto secava suas mãos cuidadosamente com uma toalha de pano que tinha pegado de um cesto.

— Acho que não — respondeu Lauren, balançando a cabeça.

— Bom, você vai acabar sabendo. E acho que vai descobrir que o nosso grupo não tem só a ver com festas. Tem a ver com transformar o mundo num lugar melhor. — Lauren respondeu com um aceno evasivo de cabeça e se virou para o espelho para checar o *gloss* em seus lábios, enquanto Claire se inclinava para olhá-la nos olhos. — Eu sei que vocês faltaram ao encontro... você, a Phoebe e o Thad. Todo mundo sabe. É muito óbvio. É melhor vocês tomarem cuidado.

— O que você vai fazer, Claire? — perguntou Lauren. — Contar para sua mãe? Barrar a minha entrada na Associação de Jovens? Talvez seja uma grande surpresa para você, mas não estou nem aí para essas coisas. Para algumas pessoas, a vida é muito mais do que isso.

Claire pareceu ficar chocada, depois confusa, antes de recobrar sua compostura.

— Não sei do que você está falando — disse ela, enquanto passava as mãos pelos seus cabelos lisos.

Lauren se apoiou em uma das pias e olhou para a grande porta de carvalho para garantir que mais ninguém havia entrado no banheiro.

— Claire, você nunca parou para pensar que talvez esse grupo não tenha só a ver com filantropia e oportunidades sociais? Que talvez esse seja um grupo maligno que está nos fazendo uma lavagem cerebral, e que nunca vamos ser livres de verdade enquanto não sairmos dele? — Lauren parou para tomar fôlego. Ela sabia que estava entrando em um território perigoso.

— Acho que você ficou maluca — disse Claire. — Não tem nada de maligno no grupo. Meus pais são membros desde que eram jovens também. Nunca me falaram nada de mau sobre a Sociedade. O que aconteceu no semestre passado foi uma tragédia, mas não podemos deixar que isso abale o grupo. Erga essa cabeça, Lauren. As coisas vão melhorar — Claire fechou sua bolsa e começou a ir até a porta, antes de se virar. — Olha, Lauren, gosto de você.

— Ah, fico tão feliz — disse Lauren, tentando conter o riso.

Claire ignorou o tom de deboche.

— É bom você saber que todos vocês estão em período de experiência. Teve uma palavra que a minha mãe usou para vocês, *Infiéis*. Estão chamando vocês cinco de "os Infiéis". Enfim, espero ver você no próximo encontro.

— Eu preferiria mascar vidro — disse Lauren. Ela nunca tinha ficado tão irritada assim com uma pessoa como Claire antes, mas não conseguia mais se controlar.

Claire abriu um sorriso, como se nem tivesse ouvido nada.

— Você não tem motivo para complicar a sua vida assim, Lauren.

ONZE

Na manhã seguinte, Phoebe acordou com um barulho estranho vindo do alto. Eram arranhões, seguidos por guinchados.

Ela se arrastou para fora da cama e seguiu cuidadosamente na ponta dos pés descalços até o terceiro andar da casa. Era um andar que ela e a mãe quase não usavam, a não ser quando Phoebe estava pintando. Tatiana Lutyens-Hay, a amiga escultora dona da casa onde elas estavam, tinha um estúdio, e Phoebe tinha guardado algumas de suas tintas e equipamentos no terceiro andar.

Quando chegou ao estúdio, Phoebe levou um susto e teve que cobrir a boca para conter um grito.

O chão estava coberto de ratos enormes e cinzentos espalhados em volta das bancadas, atrás dos armários, fazendo cocô no carpete e roendo várias de suas telas. Dois deles passaram correndo entre suas pernas, sobre seus pés, e então desceram pela escada.

— Mãe! — gritou Phoebe, antes de se lembrar que sua mãe tinha ido dormir na casa do namorado, Daniel, em Park Slope. Só agora ela havia notado sua ausência.

Fechou a porta do estúdio e correu escada abaixo para pegar o telefone. Para quem deveria ligar primeiro? Para a mãe? Para Nick?

Nick seria uma melhor escolha. Sua mãe provavelmente não acreditaria mesmo.

Ele atendeu de primeira, e Phoebe ficou contente por ele ter escolhido um toque especial só para ela no celular.

— Como é que é? — disse ele, ainda sonolento. — Ratos? Tipo, de verdade?

No andar de cima, os arranhões e guinchos pareciam estar ficando mais altos.

— Sim! — gritou ela. — Você pode vir aqui me ajudar? Estou apavorada. Vou ligar para alguma dedetizadora.

Pegou seu laptop e, depois de quatro tentativas, conseguiu falar com alguém que poderia chegar dentro de meia-hora. Pôs um tênis e ficou esperando na cozinha.

Nick chegou vinte minutos depois. Ele insistiu em ver a situação, mas Phoebe não queria voltar lá para cima. Ainda relutante, ela o seguiu e olhou por uma fresta da porta. Ela entendeu por que os ratos estavam tão alvoroçados. Havia uma pilha do que parecia ser ração de cachorro no chão, e os ratos estavam devorando tudo. Alguém devia ter entrado na casa no dia anterior para jogar aquilo no estúdio e depois soltado os ratos no começo daquela manhã. Mas como? A segurança da casa não era das melhores; havia uma escada de incêndio nos fundos e Phoebe e Maia sempre deixavam as janelas sem os trincos. Mas aquilo era demais – devia ter pelo menos cinquenta ratos naquela sala.

Em meio ao caos, Phoebe imaginou que isso só podia ser coisa da Sociedade. Quase achou que ia vomitar quando começou a pensar nas implicações de tudo isso.

Nick apareceu na porta.

— Você levou alguma mordida?

— Talvez, sei lá — respondeu, fazendo uma careta. — Dois deles passaram por cima do meu pé. — Ela olhou para baixo. Dentro dos tênis que Phoebe tinha calçado, seus pés estavam coçando, embora pudesse ser só uma reação à sua ansiedade.

— Depois de tirar esses bichos daqui, é melhor a gente ir a um médico para você tomar uma vacina.

Os ratos no estúdio eram grandes demais para passarem por baixo da porta, mas seus guinchos pareciam reverberar por toda a casa com um alarido sinistro e nauseante.

— Eu nunca mais vou andar descalça nesta casa — disse Phoebe. — Que nojo!

A campainha tocou, eram os homens da dedetizadora. Eles iriam espalhar iscas e ratoeiras por todo o estúdio, matando os ratos para que depois pudessem retirar os corpos. Era uma ideia repulsiva.

E que também custaria 1.500 dólares.

Nick entregou seu cartão de crédito para um dos dedetizadores.

— Não precisa — disse Phoebe. — Minha mãe vai pagar.

— É que estou me sentindo culpado por isso — disse Nick. — Eu não devia ter deixado vocês boicotarem o encontro.

— Acha mesmo que foram eles?

— Quem mais poderia ser? — perguntou Nick. — Eu já vi ratos pela cidade, mas em geral, você só vê um ou dois no porão, nunca um bando inteiro no terceiro andar.

— Todo mundo concordou, Nick. A culpa é minha também.

Os homens começaram a cuidar do problema, avisando a Nick e Phoebe que seria melhor se eles saíssem de casa por algumas horas.

— Eu aconselharia você a chamar uma faxineira depois — disse um deles. — Nós podemos cuidar dos ratos, mas ainda vai sobrar... bom, ainda vai sobrar tudo aquilo que eles deixam para trás.

— Tipo o quê?

— Cocô de rato — o sujeito fez uma careta. — Esses bichos são imundos.

Phoebe se sentou na mesa da cozinha, com a cabeça entre as mãos, sem conseguir processar direito essa última informação.

— O pior de tudo nem são os ratos... é o jeito como a sua cabeça fica.

Ela começou a perder o fôlego, enquanto Nick tentava acalmá-la.

— Vou pegar algumas roupas suas. Aí você pode tomar um banho e se trocar na minha casa. Você pode até passar uns dias por lá, se precisar.

— Não, eu não quero. Temos que limpar esta casa — disse Phoebe. — Parece que tudo só vai piorar se a gente não fizer alguma coisa logo.

— Será que é melhor a gente faltar na aula? — perguntou Nick. — Você está um caco.

— Acho que a gente merece — disse Phoebe. — Só sei que eu, pelo menos, estou totalmente exausta — podia ser só o segundo dia de aula, mas Phoebe estava tomada por um cansaço tão profundo que nem sabia mais se algum dia aquilo iria passar.

Nick encontrou uma empresa de limpeza especializada em situações incomuns e, algumas horas após os dedetizadores terem saído, o estúdio já estava quase de volta ao normal, embora as pinturas de Phoebe estivessem todas carcomidas. Nick levou Phoebe ao hospital, onde ela tomou uma série de injeções, pois tinha uma pequena mordida no pé.

Lá pelas quatro da tarde, já estavam sentados em uma cafeteria perto de casa, tentando comer alguma coisa para acalmar os ânimos. Phoebe pediu um misto-quente gratinado, mas percebeu que não estava com fome.

— Isso tudo é uma loucura — disse ela. — Acha mesmo que isso foi um aviso para a gente não faltar mais aos encontros? Não seria mais fácil só mandar uma carta?

Nick olhou com uma cara séria para ela.

— Por favor, Phoebe. Você acha que uma carta causaria o mesmo efeito?

DOZE

Com o início do semestre, Lauren voltou ao seu estágio na Giroux New York, mas agora com maiores responsabilidades, após o sucesso de sua linha de joias no outono. Além de criar a linha, também teria a chance de trabalhar com o diretor de *merchandising* na preparação das peças em amostra da loja. A Giroux sempre foi famosa pelo jeito elegante e criativo com que exibia suas joias: no ano passado, tinham preparado uma coleção dentro de aquários enormes com peixes de verdade e, um ano antes, alugado uma série de bonsais de bordo-japonês onde penduraram as peças.

Na terça-feira à tarde, Lauren se encontrou com Antonio, o diretor de *merchandising*, para falar sobre o trabalho, e então desceu até a biblioteca da loja, onde havia uma coleção de livros e revistas de referência. O conceito central seria o zodíaco, com um conjunto diferente de joias representando cada signo. Ela se sentiu quase como se tivesse levado um soco quando chegou às imagens de Leão, que era o signo de Alejandro.

O aniversário dele tinha sido em agosto. Como tinham se conhecido em setembro, nunca puderam comemorar o aniversário juntos. Lauren conteve suas lágrimas e tentou se concentrar no trabalho.

Depois de quase uma hora de pesquisa, o interfone tocou. Era uma vendedora do primeiro andar.

— Lauren, tem alguém aqui querendo ver você.

Lauren subiu as escadas, perguntando-se quem poderia ser.

Assim que viu Claire Chilton com a mãe, Lauren ergueu os olhos, fazendo cara de enfastiada, e só então se deu conta de que estava bem de frente para elas.

— Lauren — disse Letty, a mãe de Claire. — Mas que prazer.

Letty Chilton era uma mulher robusta, conhecida por sua personalidade simples, mesmo fazendo parte das diretorias de várias instituições multimilionárias, e por ser uma pessoa generosa. Costumava usar tailleurs Oscar de la Renta dos anos oitenta até os cotovelos quase rasgarem e ainda não tinha redecorado seu apartamento desde que Claire nasceu. No entanto, seu marido havia recebido uma farta herança há pouco tempo, e alguns diziam que ela agora vinha abrindo mais a carteira. Ainda assim, a coisa que Lauren mais associava a ela era o forte cheiro de Chanel Nº 5 vencido. E hoje não era nenhuma exceção.

Lauren cumprimentou Letty e Claire com educação.

— Eu queria ver se você não poderia nos ajudar — disse a sra. Chilton. — Aliás, eu sei que você pode nos ajudar. A Claire precisa de algumas roupas novas para o frio, e fiquei sabendo que você tem um ótimo gosto.

— Bom, posso apresentar vocês a um estilista — disse ela. — Estou trabalhando mais com joias agora.

— Ah, sim, a sua linhazinha de joias — disse a Sra. Chilton. — Que ótimo.

— Nós queremos seus descontos de funcionária — disse Claire.

A Sra. Chilton olhou feio para a filha e então abriu um sorriso para Lauren.

— Se não for pedir demais, é claro.

— Olha, não posso ficar fazendo isso — explicou Lauren. — Eles não deixam nem a gente usar esses descontos sempre. E eu ainda sou só estagiária aqui na verdade.

— Claro, eu sei. Mas tudo bem. Enfim, nós adoraríamos sua ajuda. Sei que você fará um ótimo trabalho escolhendo algumas roupas para a Claire.

— Na verdade, estou meio sem tempo...

— Obrigada, Lauren — disse a Sra. Chilton, que se virou e foi embora, como se o assunto estivesse resolvido e não houvesse mais nada a discutir.

— Vou passar um estilista para você — disse Lauren a Claire. Lauren anotou um nome em um cartão e entregou a ela. — Se você quiser desconto, vai ter que falar com Sebastian. O ramal dele é este. Ele vai adorar falar com você, tenho certeza.

Depois de se despedir de Claire, Lauren ficou espumando de raiva. Como Claire tinha a coragem de entrar na loja e exigir que ela a atendesse como vendedora? E ela não gostava de usar seus descontos de funcionária nem para ela mesma, porque não queria ficar com fama de esbanjadora na frente dos outros funcionários que mal podiam comprar as amostras de *designers* em liquidação, muito menos as roupas da Giroux. Mas o que mais irritava Lauren era que Claire provavelmente conseguiria os descontos com Sebastian se comprasse coisas o bastante.

No final do dia, depois terminar seu trabalho no andar de baixo e ter preparado uma colagem sobre o conceito, Lauren avistou uma movimentação perto da entrada.

Sabrina Harriman, a diretora de criação da loja, estava em frente à porta. A loja já estava fechada e os funcionários estavam se preparando para ir embora.

— Pessoal, escutem, nós estamos com um problema! O par de brincos de safira da edição limitada sumiu de uma vitrine. Eles estavam aqui hoje à tarde, então não sei o que pode ter acontecido. Nós nem mostramos essas peças a nenhum cliente hoje.

Todos ficaram apreensivos. Aqueles brincos de safira eram os itens mais caros de toda a loja e ficavam trancados em um estojo de vidro. Eles custavam 4 mil dólares.

— Peço desculpas por ter que fazer isso — disse Sabrina. — Mas vamos ter que revistar as bolsas e mochilas de todo mundo antes de vocês saírem.

Lauren entrou na fila, irritada por saber que isso iria atrasar sua volta para cara. Que tipo de funcionário da loja iria roubar um par de brincos? E não só isso, uma peça da qual todos com certeza notariam a falta?

Ela chegou à frente da fila.

— E aí, Danny? — disse Lauren para o segurança. Danny era um homem enorme, mas muito gentil, e ela sempre se esforçou para cumprimentá-lo pelo nome. Ele olhou na bolsa dela.

— Eu sinto muito mesmo... — murmurou ele. Até que seus olhos se arregalaram de repente. — Lauren, o que é...?!

— O que foi?

— Lauren! — ele tirou os brincos da bolsa, ainda dentro da caixinha, e os ergueu para que Sabrina e todos os outros vissem.

— Como assim?! — exclamou Lauren, sentindo uma quentura no rosto. — Isso é um absurdo! — ela se virou para Sabrina. — Sabrina, você sabe que eu nunca faria uma coisa dessas!

Ela pegou os brincos da mão de Danny e entregou a caixa de volta para Sabrina.

— Lauren, eu nem sei o que dizer — lamentou Sabrina, pegando os brincos.

Sebastian Giroux havia subido de seu escritório.

— O que está acontecendo?

— Estamos com um problema aqui. Lauren, sinto muito, mas vamos ter que falar com a polícia.

Lauren disparou um olhar fulminante para ela, embora estivesse completamente aterrorizada por dentro. Alguém devia ter colocado os brincos em sua bolsa enquanto trabalhava. Sua bolsa tinha ficado em seu armário a maior parte da tarde. Os armários ficavam em uma área restrita aos funcionários, onde qualquer um poderia ter entrado – ou melhor, qualquer um que soubesse a senha geral.

Quem teria feito isso? Um dos lacaios da Sociedade? Um funcionário da Giroux? O próprio Sebastian? Sebastian era um membro da Sociedade, mas Lauren não conseguia imaginá-lo fazendo isso com ela.

Mas não importava quem tinha feito isso, a única coisa que importava é que tinha acontecido. Aquilo era uma mensagem, bem como a sacola que ela tinha recebido em setembro. Só que desta vez, era uma mensagem diferente: um agressivo lembrete de que não deveria perder mais nenhum encontro.

— Vamos deixar a polícia fora disso — disse Sebastian para os funcionários. — Podemos resolver isso entre nós mesmos. Todos vocês já podem voltar para casa. Lauren, por favor, fique aqui para que possamos conversar.

Todos começaram a sair, enquanto alguns olhavam para Lauren com compaixão e outros apenas desviavam os olhos.

Lauren se sentou em um sofá onde os clientes costumavam experimentar sapatos.

— Olha, estou horrorizada, mas você precisa acreditar em mim, não tenho ideia de quem possa ter colocado esses brincos na minha bolsa. Ela ficou no meu armário quase a tarde inteira... alguém poderia ter colocado eles lá! Você me conhece, Sebastian. Se eu quisesse mesmo esses brincos, pediria para minha mãe me comprar. Por que eu faria qualquer coisa que pudesse atrapalhar meu trabalho aqui na loja?

Sabrina encolheu os ombros.

— Ela tem razão — disse Sebastian. — Sabrina, acho que eu e você podemos discutir isso só entre nós dois. Boa noite, Lauren.

Lauren fechou sua bolsa e foi embora. Ninguém da loja teria feito isso com ela. Mesmo que Sebastian fosse da Sociedade, Lauren sabia que ele gostava dela. A pior parte de ser acusada por algo assim, é claro, era que mesmo sem ter feito nada, aquela sensação de culpa era inevitável.

E era exatamente isso o que a Sociedade queria que ela sentisse, imaginou.

TREZE

Naquela tarde, Patch foi ao centro para comprar alguns discos novos. O tipo de coisa que ele realmente gostava não tinha no iTunes: remixes, lados b obscuros, gravações ao vivo. Ele tinha até comprado um par usado de toca-discos *direct drive* e estava querendo expandir sua coleção de discos para começar a discotecar usando vinis de verdade. A loja que ele queria ver, a East Village Sounds, ficava na 66th Street, dois degraus abaixo do nível da rua. O lugar era úmido, fedia a mofo e tinha as paredes cobertas de pôsteres, adesivos e pichações, com a decoração de cada ano se sobrepondo à anterior. Na parte da frente, vendiam camisetas e o balcão vivia cheio de *flyers* para shows em casas da vizinhança: *Entrada US$2! Open bar na primeira hora! Banda de abertura: Beelzebub's Kitten!*

Aquilo era tudo muito distante do mundo das boates caras e descoladas onde Nick e seus amigos viviam, mas Patch adorava.

Ele deu uma olhada pela loja, passando com cuidado por todas as prateleiras e evitando contato com a jovem atendente de olhos escuros e cabelo preto que estava no balcão. De qualquer jeito, ela estava usando fones de ouvido e não parecia estar dando muita atenção à presença de Patch.

A loja tinha uma cabine de audição perto do caixa, como antigamente, onde você podia pegar um disco e eles desembrulhavam para você ouvir. Patch tinha se interessado por um, mas que custava 45 dólares. Era um vinil de edição limitada de uns DJs franceses obscuros; ele tinha lido em um blog que aquilo estava fazendo o maior sucesso na Europa toda.

Ele levou o disco até o balcão e sorriu para a atendente. Era uma menina bonita, delicada, talvez de ascendência asiática. Estava usando um suéter largo, com um dos ombros à mostra, e *leggings* com uma saia preta gótica longa por cima. Isso podia até dar um quê de desleixo a algumas garotas, mas ficava perfeito nela.

Patch andava mais confiante nos últimos tempos, o que diminuía sua timidez em momentos como este. Estava com os braços musculosos por suas idas à academia, os cabelos raspados de um jeito até bacana, mesmo tendo sido cortados por ele mesmo com uma maquininha. Tinha reparado que essa nova postura de algum jeito havia deixado sua pele mais clara, mais brilhante. Que tipo de mudança externa teria causado tudo isso? Bom, a Sociedade era uma delas. Mas talvez ele tivesse mudado por dentro também.

A garota bufou enquanto ele lhe entregava o disco, fazendo uma cara de cansada.

— Você quer escutar esse aí?

Patch acenou a cabeça.

— Pode ser?

— Ah, você deve ser a milésima pessoa que pede isso esta semana. Mas ninguém nunca quer comprar porque é caro demais.

— E se eu quiser comprar?

Ela deu risada.

— Por que você compraria se pode só baixar da internet numa boa?

— Talvez eu goste de vinil, oras.

Ela hesitou por um instante.

— Ah, é?

— Eu comprei um par de toca-discos semana passada.

— Semana passada? Nossa, você deve ser muito experiente — disse ela, abrindo um sorriso tímido para ele.

Ela estava tirando sarro dele? Ou poderia mesmo ser um flerte?

— Entre aqui atrás — disse ela, colocando o disco de lado. — Vou mostrar para você uma coisa muito melhor do que esses moleques franceses.

Patch arregalou os olhos.

— Você não tem que ficar cuidando da loja?

— Relaxe, a porta tem um sensor que dá para escutar sempre que alguém entra.

No depósito dos fundos, ela pegou um estilete e, por um instante, Patch ficou até com medo. Ela começou a abrir várias caixas de entrega da UPS.

— A gente acabou de receber isto aqui. Eu estava esperando o momento certo para abrir.

— E por que agora é o momento certo?

— Sei lá — disse ela, sorrindo. — Você é a primeira pessoa quase normal que apareceu por aqui hoje.

— Talvez algum dia eu até consiga ser inteiro normal — disse Patch. A piada foi bem fraca, mas ela não pareceu se importar. Ele ficou feliz por estar ali, tomado por uma sensação gostosa que parecia muito distante de seus tempos em Chadwick e de sua vida no Upper East Side. — Bom, o que esses discos têm de tão especial?

Ela ergueu os belos discos ainda em embalagens plásticas, com as cores vivas das capas reluzindo sob a luz.

— Sabe aquele tipo de música que leva você para outro lugar? — perguntou ela. — É disso que eu gosto. Não curto drogas, não bebo, não fumo. O meu barato é este — disse ela, apontando para os discos enquanto sorria. — Isto aqui pode fazer você viajar mais do que qualquer outra droga.

Patch sabia do que ela estava falando. Ele mesmo também queria parar de beber, mas era difícil ao lado de Nick e dos outros.

Mas estava sendo legal conhecer alguém que não precisava de nada químico para se divertir.

Ela pôs um disco para tocar, e a música caiu como uma chuva sobre eles, faixa após faixa. Era como uma cabine de audição particular só para eles, muito mais exclusiva do que aquela ao lado do balcão. Ela sorriu para ele, e Patch reparou que ela tinha um vão entre os dois dentes da frente, o que ele achou muito bonitinho.

— Meu nome é Lia, aliás — disse ela.

Patch acenou a cabeça. Ele se deu conta, só meia música depois, de que também deveria ter dito seu nome a ela, mas o momento já tinha passado.

Em um intervalo entre duas faixas, ela abriu um sorriso sem nenhum motivo.

— Que foi? — perguntou Patch.

— Ah, nada...

— Não, me fala!

— Você quer mesmo saber? Eu mal conheço você.

O que poderia ser? Ele estava com mau hálito? Com um pé de meia trocado?

Ela se inclinou para frente e passou a mão no queixo de Patch.

— Tem uma parte aqui onde você não se barbeou direito — disse ela. — Só isso.

Patch sentiu um calor no rosto.

— Ah, você está até ficando vermelho! — provocou ela. — Não é nada de mais. Meu ex também fazia isso o tempo todo. Ele vivia com tanta pressa que sempre acabava deixando uma parte sem raspar.

— Desculpa — disse Patch, meio triste. — Mas bom, nem sei bem por que estou pedindo desculpa para você — estava se sentindo um perfeito idiota.

— Aliás, qual é o seu nome? — perguntou ela.

Então foi a vez de Patch dar risada.

— Você não vai acreditar.

— Qual é a graça?

— Meu apelido é Barba.

Ela hesitou por um instante, mas depois riu.

— Ah, fala sério!

— Tá, brincadeira, na verdade é Patch. Meu nome é Patchfield Evans.

— Muito bem, senhor Patch "Barba". Mas que engraçadinho, hein? — disse ela, esticando a mão mais uma vez para passar em sua bochecha. Não foi nada romântico, e sim mais como uma brincadeira.

— Bom, eu...

Ele foi interrompido pela campainha do sensor na entrada, e Lisa levantou de supetão.

— A festa acabou — disse ela. — Hora de voltar pro trabalho.

— Posso comprar aquele disco? — perguntou Patch. O valor era salgado; daria para comprar quatro discos por esse preço no iTunes, mas ele queria mesmo assim. Ele poderia passar no cartão de crédito, mesmo sabendo que seria um tanto irresponsável, dada a sua situação financeira.

— Ah, pode levar — disse ela. — Eu digo pro meu chefe que alguém riscou e não dava mais para ouvir. Às vezes, isso acontece.

— Imagina, você não precisa fazer isso.

— Tudo bem, não faço então — disse ela, e então voltou a organizar os recibos no balcão enquanto ficava de olho nos clientes que tinham acabado de entrar; dois caras tatuados com um rottweiler.

Patch riu.

— Não, não foi isso o que eu quis dizer. Digo, eu agradeceria muito. Não estou com muita grana agora mesmo e estou atrás de um disco desses caras há eras. Você tem certeza que não tem erro?

Ela encolheu os ombros.

— A gente vive dando coisinhas de cortesia pros nossos melhores clientes. É só eu fingir que você é um cliente muito, muito bom.

— E o que eu posso fazer para você? — perguntou Patch.

Ela anotou seu celular no verso de um *flyer*, enquanto ele sentia um calorão no rosto de novo.

— Bom, você pode me ligar algum dia aí.

QUATORZE

Depois de se despedir de Nick, Phoebe pensou em contar à sua mãe sobre o que havia acontecido, mas decidiu que era melhor não. Apesar de todos os claros sinais da presença dos ratos no estúdio – como o forte cheiro dos produtos de limpeza usados pelos faxineiros no chão –, ela não queria entrar nesse assunto com Maia. De qualquer modo, sua mãe provavelmente nunca repararia nos rasgos abertos nas telas de Phoebe; talvez ela até achasse que isso fazia parte dos quadros.

Quando Phoebe falou sobre a Sociedade com sua mãe no outono passado, Maia a mandou a um psiquiatra. O Dr. Meckling, que também fazia parte da Sociedade, deu a entender que Phoebe estava tendo delírios e talvez precisasse ser internada. Após voltar do retiro, Phoebe não quis falar com sua mãe sobre nada do que havia acontecido na ilha de Ísis, por medo de mais uma vez ser julgada como louca.

Agora, não queria nem falar sobre os ratos com Daniel; ele também fazia parte da Sociedade, mas poderia não acreditar nela.

Sua mãe e Daniel chegaram em casa, e Maia começou a fazer alguma coisa na cozinha. Phoebe estava sentada na sala com Daniel, tentando se concentrar na leitura de um livro de contos de Kafka para a sua aula de literatura. Enquanto o fogo que Daniel tinha acendido na lareira começava a crepitar, Phoebe percebeu que as letras estavam se misturando na página. Ela desviou sua atenção do livro e tentou relaxar os olhos.

— Está tudo bem na escola? — perguntou Daniel. — Você parece exausta.

— Obrigada — disse Phoebe, seca. — É sempre bom ouvir isso.

— Você está com algum problema? O semestre mal começou, não é?

— Acho que você não entenderia — respondeu Phoebe.

— Tem a ver com o retiro? — perguntou ele baixinho.

— Bom, sim, para começar... — depois de Daniel ter sugerido a Maia mandá-la ao Dr. Meckling, Phoebe não sabia mais se poderia ou não confiar nele. Mas hoje ele estava sendo legal, e ela achou que se abrir poderia ajudá-la a encontrar as respostas para algumas das várias perguntas que a vinham incomodando.

— Eu acho... — Daniel hesitou, como se estivesse pensando cuidadosamente nas palavras que estava prestes a dizer. — Eu acho que você pode estar levando essa coisa da Sociedade a sério demais. O trabalho da Sociedade ao longo dos anos tem sido exemplar, e acho que você está ignorando isso só por causa de alguns pequenos incidentes. Não se esqueça de toda a filantropia e dos contatos que eles promovem. As iniciações, as coisas que acontecem na Ilha, tudo isso é só para empolgar os membros. É só como um discurso de um técnico antes de um jogo importante.

Phoebe soltou uma risada abafada.

— Ah, um discurso onde queimam os caixões de duas pessoas? Por favor, Daniel, duas pessoas da minha idade *morreram*! Isso não é nada lá muito empolgante.

Daniel olhou nervoso para a porta fechada da cozinha.

— Você sabe que nós precisamos tratar isso com discrição, Phoebe. Ser escolhida para a Sociedade é um privilégio, e você está tratando isso como se fosse algum tipo de brincadeira do colégio.

— O que vai acontecer se eu falar com a minha mãe de novo? Você vai me ferrar igual à outra vez? — disparou Phoebe. Ela ficou surpresa, pois não costumava agir assim.

— Acho que você já sabe, mas o Conselho não tolera insubordinações. Você está ignorando todas as coisas boas que a Sociedade já fez e se concentrando apenas nas más. Você ficou sabendo sobre as reformas no Museu Metropolitano? Noventa por cento dos fundos vieram de contribuições da Sociedade.

Phoebe soltou um suspiro.

— Eu e os meus amigos só estamos cheios de todas essas regras. Você realmente acredita nisso? — ela mesma também estava começando a ter dúvidas. Talvez ela tivesse reagido mal a tudo. Talvez a morte de Jared tivesse mesmo sido um acidente. Por outro lado, o próprio Parker Bell admitiu ter orquestrado a de Alejandro. Ela não sabia por que ficava duvidando de si mesma. Phoebe havia se envolvido com a Sociedade, um grupo perverso e corrupto, logo nas suas primeiras duas semanas em Nova York.

Ela devia ter sido mais inteligente.

Daniel se inclinou na direção dela.

— Acredito, sim, que podemos chegar ao máximo do nosso potencial vivendo de acordo com os melhores ideais que nos foram apresentados.

Phoebe acenou a cabeça com um olhar vazio e então voltou para o seu livro. Falar com Daniel não iria ajudar em nada.

Quando chegou da Califórnia a Manhattan quatro meses antes, Phoebe queria que Nova York fosse como nos filmes que ela via.

Em certo sentido, sua vida agora se parecia mesmo com algo saído do cinema.

O único problema era o gênero do filme em questão.

QUINZE

Depois de se despedir de Phoebe, Nick pegou o metrô para voltar para casa. Ele decidiu descer várias estações antes, na Lexington Avenue. A noite estava gelada, mas depois de tudo o que tinha acontecido, queria caminhar um pouco para arejar a cabeça. Quando estava prestes a atravessar uma rua, Nick recebeu uma ligação de Thad.

— Você soube do que aconteceu comigo hoje? — perguntou seu novo amigo. — Acabei de passar quatro horas na sala da diretora. — Thad estudava no Colégio Whitford, na West End Avenue, mas Nick em geral ficava sabendo de tudo o que acontecia com seus amigos, mesmo os que não estudavam em Chadwick.

— O que você fez? Eu não fui para aula hoje, então nem falei com ninguém.

— Não fiz nada! Abri meu armário no intervalo depois da primeira aula e uma garrafa de gim caiu para fora. O negócio quebrou no chão, e você sabe como é o cheiro de gim...

— Como o dos meus pais no verão? — interrompeu Nick.

Thad soltou uma risada sinistra.

— Bom, ia dizer que fede como gim, mas tá, pode ser. Enfim, não dava para não sentir. Aí me levaram para falar com a diretora, e ela ficou uma fera. Você sabe como eles piram com essa história de bebida. Acho que em Chadwick deve ser igual.

— Nem me fale — Nick tinha levado uma advertência por dar uma festa que saiu na revista *New York* e ainda estava tentando reconstruir sua credibilidade na escola como alguém que não pisava tanto na bola.

— Peguei uma semana de suspensão — disse Thad. — Eles queriam me expulsar, mas eu expliquei que não tinha como aquela garrafa ser minha. Meu pai ameaçou chamar um advogado e fazer uma análise forense nos cacos da garrafa e tudo mais. Isso deu uma acalmada neles. Mas acabei suspenso mesmo assim, e o caso pode ir pro meu histórico escolar.

— A gente tem que dar um jeito de acabar com isso — disse Nick. — Vou pensar em alguma coisa hoje à noite, tudo bem?

Assim que desligou, Nick recebeu outra ligação, agora de Phoebe, dizendo que Lauren tinha acabado de ser acusada de furto na Giroux New York.

— Não é nenhuma surpresa — disse Nick, balançando a cabeça. Ele contou a ela o que tinha acontecido com Thad.

— Temos que nos reunir só entre nós de novo — disse Phoebe. — Vou pensar em um lugar bom para o encontro.

Nick desacelerou o passo ao chegar à Park Avenue. O trânsito estava tranquilo e poucas pessoas caminhavam pela rua.

— Estou preocupado com você — murmurou ele. — Você vai ficar bem? Ficando em casa com, você sabe... Sei lá, vai que alguma coisa acontece?

Phoebe tinha comentado que Daniel, o namorado de sua mãe, iria passar aquela noite com elas.

— Ele não vai fazer nada. Isso tudo está vindo do alto... Acho que tem a ver com o Conselho dos Regentes. É sério, depois de falar com o Daniel, acho que ele realmente acredita que a Sociedade é uma organização fantástica que só pensa no bem de todos. Além do mais, eu estar com o Daniel é tão perigoso quanto você estar com os seus pais.

Um silêncio desconfortável cortou a conversa enquanto Nick assimilava a ideia.

— Acho que você tem razão — disse ele por fim.

Nick sabia que seu pai estava por trás de coisas terríveis, mas havia separado isso de sua figura como pai.

Talvez fosse hora de aceitar que tudo aquilo tinha sido feito pelo mesmo homem. Não queria encarar, mas tinha sido muito difícil ver seus pais, pessoas em quem ele antes confiava e acreditava, transformando-se em traficantes de mentiras. Nick sabia que seu pai queria levá-lo para esse mundo, mas vinha resistindo. Na véspera do ano-novo, antes que todos voltassem da ilha de Ísis para a cidade, o pai de Nick havia contado a ele um segredo sobre Patch que era grande demais para ser revelado ao amigo. Nick não quis falar sobre isso com Patch logo depois de terem se reconciliado, mas a cada dia que passava, foi ficando mais difícil revelar o que tinha descoberto. E agora, mais de uma semana depois, Nick já havia enterrado essa informação nos recantos mais profundos de sua mente.

Phoebe disse que precisava desligar porque Daniel e sua mãe estavam no andar de baixo.

Enquanto caminhava pela Park Avenue, Nick pensou no que tinha acontecido com seus três amigos. A Sociedade os estava punindo por não terem ido ao encontro na segunda à noite. Nick sempre ouviu falar que esses encontros eram levados muito a sério, e a presença dos membros era obrigatória; essa era uma das regras da Sociedade. Mas por que fazer coisas tão terríveis? Isso não era certo.

Alejandro e Jared já haviam perdido a vida. Seria inteligente continuar resistindo ao controle da Sociedade? Seria inteligente faltar nos próximos encontros?

Nick não sabia a resposta certa.

Pouco depois, ele chegou ao prédio onde sua família morava, em frente ao Museu Metropolitano. Pensou em passar no apartamento de Patch para conversar com ele e com Genie, mas achou melhor não.

Nick estava com os dedos das mãos e dos pés congelados, então tomou um longo banho quente que ajudou a aliviar a dor.

A água cheia de espuma rodopiou ralo abaixo, e ele começou a recobrar pouco a pouco a sensibilidade nos dedos. Nick pensou nos confortos que a Sociedade oferecia a todos eles. Como um longo banho quente em uma gélida noite de inverno, a Sociedade queria dominar todos eles oferecendo luxos e vantagens em troca, proporcionando uma vida confortável em que ficaria fácil ignorar o lado mais obscuro de qualquer situação.

Nick vestiu uma calça jeans e uma bela camiseta. Ultimamente, os encontros com seus pais vinham sendo ocasiões desconfortáveis, nas quais quase fingia não conhecê-los, como se estivesse em um hotel, apenas cruzando com outro hóspede no corredor.

Mas naquele dia não teria como evitá-los. Não depois de um ataque à sua namorada.

No andar de baixo, ouviu seu pai na biblioteca. Nick entrou na sala.

— Nick, que bom ver você — disse seu pai. — Você está meio avermelhado. Saiu para correr hoje?

Nick tentou conter sua raiva. Ele se sentou em um dos sofás de couro e respirou fundo antes de responder.

— Não. Tive que ajudar a Phoebe. O estúdio na casa dela estava cheio de ratos.

O pai de Nick ergueu uma sobrancelha.

— Ratos? Que estranho — disse ele, e então tomou um gole de seu uísque.

— O Thad foi suspenso porque uma garrafa de gim caiu para fora do armário dele e a Lauren foi acusada de tentar roubar um par de brincos na loja onde ela trabalha. Pai, nós sabemos que a Sociedade está por trás de tudo isso.

O pai de Nick olhou para ele.

— Então talvez vocês se lembrem desses incidentes na próxima vez que pensarem em faltar a um encontro da Sociedade. Depois de tudo o que aconteceu no outono, achei que vocês passariam a levar suas responsabilidades mais a sério.

— Pai, o que aconteceu no outono foi que você matou duas pessoas. Não você, pessoalmente, mas a Sociedade. E até onde sei, e pelo que todo mundo me contou, você praticamente é a Sociedade. Ou pelo menos a única parte à qual eu tenho acesso.

— Acalme-se, Nick. Sua família precisa de você neste momento. Você nem me perguntou sobre o estado do seu avô. Como você pode ser tão egoísta assim?

A mãe de Nick apareceu na entrada da biblioteca. Ele olhou para o pai com um ar sarcástico.

— Ah, me perdoe se me preocupo mais com a minha vida e a dos meus amigos do que com o meu avô. Não é como se ele também não estivesse por trás de tudo isso.

— O seu avô já fez muito mais por você e pelos seus amigos do que você jamais irá entender — disse Parker, enquanto se levantava rumo à porta. — Então, eu realmente aconselharia você a entrar na linha.

DEZESSEIS

Nas noites de quinta-feira, Genie saía para fazer aula de dança de salão e depois tomar um café e comer um pedaço de torta com os amigos em uma lanchonete. Por isso mesmo, Patch decidiu oferecer seu apartamento para a reunião de emergência. Pelo menos por algumas horas, os cinco teriam o lugar só para eles. Patch quis ajeitar a casa para receber os outros e, mesmo não sendo nada comparado à opulência do apartamento de Lauren, ele conseguiu dar um jeito na sala e até comprou refrigerantes e preparou uma fornada de biscoitos de chocolate para todo mundo.

Thad, Phoebe e Lauren recontaram todas as sabotagens que haviam sofrido nas últimas quarenta e oito horas. Thad ainda estava tentando convencer a administração do colégio a não registrar o incidente com a garrafa de gim em seu histórico escolar. Phoebe estava se recuperando do susto pela infestação de ratos e precisaria de uma nova consulta no médico para ter certeza de que não havia sido infectada pela mordida. E Lauren estava esperando o veredito de Sebastian Giroux sobre os brincos encontrados em sua bolsa.

— E tem mais uma coisa — disse Lauren. Ela tirou seu celular da bolsa e mostrou a todos uma mensagem de texto que havia recebido naquele dia.

A mensagem dizia:

AKO VWXO TKVPO PI ZUTI?

— Parece ser só um monte de letras aleatórias — disse Phoebe.

— Não é, não — disse Thad. — É um criptograma.

— Um cripto-quê? — perguntou Nick.

— É um código no qual cada letra representa outra diferente. Lauren, me empreste o seu celular.

Ela entregou o celular para Thad, e ele digitou uma série de letras em seu próprio iPhone, copiando o criptograma.

Thad ficou sério de repente.

— Acho que descobri o que significa. Usei um decodificador de criptogramas. É meio... bom, é meio assustador.

— Ah, vá! O que é que diz aí? — perguntou Phoebe.

Ele olhou para Lauren.

— Pode falar — disse ela.

— Aqui diz, e acho que está certo: "Você cuida da sua irmã?"

— Que estranho — disse Phoebe. — Isso faz algum sentido para vocês?

— Para mim faz, sim — disse Lauren.

— Por quê? — perguntou Nick.

— Não fui eu quem recebeu essa mensagem. Foi minha irmã, a Allison.

Todos ficaram em silêncio por um momento.

— Mas ela nem está na Sociedade — disse Phoebe, depois de um tempo.

— Talvez seja por isso mesmo — disse Patch. — Eles estão querendo mostrar para a gente que não têm medo de atacar nossas famílias.

— Mas por que a Lauren? — perguntou Phoebe. — Por que só ela?

— Eles devem achar que a Lauren está vulnerável agora — explicou Thad. — E ela é a única com uma irmã mais nova que não está na Sociedade.

— É verdade — disse Patch. — Estou tentando encontrar um padrão nisso tudo. Os ratos estavam destruindo as telas da Phoebe. Ela é artista, então isso é um ataque pessoal. Já a Lauren quase perdeu o emprego como *designer* de joias hoje. E a mensagem para sua irmã é ainda mais um aviso. Mas e o lance da garrafa de gim? Isso eles poderiam ter feito com qualquer um de nós. Então por que com o Thad?

— Você tem razão, não faz sentido — disse Nick.

Thad começou a falar lentamente:

— Eles devem saber mais sobre a minha família do que eu costumo contar para as pessoas. Minha mãe está sem beber já faz dez anos, mas era alcoólatra. Eles devem saber que isso me deixaria realmente chateado.

Lauren tentou confortar Thad passando a mão em seu braço.

— Tudo bem... isso deixaria qualquer um chateado.

— Mas que maluquice toda é essa? — disse Phoebe. — Eu não acredito... não é mais só uma coisa física, é como se estivessem tentando derrubar a gente pelo lado psicológico. Já não sei mais o que esperar! Se eles conseguiram bagunçar tanto assim a nossa vida nas últimas quarenta e oito horas, sabe-se lá o que mais podem fazer!

— Vamos ter que maneirar — disse Lauren. — Puxa, estão mexendo com a minha irmãzinha! Ela acabou de entrar no internato. Seria muito fácil, se eles quisessem mexer com ela. Nós temos que ir aos encontros. Temos que fazer o que eles querem.

— Tenho um plano — disse Nick. — E que não vai nos pôr em perigo. Eu só preciso pensar em mais alguns detalhes antes.

— Que plano? — perguntou Patch, cauteloso.

— Vou precisar que vocês aguentem firmes mais alguns dias. Tudo bem se eu só explicar melhor no final de semana?

Todos acenaram a cabeça.

— Enquanto isso, vamos ter que bancar os certinhos, pelo menos por um tempo — disse Thad. — Precisamos conhecer os outros membros.

— Eu só não sei se vou conseguir — disse Phoebe. — Eles parecem uns zumbis. Tipo a Claire Chilton, que vive falando de como o Upper East Side não é mais como antes. Quem liga para isso?

— Falando na Claire... — interrompeu Lauren. — Eu me encontrei com ela na terça. Falei disso com você, não falei, Phoebe?

Phoebe acenou a cabeça.

— Encontrei com ela na Ralph Lauren. Ela falou que todo mundo tinha notado a nossa falta no encontro, e depois ficou falando que a Sociedade só queria promover um avanço cultural, que iam organizar um evento beneficente para o museu e tudo mais. Enfim, ficou falando que a Sociedade só queria fazer do mundo um lugar melhor.

— Antes fosse... — disse Nick, sarcástico. — Ela engoliu toda a história deles. Os pais dela também são membros. Vocês sabem o quanto levam isso a sério.

— Tem mais uma coisa, eles nos deram um nome. Nós cinco somos os "Infiéis". É assim que os membros mais velhos estão chamando a gente. Pesquisei essa palavra, é tipo quando alguém não acredita em uma religião em que todo mundo acredita.

— Bom, é bem a nossa cara — disse Phoebe.

— A gente podia fazer umas camisetas — disse Nick, com um sorriso amarelo.

— Ah, claro — disse Patch. — E podia ter um alvo nas costas também.

— Eles que chamem a gente como bem quiserem — disse Thad. — E se quiserem achar que o grupo só promove avanços culturais, problema deles. A gente ainda precisa ficar na moita. Não deixem ninguém achar que a gente tem algo planejado.

— Porque na verdade, não temos mesmo, né? — comentou Patch.

— Isso não é bem verdade — disse Nick. — Acho que vou conseguir pensar em alguma coisa. Só preciso de mais tempo.

— O que devo dizer para minha irmã? — perguntou Lauren.

— Diga que está tudo bem. Que essa mensagem não é nada — disse Nick.

— Como você tem tanta certeza? — perguntou Phoebe. — Sei lá, a gente achou que faltar no encontro não ia dar em nada, e vejam o que aconteceu.

— Eles já mandaram a mensagem que queriam — disse Nick. — De agora em diante, não vamos perder mais nenhum encontro. Só preciso de mais uns dias... aliás, não marquem nada para o sábado, se puderem. Eu aviso vocês.

— Você tem certeza de que vai pensar em alguma coisa? — perguntou Patch.

Nick acenou a cabeça. Nada mais precisava ser dito. Patch confiava nele, e o resto deles também.

No entanto, depois que todos foram embora, Patch ficou pensando na Sociedade, sobre seus métodos e sobre como haviam atacado Lauren, ameaçando sua irmã.

Tudo o que ele tinha em sua família era Genie e sua mãe. E ele se perguntou qual delas poderia ser a próxima.

DEZESSETE

Na manhã de sexta-feira no colégio, a turma do segundo ano teve uma palestra com o Sr. Gregory, o diretor de aconselhamento universitário de Chadwick. Ele ficou falando sobre a importância das notas e das atividades extracurriculares, especialmente no segundo semestre daquele ano. Aquelas seriam as penúltimas notas oficiais usadas pelos comitês de admissão para avaliar os candidatos de Chadwick, e as últimas para os que estavam se candidatando à admissão antecipada em universidades como Yale. Phoebe reparou em alguns alunos que estavam sentados no fundo da classe, com os pés em cima das mesas da frente, como se não tivessem se candidatado a nenhuma faculdade.

Phoebe não queria se arriscar; sabia que precisava continuar tirando notas boas. Ela havia conhecido alguns ex-alunos que estavam em diferentes comitês de admissão no semestre passado, em um encontro promovido pela Sociedade, tudo feito como sendo apenas uma "reunião particular organizada por um grupo de atenciosos ex-alunos". Ainda assim, não era como se tudo já estivesse garantido.

Phoebe tentou se concentrar na palestra do Sr. Gregory, mas não conseguia parar de pensar em uma coisa que tinha acontecido na noite anterior. Quando ela pediu para usar o banheiro no apartamento de Patch, ele a levou até o de Genie, dizendo que o dele estava uma bagunça. Phoebe havia desenvolvido o péssimo hábito de bisbilhotar as casas dos outros, e acabou dando uma espiada no armário de remédios de Genie. Além disso, Phoebe sempre teve curiosidade de saber mais sobre ela. Genie tinha algum segredo em seu passado, e Phoebe estava louca para descobrir o que era.

Algumas semanas atrás, Genie havia contado a Phoebe e Nick sobre seu noivado desfeito com Palmer Bell nos anos 1940, mas Phoebe teve a impressão de que havia algo a mais nessa história toda. Por que Genie acabou ficando em um apartamento no mesmo prédio que o filho de Palmer e sua família? Seria apenas uma coincidência Nick e Patch terem se tornado amigos tão próximos?

Phoebe achava que os segredos de Genie poderiam ajudá-los a entender melhor os mistérios da Sociedade que estavam tentando desvendar. Ela não queria falar sobre isso com Patch por eles ainda não terem muita intimidade, mas já tinha reparado em algumas coisas: o ar melancólico e distante nos olhos de Genie enquanto ela falava sobre Palmer há algumas semanas, o jeito como ela mexia no medalhão em seu pescoço e a estranha relação que Patch parecia ter com os Bells, como se fosse ao mesmo tempo um desconhecido e um amigo próximo da família.

— Phoebe! — disse Nick, cutucando-a no ombro. — Vamos embora. A palestra já acabou.

Distraída, acenou a cabeça enquanto só conseguia pensar em uma coisa: o banheiro de Genie. Entre seus cremes, loções e remédios, havia encontrado um vidro azul de perfume de angélica. Era um frasco antigo, nada que Genie pudesse ter comprado há pouco tempo. Pelas letras douradas no rótulo, aquilo poderia ter mais de quarenta ou cinquenta anos. Phoebe abriu o frasco com cuidado, levou-o ao nariz e sentiu um perfume que a fez se lembrar do mesmo cheiro dos sarcófagos com estofado de veludo no galpão da Gansevoort Street, na Noite do Renascimento.

DEZOITO

Além de todas as confusões da última semana, Patch não vinha conseguindo falar com Simone Matthews, a produtora de *Chadwick por dentro*, o projeto para programa de TV que eles estavam querendo oferecer a várias emissoras e canais a cabo. No outono, o projeto esteve a todo vapor, e eles começaram a perceber o interesse de várias emissoras. Esse sempre tinha sido o grande sonho de Patch desde que pegou em uma câmera de vídeo pela primeira vez: ter seu próprio programa. E agora, com isso tão perto, ao alcance de suas mãos, era quase como se já tivesse alcançado seu objetivo.

Quase.

Desde que começou a editar o material que Patch já tinha gravado, Simone vinha dizendo que precisava de algo a mais. Algo mais empolgante, uma coisa que ela chamava de "conceito". Simone queria um drama real, e a única coisa que Patch poderia fazer nesse sentido seria mostrar a ela como a Sociedade funcionava. A princípio, foi isso o que levou Patch à ilha de Ísis, na esperança de conseguir algumas imagens do retiro da Sociedade. Infelizmente, ele não teve a chance de filmar absolutamente nada. Mesmo tendo passado pela experiência em primeira mão, tudo o que ele tinha eram suas próprias lembranças. E agora, depois de ter sido raptado e se tornado um membro, a Sociedade estava com os cartões de memória de suas filmagens originais. Além de ter enviado todos os cartões para a casa da Sociedade após o retiro, também precisou assinar um acordo declarando que não tinha mais nenhuma outra cópia em seu poder.

No entanto, Patch não disse a eles que, uma semana atrás, havia falado com Eliot Walker, o mais velho dos dois primos Walker que estavam no barco pesqueiro com o qual ele tinha chegado à ilha de Ísis. Como um favor, Eliot alugou para Patch um cofre no Banco Litorâneo do Maine. A chave havia chegado hoje pelo correio. Nesse cofre, estavam vários cartões de memória contendo todas as imagens originais, além de alguns trechos que Patch já havia editado por cima.

Patch sabia que não poderia usar nada disso agora, mas essa era pelo menos uma carta na manga, caso algum dia fosse preciso.

Ele concluiu que tecnicamente não havia violado o acordo, já que o material não estava em suas mãos.

E agora, nesta tarde, enquanto ia até o *loft* onde ficava a produtora de Simone, estava com a esperança de conseguir retomar o projeto, mesmo sem nenhuma imagem da Sociedade – para concentrar o programa mais em Chadwick e menos na Sociedade. Ele já tinha tentado entrar em contato com Simone, mas ela não retornou suas ligações.

Quando chegou ao prédio da produtora, Patch descobriu que seu cartão-chave não funcionava mais. Ele ficou esperando alguns minutos e então conseguiu entrar quando alguns membros de uma equipe de produção estavam saindo.

Patch subiu até o terceiro andar e procurou a sala da Olhos Bem Abertos. Não havia mais nenhuma placa na porta, e o escritório estava aberto. Patch entrou e viu que a produtora parecia ter desaparecido. Todas as mesas de edição haviam sido levadas; assim como os armários, os quadros de aviso e os pôsteres das paredes. Tudo o que sobrou era o que já tinha vindo com o espaço: baias vazias, telefones sem linha e o lixo deixado pela mudança.

Patch ligou para o celular de Simone. Talvez tivessem se mudado há pouco tempo, o que a teria deixado ocupada.

Passou a mão na lâmpada de uma das luminárias. Confirmando suas suspeitas, ela ainda estava quente.

Simone atendeu após alguns toques.

— Patch? — disse ela. — Você deve estar querendo saber o que aconteceu.

— Hum, é, essa era uma das minhas perguntas.

Ela suspirou.

— Eu tive que realocar minha equipe de edição. Recebi uma oportunidade... e eu não tive como recusar.

— Que tipo de oportunidade?

— Eu nem deveria falar sobre isso, mas acho que com você, tudo bem. Eu recebi uma bolsa de um grupo que patrocina cineastas, meio como as bolsas do Guggenheim ou da MacArthur. Você conhece a Associação Bradford? — Patch grunhiu. Mesmo sendo uma mera fachada da Sociedade, todos achavam que a Associação Bradford era um grupo filantrópico que tentava criar um mundo melhor distribuindo cheques. — Enfim, eles me deram cem mil dólares para trabalhar no meu documentário, um projeto que eu vinha querendo tocar há um tempo.

— Em quais condições?

— Tive que assinar um acordo de confidencialidade sobre a origem do dinheiro. E, bom...

— E o que mais?

— Tive que me comprometer a trabalhar só com esse filme pelos próximos dois anos. É muito legal... eles acham que esse meu projeto pode ir para Sundance no ano que vem. Não querem que eu me distraia com meus projetos para TV.

— E como fica *Chadwick por dentro*, então?

— Sinto muito, Patch, mas vamos ter que abandonar o projeto. Nosso contrato de opção termina em junho. Depois disso, você pode procurar outras produtoras. Mas para ser sincera, não vejo muito futuro, não. Sei lá, pelo menos até você conseguir mais algumas imagens daquele tal grupo secreto...

— Simone! Você não entende? Aquele grupo secreto é a Associação Bradford! Eles mataram o nosso projeto dando esse dinheiro para você.

Ela deu risada.

— Ah, claro, Patch. E deixa eu adivinhar... eles mataram os Kennedy também?

— Simone, você precisa acreditar em mim. Você não pode se envolver com essas pessoas. Ainda tem algum jeito para você sair dessa?

— Eu já assinei os contratos. Achei que você iria ficar contente por mim. Sinto muito pelo seu programa, Patch. Sério mesmo. Mas não era o momento certo para mim, só isso. Essas coisas acontecem. Levei anos para colocar meu primeiro projeto de TV no ar.

— Simone, tenho um prazo para fazer isso! Vou me formar no colégio no ano que vem. Não é como se eu pudesse voltar a Chadwick para filmar as coisas depois disso. Se o nosso contrato termina só daqui a seis meses, já vou ter perdido quase o ano inteiro.

— Eu sei, sinto muito. Talvez a gente possa dar um jeito e liberar você antes. Mas você pode ter que devolver uma parte do dinheiro.

— Quanto?

— Sei lá, teria que falar com os meus agentes. Talvez metade.

Cinco mil dólares. Ele já tinha gastado grande parte com equipamentos e despesas pessoais. Patch tinha depositado 2.500 dólares no banco, depois de Genie insistir, e ainda devia estar com mais uns mil. Ele tinha usado o resto para comprar uma ilha de edição AVID para sua casa e um monitor novo. E alguns tênis novos e seu equipamento de DJ. Agora, estava se dando conta do quanto tinha sido idiota por ter gastado tanto assim. Mas só fez isso por achar que *Chadwick por dentro* era um tiro certo. Ele não tinha de onde tirar cinco mil para recomprar os direitos agora. E ele não queria pedir dinheiro para Nick. Ele era orgulhoso demais para isso.

— Vou pensar nisso — blefou ele.

— Mas me diga uma coisa — disse ela. — O que aconteceu naquela ilha? Estou louca para saber.

Patch hesitou. Deveria contar a ela? Do que adiantaria? Ela não poderia mais produzir seu programa. E a última coisa que ele queria era revelar que agora também era um membro da Sociedade.

— Nada — disse ele. — Perdi a balsa e nem consegui chegar à ilha.

DEZENOVE

Lauren ficou contente ao ver que seus amigos tinham decidido recuar imediatamente após ficarem sabendo que sua irmã havia recebido aquela sinistra mensagem codificada. Não havia nenhuma prova de que a Sociedade estava por trás disso, mas a simples hipótese de qualquer violência no futuro já foi o bastante para manter todos eles na linha.

Claro, isso era exatamente o que a Sociedade queria, mas talvez não fosse uma má ideia trabalhar com mais discrição. Lauren estava confiante e sabia que Nick e os outros acabariam pensando em alguma coisa. E o melhor que ela poderia fazer seria ajudá-los assim que soubesse qual era o plano.

O encontro seguinte da Sociedade foi realizado na sexta-feira à noite em um lugar especial: o Museu Metropolitano de Arte. Os vinte e nove Conscritos – a turma mais velha de quatorze membros e a mais nova, de quinze – deveriam se encontrar no saguão do museu às sete da noite. Letty, a mãe de Claire Chilton, apareceu quando o grupo já estava completo e fez um gesto para que todos a seguissem até a ala egípcia. Seguranças estavam ao lado das caixas de vidro com seus artefatos, como estariam durante o horário de funcionamento normal do museu. Quando o grupo entrou na área principal, o Templo de Dendur foi iluminado por luzes vermelhas e cor de lavanda, como se aquele fosse um evento especial. Quatro fileiras de cadeiras estavam dispostas de frente para o templo, e todos se sentaram.

Letty Chilton foi até a frente do grupo e começou a falar.

— Vocês devem estar se perguntando por que estão aqui — disse a Sra. Chilton. — Nós quisemos trazer todos vocês aqui esta noite para que pudessem ver a beleza do templo de perto. Sei que muitos de vocês praticamente cresceram com Dendur ao lado de casa, mas talvez nunca tenham tido uma oportunidade para conhecê-lo de verdade. Nós poderemos fazer isso daqui a pouco. Mas, por enquanto, vamos discutir um evento muito importante que está por vir.

Nick bocejou, e Claire olhou feio para ele enquanto sua mãe continuava falando.

— Eu tenho algumas novidades incríveis e acho que todos vocês vão ficar muito empolgados! No dia treze de fevereiro, na véspera do Dia dos Namorados, o museu fará uma festa beneficente, uma reedição do Baile de Dendur, um evento que aconteceu pela última vez nos anos noventa. O museu estará comemorando as reformas na ala egípcia, uma obra que, como vocês todos sabem, foi patrocinada pela Associação Bradford. Anonimamente, claro. Nós fomos convidados pelo museu para comandar o planejamento da festa. E eu sei que será muito divertido! – Letty Chilton deu um soco no ar com seu punho de pele enrugada como um técnico antes de um jogo, e alguns membros do grupo resmungaram baixinho, completamente desconfortáveis com a situação.

Lauren se remexeu na cadeira. Como a Sociedade poderia estar tão confiante em preparar outro evento depois de tudo o que havia dado errado? Olhou para Phoebe, Nick, Patch e Thad, o que lhe deu coragem para continuar firme ali.

A Sra. Chilton continuou falando:

— Estou empolgada em anunciar que todos vocês farão parte do Comitê Júnior. A minha filha, Claire, irá comandar o comitê e suas reuniões. O principal trabalho de vocês será trazer as gerações mais jovens para o museu. Vocês podem vender ingressos para os seus colegas no colégio, para os seus amigos. Nós temos um preço promocional para menores de vinte e um. Lembrem-se, o interesse pela arte começa na juventude. Este e os outros museus da cidade são o nosso legado cultural. É nosso dever garantir que tudo isso seja preservado.

Mais um comitê? Tudo aquilo parecia ser só uma manobra para desviar a atenção deles das coisas terríveis coisas que tinham acontecido em novembro e dezembro. Lauren olhou de lado para Phoebe, Nick, Patch e Thad. Todos eles pareciam entediados.

Pouco depois, durante um lanche – um ponche doce com biscoitos amanteigados já amolecidos –, ela começou a conversar com Phoebe.

— O que você achou de tudo isso? — perguntou Lauren.

— Acho que participar desse projeto faz parte do nosso plano de pegar mais leve — disse Phoebe.

— É, acho que sim.

Claire se aproximou de Lauren.

— Como vai, Lauren? Que bom ver você aqui.

Lauren acenou a cabeça.

— Fiquei muito mal quando soube do seu incidente na Giroux esta semana. Deve ter sido só um engano, não é? Quando conversei com o Sebastian sobre isso, disse para ele que conhecia você e que nunca faria uma coisa dessas!

Lauren disparou um olhar sarcástico para Claire, mas ficou corada mesmo assim.

— Claro. Obrigada por cobrir a minha, Claire.

Phoebe puxou Lauren de lado para salvar a amiga.

— Vamos lá falar com o Nick.

— A Claire me tira do sério. Eu às vezes tenho vontade de matar essa menina — disse Lauren, rangendo os dentes.

— Eu sei, todo mundo tem — disse Phoebe. — Ela é uma idiota, não dê bola.

Elas foram até Nick, que estava tomando um copo de ponche.

— Tem certeza de que é seguro beber isso aí? — perguntou Phoebe.

— Se eu morrer envenenado, vocês já sabem o que aconteceu — disse Nick.

Lauren e Phoebe fecharam a cara.

— Desculpa, piada ruim, eu sei — disse ele.

Em seguida, Patch se juntou ao grupo.

— Nick, preciso mostrar uma coisa para você.

— Agora? — perguntou Nick, pondo seu copo sobre uma mesa.

— Agora — respondeu Patch, acenando a cabeça.

VINTE

Antes de vir chamar Nick, Patch tinha passado pela parte da ala egípcia que tinha ficado aberta enquanto a última fase das reformas estava sendo terminada. A sala principal tinha placas grandes nas paredes que falavam sobre o templo e sobre sua construção. A história se passava na região norte da Núbia, às margens do Nilo, onde o Templo de Dendur foi erguido. O templo, que foi removido de seu local original no Egito em 1963 e reaberto ao público no Museu Metropolitano em 1978, era encarado como um templo menor, mesmo sendo considerado um dos mais importantes exemplos da arquitetura egípcia no mundo todo. O templo foi construído no ano 15 a.C., em homenagem a Ísis, Osíris e dois irmãos, Pedesi e Pihor, que haviam morrido afogados no Nilo durante o período romano.

Mas não era isso o que Patch queria mostrar a Nick.

— Você precisa ver uma coisa — murmurou Patch para o amigo. — Só tente ser discreto.

Nick seguiu Patch até uma mesa coberta por uma toalha onde estavam um álbum de colagens, convites, fotografias e recortes de jornal com matérias sobre os antigos Bailes de Dendur, especialmente o último, acontecido em 1992. A mãe de Claire disse que essa coleção havia sido preparada como um histórico do evento, para empolgar todos com a ideia da festa.

— É só um punhado de fotos de socialites — comentou Nick.

— Sim, claro, mas veja só isso aqui — disse Patch, apontando para uma foto de uma mulher.

Era uma página da coluna social do *New York Times*, com várias fotos tiradas por Bill Cunningham, o famoso fotógrafo. Havia uma foto de uma mulher bem no centro, identificada como "Esmé Madison Evans". Estava com um vestido simples e olhando bem para a câmera, de olhos arregalados, com uma expressão estranha que parecia uma mistura entre um fantasma e um animal assustado. Ela estava ao lado de outras fotos de socialites famosas da época, mulheres que Patch reconhecia como importantes líderes sociais que administravam comitês e tinham seus nomes, junto com os de seus maridos, entalhados sobre as entradas de várias galerias do Museu Metropolitano.

— É a minha mãe — disse Patch. — Isso foi antes de eu nascer.

— Nossa — disse Nick. — Ela era linda. Digo, eu sempre soube que a sua mãe era bonita, mas eu... bom, para falar a verdade, não me lembro muito dela desde que, você sabe...

— Eu sei — disse Patch. — Nem eu.

As poucas lembranças que ele tinha da mãe eram dos tempos após seu colapso nervoso: de quando ela teve a cabeça raspada para não arrancar os próprios cabelos e foi forçada a usar uma roupa larga padrão do hospital. Sua mãe provavelmente tinha passado os dez últimos anos sem usar nada mais glamoroso do que uma camisola manchada.

— Olhe — disse Nick, apontando para outra página de uma revista. — Aqui tem uma foto dos meus pais.

Era uma foto de Georgiana e Parker Bell. Patch ficou espantado com o quanto os pais de Nick pareciam jovens e inocentes naquela fotografia.

Enquanto olhava para a imagem, Patch sentiu a mão de alguém em seu ombro. Virou-se e deu de cara com a Sra. Chilton.

— Patchfield — disse ela com uma voz calorosa, enquanto ele acenava a cabeça. — Eu queria saber se você poderia me ajudar com uma coisa. Fiquei sabendo que você é muito bom como... não sei bem como vocês chamam isso hoje em dia... *Disc jockey?* Para tocar músicas, sabe?

— Claro, eu mando bem, sim — disse Patch.

— Então você gostaria de cuidar da música para o Baile de Dendur? É importante que todo o dinheiro vá para o museu, e você nem imagina o quanto esses sujeitos que se chamam de profissionais querem cobrar! Seria maravilhoso se você pudesse contribuir com os seus serviços. É só avisar à nossa coordenadora do evento o que você vai precisar em termos de equipamento, e podemos arrumar tudo.

Patch acenou a cabeça.

— Hum, claro, seria ótimo. Posso cuidar disso, sim.

— E nós precisamos de um nome para pôr no convite. Afinal, não seria legal usar DJ Patchfield Evans, não é? O que seus pais iriam achar?

— Meus pais, hum... meus pais nem vão ver.

— Que nome você quer usar? Precisa ser alguma coisa divertida, não é? — disse a Sra. Chilton, ignorando o comentário.

Patch pensou sobre o assunto por um instante. Seu *vlog* se chamava PatchWork e, mesmo não tendo postado mais muita coisa desde que assinou o contrato de opção para o programa de TV, as pessoas conheciam aquele nome – e ele tinha dezenas de milhares de seguidores em suas páginas no MySpace e no Facebook.

— Será que pode ser DJ PatchWork? — perguntou ele. — Não fica ridículo?

Claire havia chegado e agora estava ao lado de sua mãe.

— Não, eu acho lindo — disse a Sra. Chilton.

— É tão fofo! — concordou Claire.

— Claro — brincou Nick. — *Superfofo*.

— Eu acho — disse Patch. Por mais estranho que fosse, só conseguia pensar no que Lia iria achar de tudo aquilo. Não sabia muito bem o que esperar.

Ainda assim, seria uma boa oportunidade, e se ele conseguisse divulgar seu nome, poderia arrumar outros trabalhos que pagassem de verdade. Talvez esse até fosse um jeito de ganhar os cinco mil que precisava para comprar de volta os direitos de *Chadwick por dentro*.

— E querido — disse a Sra. Chilton, virando-se para Nick. — Seria ótimo se você pudesse divulgar o evento entre todos os seus contatos nas boates... nós queremos atrair um público bem jovem. A Claire me contou sobre as festas que você vem dando.

Nick hesitou, sentindo-se um tanto desconfortável.

— Eu meio que já parei com isso. Depois que o Jared morreu. Tem sido difícil.

— Bom — disse a Sra. Chilton com um sorriso falso. — Estou certa de que você conseguirá reunir forças para fazer isso por uma boa causa como a nossa.

— É claro — disse Nick, claramente se esforçando para esconder seu sarcasmo. — Eu e o Patch faríamos *qualquer coisa* por uma boa causa.

Depois de se despedir de Nick e Phoebe na escadaria do Museu Metropolitano, Patch atravessou a rua de volta para o seu prédio. Os dois precisavam ir até Southampton para cuidar da primeira parte do plano de Nick, embora ele tivesse sido muito vago quanto aos detalhes. Patch não se importou – estava cansado de ser sempre quem investigava as coisas. Além do mais, ainda queria pensar melhor em tudo o que havia acontecido hoje. Primeiro, a foto de sua mãe e a sua conexão com o Baile de Dendur. Ele sabia que ela tinha uma vida social, e que seus pais eram amigos dos Bells, mas ver aquela foto em um recorte de jornal tornou tudo aquilo mais concreto. Até então, a principal imagem que ele tinha de Esmé era de uma mulher louca. Mas naquela fotografia de jornal em preto e branco, ela parecia tão elegante, tão bonita. Como alguém que ele nem conhecia.

Patch também estava muito frustrado depois de sua conversa com Simone e com a ideia de ter que comprar de volta os direitos de seu próprio programa. A possibilidade de trabalhar como DJ poderia ajudar, mas ele precisaria de muitas noites para chegar aos cinco mil.

No entanto, por mais distraído que estivesse com tudo isso, também estava empolgado com Lia. Depois de sair do antigo escritório de Simone, encontrou-se com ela no Pink Pony, um café que atraía gente interessada em literatura, música e cinema na Ludlow Street. Patch nunca tinha conhecido uma menina que entendesse mais de música do que ele como Lia. Por outro lado, também ficou feliz por ela não ter abusado disso, como poderia – em grande parte.

Enquanto chegava embaixo do toldo de seu prédio, Patch viu Parker Bell saindo de uma limusine que estava parada logo adiante. Ele olhou para Patch como se estivesse surpreso em vê-lo.

— Patchfield, que bom ver você aqui. Você está voltando do encontro?

Patch ficou um pouco surpreso, já que Parker não costumava ser tão gentil assim com ele. Eles haviam se visto pela última vez durante a iniciação em uma ilha remota do Maine.

Patch acenou a cabeça, enquanto Parker entregava sua maleta ao porteiro e pedia para levá-la até a antessala de seu apartamento.

— Vamos andar um pouco? — perguntou Parker. — Gostaria de conversar com você sobre algumas coisas.

Patch concordou, concluindo que não estaria correndo nenhum risco em um lugar movimentado como a Quinta Avenida. Ele ainda não confiava no pai de Nick depois de tudo pelo que tinha passado em dezembro.

— E aí? — perguntou ele.

— Eu só queria saber como você está se ajustando ao estilo de vida da Sociedade. A sua entrada no grupo foi um tanto incomum, e só queria saber se você está sendo bem recebido. Claro, sei que você já é amigo de alguns membros, inclusive do meu filho.

— Estou indo bem. Conheço algumas pessoas. Tudo tem me parecido bastante simples — Patch sabia que isso era uma mentira, mas não sabia muito bem o que dizer. — Hoje eles falaram para a gente sobre o Baile de Dendur. Me pareceu bem legal.

— O Baile de Dendur — disse Parker, com um ar quase nostálgico. — É incrível que eles estejam trazendo essa tradição de volta depois de tantos anos. Você vai adorar. É um evento de gala. Você tem um paletó?

— Acho que tenho um que era do meu pai — disse Patch, lembrando-se do terno velho e carcomido por traças deixado por seu pai. Ele provavelmente teria que mexer em algumas partes, e ainda ficaria meio estranho.

— Quero que o Nick leve você ao nosso alfaiate. Ele pode fazer um só para você. Nada deixa um jovem mais bonito do que um belo paletó feito sob medida.

— Acho que eu não tenho grana para isso...

— Ficaria por nossa conta. Entendido?

Patch acenou a cabeça. Ele não sabia se deveria aceitar algo assim, mas seria legal poder ir ao baile bem vestido em vez de ter que usar um terno emprestado.

— Senhor, posso perguntar uma coisa?

— É claro.

— Por que o senhor está sendo tão gentil comigo?

Parker Bell sorriu. Ele era um homem bonito, alto e elegante, de cabelo grisalho. Patch sempre tinha visto um quê sinistro em Parker, mas havia algo de amigável nele esta noite. Patch entendeu como Nick podia ter sentimentos tão conflitantes por seu pai. Ele era como um camaleão.

— Patch, me importo muito com meus filhos. Com o futuro e com a felicidade deles. Eu me importo com quem eles andam. Você sempre foi muito próximo de Nick, e sei o quanto ele preza sua amizade. O que aconteceu entre vocês dois no último outono foi lamentável. Nós deveríamos ter percebido que o seu lugar era na Sociedade desde o começo. Sinto muito por aquela escolha e espero que possamos reparar esse erro.

Patch acenou a cabeça e os dois então ficaram em silêncio. Como em um acordo não-verbal, eles se viraram e começaram a andar de volta para o prédio. Patch não sabia mais o que dizer. Enquanto apenas punha um pé na frente do outro, Patch podia sentir um turbilhão de pensamentos dentro de sua cabeça: "Esse homem é corrupto. Esse homem já matou pessoas. Esse homem não merece minha confiança".

II
OS INFIÉIS

VINTE E UM

Vinte minutos após o encontro no museu ter acabado, Phoebe e Nick já estavam na via expressa de Long Island, indo para o leste, rumo à praia. Agora, com a chegada do final de semana, finalmente poderiam se concentrar no desafio proposto por Palmer no último domingo. Nick estava dirigindo seu velho Jeep Cherokee que tinha deixado em uma garagem na 106th Street junto com os outros carros de sua família. Phoebe riu ao chegar à garagem; o lugar ficava no limite entre o Upper East Side e o Harlem, mas os Bells deixavam seus carros lá por um simples motivo: era mais barato. Os preços das garagens em Manhattan eram notoriamente exorbitantes, e estacionar a vinte quadras de casa nunca foi um inconveniente para eles.

Enquanto deixavam a cidade para trás, Phoebe se deu conta de que deveriam estar violando alguma lei do Estado de Nova York por estarem dirigindo sem a presença de um adulto, mas Nick não parecia se importar. Desvendar a charada de Palmer era mais importante. Além disso, Nick parecia mais velho do que era, dirigia muito bem e até tinha um detector ilegal de radares para saber a hora de pisar no freio quando havia policiais por perto.

— A gente devia ter feito isso cinco dias atrás — disse Phoebe, enquanto Nick ultrapassava vários carros. — A gente devia ter vindo logo depois que seu avô falou com a gente.

— Não faria sentido — disse Nick, balançando a cabeça. — Nossas aulas estavam para começar. E depois aconteceu tudo aquilo com você, com a Lauren e com o Thad.

Phoebe esboçou um sorriso.

— Bom, do jeito que você dirige, pelo menos a gente vai chegar lá antes da meia-noite — ela se encostou no banco. Pela primeira vez em várias semanas, era como se estivessem no caminho certo. Phoebe também tinha notado uma certa leveza na postura de Nick enquanto andavam até a garagem. Esse tinha sido o seu dia mais feliz desde que eles oficialmente começaram a namorar.

Nick pegou um refrigerante e Phoebe abriu a lata para que ele pudesse continuar de olho na estrada. Ele tomou um gole e então esticou a mão para fazer carinho no joelho da namorada.

— É tipo uma aventura, não é? Digo, ninguém sabe que a gente pegou o carro, ninguém sabe que a gente está indo para a casa da praia.

— Eu estou gostando — disse Phoebe. — A gente deveria fazer isso mais vezes.

— Em melhores circunstâncias — disse Nick.

Eles ficaram em silêncio por alguns minutos, enquanto Phoebe olhava para o mar de lanternas traseiras avermelhadas à frente. Ela achou que poderia cair no sono de tão exausta que estava, mas se esforçou para continuar de olhos abertos.

— Sei que isso pode soar estranho — disse Nick. — Mas você acha que a gente teria se conhecido se não fosse pela Sociedade?

— Sei lá. E você?

— Acho que sim. Você despertou a minha atenção naquele primeiro dia, quando dei o *flyer* para você.

— Ah, claro! — riu Phoebe. — No meio das outras dez mil pessoas que você estava convidando para a sua festa.

— Você acha que a gente iria se conhecer se não estudasse na mesma escola?

— Acho que sim — disse Phoebe.

— Por quê?

Phoebe respirou fundo.

— Porque acredito que tudo acontece por um motivo. E que algumas coisas, sei lá, não que elas sejam necessariamente predeterminadas, mas que acontecem se for o que tiver que acontecer.

— E você pensa assim sobre a Sociedade?

Phoebe olhou para a janela. Seria esse o seu destino? Se ela pudesse voltar atrás, seria melhor que nada disso nunca tivesse acontecido? Ou seria aquilo apenas parte de alguma coisa muito maior?

— Não sei — disse ela. — As coisas podem estar ruins agora, mas acho que tudo isso deve estar acontecendo por algum motivo.

— Você está encarando tudo de um jeito muito zen mesmo — disse Nick.

— Talvez seja só por sair de Manhattan — disse Phoebe. — Só por escapar, ainda mais porque ninguém sabe onde a gente está. Você já pensou nisso? E se a gente desse meia-volta e fosse pro oeste, para fora de Nova York, país afora, e simplesmente sumisse daqui? A gente não poderia deixar tudo isso para trás?

— Mas e os outros? — Nick franziu a testa. — E você deixaria mesmo a sua vida para trás? Além do mais, o que a gente faria? Como a gente iria viver? Eu não posso só... não posso deixar tudo o que tenho na vida para trás — disse ele, segurando o volante com força.

— Desculpa, não queria irritar você — disse Phoebe.

— Não, não é isso... — disse ele, já mais calmo. — É que você é tão inteligente. Você é a única pessoa que conheço capaz de sugerir alguma coisa desse tipo. E só por você ter falado nisso, mesmo que a gente nunca faça nada assim, só por saber que é uma opção e que você pensou nisso... fico me sentindo... sei lá, é tão legal. — Phoebe abriu um sorriso. Nick tinha esse hábito de recuar sempre que estava chegando perto de algum assunto mais sério. Mas ela não queria forçar nada hoje. — Enfim — disse ele, ficando mais sério. — É melhor a gente pensar naquelas coisas que o meu avô disse. Você está preocupada?

— Eu só queria entender por que ele decidiu ajudar a gente — disse Phoebe. — Por que agiria pelas costas do seu pai?

Nick continuou com os olhos focados na estrada enquanto respondia:

— Meu avô e o meu pai nem sempre se deram muito bem. Eles sabem esconder, especialmente em público, mas já tiveram várias discussões ao longo dos anos. Quando meu pai era mais novo, também tentou se rebelar contra a Sociedade. E sinto uma coisa estranha no meu avô... quase como se ele se arrependesse de alguma coisa. Só não sei bem do quê — Phoebe acenou a cabeça, enquanto Nick continuava. — Enfim, só sei que não é essa a vida que quero ter.

— Se o seu avô foi contra quando seu pai tentou se rebelar, por que ele tentaria ajudar você a fazer isso?

— Não sei bem, mas não posso recusar uma chance para resolver essa situação, para tirar a gente dessa. E não sei se temos escolha. Não podemos fazer nada contra eles. Não podemos faltar em mais nenhum encontro. A polícia nunca acreditaria na gente, porque não temos nenhuma prova. Uma liberação oficial seria o único jeito de escapar.

— Alguém já fez isso antes? — perguntou Phoebe. — Acho que não gostam muito de liberar nenhum membro.

— Não tenho como perguntar isso para o meu pai, não depois do que nós vimos na ilha. Acho que vamos ter que entender essa charada do Palmer antes.

Duas horas depois, quando chegaram à casa da família Bell, tudo parecia estar fechado para o inverno. Todas as luzes estavam apagadas e o chão coberto de neve. Depois de estacionar na entrada de cascalho, Nick abriu a porta da frente com sua chave.

— De volta ao lar — disse Nick, enquanto entravam. A casa ficava a gélidos 12 graus durante o inverno, e Phoebe estremeceu de frio.

— Nossa, queria deitar numa cama e desmaiar — disse Phoebe. — Você quer começar a procurar seja lá o que a gente está procurando amanhã? Acho que seria melhor começar agora mesmo.

— Meu Deus... — disse Nick, parado de frente para a sala de estar.

— O que foi? — perguntou Phoebe.

Nick apontou para o espaço sobre a lareira, e Phoebe olhou.

O quadro de Jackson Pollock que a mãe de Nick tinha comprado em um leilão na Sotheby's por dez milhões de dólares havia sumido.

VINTE E DOIS

Nick se sentou com Phoebe na sala de estar, e os dois ficaram olhando para o espaço vazio onde antes ficava o quadro de Pollock. Não havia nada sobre a lareira, apenas algumas fotos de família.

— Era isso o que ele queria que a gente descobrisse? — perguntou Nick. — Não sei se pode ser.

— Talvez descobrir a falta de alguma coisa — disse Phoebe. — Talvez isso seja uma pista. Talvez a gente deva procurar algo que não está aqui.

— Então a gente deve procurar alguma coisa que antes ficava aqui? Isso não faz nenhum sentido — disse Nick, esfregando as têmporas, enquanto começava a sentir uma dor de cabeça chegando.

— Calma, antes disso... será que devemos avisar seus pais de que o quadro sumiu?

— Não, nem precisa. O caseiro vai ver isso na segunda de manhã. É bom lembrar que a gente nem deveria estar aqui.

— Nick, eles vão chamar a polícia cedo ou tarde e vão achar nossas digitais.

Nick ficou nervoso por um instante antes de por fim relaxar.

— É só a gente dizer que achou que o quadro estava sendo restaurado. Minha mãe vivia falando que a moldura precisava de uma limpeza.

— E o que a gente faz agora?

— Bom, vamos dar uma olhada por aqui.

Eles passaram por todos os cômodos da casa, o que não foi nada fácil, levando-se em conta que o lugar tinha 550 metros quadrados, oito quartos e várias salas. Por sorte, por ter sido construída nos anos 1920, a casa não era imensa como as mais novas da vizinhança. Nick sempre gostou disso, do quanto aquele espaço era administrável, o que facilitava as coisas quando se precisava encontrar alguém.

A casa estava impecável, mas tinha um cheiro de mofo como se tivesse passado semanas com as janelas fechadas. A última vez que seus pais estiveram ali havia sido na véspera de ano-novo.

No entanto, mesmo após várias horas de buscas, nada foi encontrado. Além disso, o fato de não saberem o que estavam procurando não ajudava muito.

Não ajudava muito também o fato de já serem quatro da manhã.

Voltaram para a sala de estar e se jogaram nos sofás, sentando um de frente para o outro.

— Você lembra? Seu avô disse, "Vocês encontrarão tudo aquilo que precisam na praia" — comentou Phoebe.

— Sim, mas ele poderia muito bem estar delirando.

— Vamos pensar nisso — disse Phoebe. — A única coisa que nós notamos é que o Pollock sumiu. Nós não sabemos se o seu avô tirou o quadro daqui, mas essa é a única pista que temos até agora. Então imagino que isso deva ter algo a ver com arte, certo?

— Talvez — disse Nick, franzindo a testa. Ele se levantou, olhou para o espaço sobre a lareira onde antes ficava o Pollock e examinou o painel, levemente mais escuro, onde o quadro ficava pendurado. Não parecia haver nada de incomum ou fora do lugar por ali. Ele apertou o painel para ver se alguma coisa acontecia. Mas nada aconteceu.

Em seguida, Nick reparou em uma coisa estranha enquanto passava os olhos pelas fotografias na prateleira sobre a lareira: aquele espaço sob o quadro sempre foi ocupado por fotos de família, mas que agora haviam sido trocadas por outras mais específicas. Todas mostravam a família Bell em Palm Beach, onde seu avô morava a maior parte do ano.

— Como eu sou burro — disse Nick, olhando para as fotografias.

— Por quê?

— Lembra? Ele disse, "nas duas praias".

— Sim, mas o que isso quer dizer?

— Que nós estamos na praia errada.

Aquela era uma decisão repentina, mas ele e Phoebe sabiam que era a certa. Tinham que descobrir do que Palmer estava falando. Nick queria contar tudo para os outros, por achar que todos deveriam estar envolvidos. Além do mais, seria ótimo passar um tempo em Palm Beach para escapar do frio de janeiro em Nova York, assim como de toda a loucura da Sociedade. Fazendo jus ao seu pedido para que deixassem o sábado livre, Nick ligou para todos logo cedo, dizendo que deveriam se encontrar com Phoebe e ele no Aeroporto de La Guardia, onde pegariam um voo para a Califórnia. Quanto às permissões para a viagem, metade deles tinha pais que não se importavam com isso, e a outra metade apenas precisou dizer que iria passar a noite um na casa do outro. Meia hora depois de receber o convite, Patch ligou de volta para Nick: ele queria levar Lia, porque já tinha feito alguns planos com ela que não queria cancelar. Nick não conhecia Lia, mas tinha passado o dia anterior inteiro na escola junto com Lauren e Phoebe, ouvindo Patch falar o tempo todo sobre ela. Nick sabia que ela trabalhava meio período em uma loja de discos no East Village e estudava no Colégio Stuyvesant, mas, acima de tudo, que Patch estava maluco por ela. Nick também sabia que deveria se preocupar com o sigilo de sua missão, mas também já estava exausto de tanto se esconder. Se Lia morava no centro e não era da Sociedade, não faria diferença nenhuma se ela soubesse sobre o que estava acontecendo. Afinal, para quem ela poderia contar?

Antes de comprar seis passagens para um voo simples, Nick ligou para Horatio, o caseiro e mordomo de seu avô que cuidava da casa em Palm Beach para se garantir de que tudo estava em perfeitas condições.

— Vou precisar falar com o seu avô antes, é claro — disse Horatio. — Acho que consigo ligar para ele no hospital.

Horatio ligou de volta para Nick em dez minutos e disse que seu avô havia dado permissão para que fizesse o que bem entendesse por lá.

— Fiquei até surpreso, na verdade, se me perdoa a franqueza. O senhor Bell me disse, "dê ao meu neto tudo o que ele pedir". Nós não recebemos tantos convidados assim desde que, bom, desde...

— Eu sei — disse Nick. — Desde que minha avó morreu.

— Vocês vão ficar na ala leste. Vou preparar os quartos. Vão ser três, certo?

— Isso mesmo — Nick pensou em dormir com Phoebe, enquanto Patch e Lia dividiam um quarto, e Lauren e Thad o outro. — Horatio, você pode me fazer um favor?

— Claro.

— Se meu pai ligar, não comente nada sobre essa visita com ele.

VINTE E TRÊS

— Para Flórida? — disse Lia. — Você ficou maluco? — ela e Patch já estavam em um táxi, atravessando a cidade em direção ao túnel de Midtown. Patch só havia dito que tinha uma surpresa e que ela deveria levar uma troca de roupa. Esse era apenas o segundo encontro oficial entre eles, então isso era um tanto inesperado, mas Patch estava feliz por Lia dar valor à sua espontaneidade. A viagem era como um presente que tinha caído no colo dos dois, uma oportunidade para fugir de Manhattan.

— Achei que a gente ia, sei lá, para os Hamptons ou coisa assim — continuou ela. — Mas Palm Beach? A gente virou um casal de aposentados, agora? Será que vai estar calor? Achei que poderia estar um gelo na praia!

— Lá é muito gostoso — disse Patch, enquanto entravam no túnel de Midtown. — O avô do Nick tem uma piscina e tudo, com umas fontes em forma de golfinhos que cospem água. Até que é divertido, tem um estilo de casa de velho ricaço, sabe?

— Bom, eu não trouxe biquíni — disse Lia. — Como a gente vai fazer agora? — Franziu a testa, tirando suas franjas escuras da testa.

— Relaxe, tenho certeza que a Lauren vai levar uns cinco. E também, não é nada de mais. As meninas podem emprestar alguma roupa para você, se precisar.

Ela encolheu os ombros, ainda hesitante.

— Tudo bem. Mas então, isso é um tipo de ritual do seu colégio, ou alguma coisa assim? Isso de ir pro sul no inverno?

— Ah, por favor... — disse Patch. — Isso não tem nada a ver com o colégio — brincou ele, enquanto a cutucava na barriga.

— Tudo bem, garoto modelo. Sempre soube que você era um aluno exemplar.

— Para com isso! — Isso realmente deixou Patch surpreso. Ele achava que, com seu novo físico e corte de cabelo, já teria conseguido se livrar da imagem de bom aluno com a qual tinha crescido. Mas, pelo visto, ainda não. — Eu não sou assim — continuou ele. — Eu sempre me senti meio... sei lá, meio diferente.

— Como assim?

Patch não sabia bem se deveria falar sobre sua família. Ele olhou para o taxista pelo retrovisor. Aquele parecia ser um lugar estranho para se discutir esse tipo de coisa.

— Eu não tenho uma estrutura familiar lá muito tradicional — disse ele, e então explicou como foi crescer com a avó e falou sobre a morte do pai e a internação da mãe.

Lia o olhou com carinho enquanto ele terminava a história sobre a mãe.

— E você ainda não sabe direito por que ela está lá? — perguntou ela.

— Ela tem um transtorno de personalidade limítrofe, mas tem crises bem sérias às vezes. Ela só não vê o mundo do mesmo jeito que a gente. Tudo é um perigo para ela. Eu nunca entendi bem por que ela é assim desse jeito.

Ele não queria falar sobre o Ankh da Sociedade que tinha visto gravado no pescoço de sua mãe novembro passado, ou sobre a foto dela que havia encontrado na noite anterior entre os recortes de jornal sobre o último Baile de Dendur. Não queria comentar que agora estava questionando toda aquela história e tudo o que havia acontecido com ela. Em partes, era isso o que vinha deixando a situação com a Sociedade tão confusa e o que o diferenciava dos outros. Os outros só queriam sair do grupo, mas Patch também tinha outro objetivo: entender qual havia sido a relação de sua mãe com a Sociedade. Tentou conversar com Genie sobre isso ao longo das últimas semanas, mas ela não disse nada sobre isso. Ele sabia que a saída mais óbvia seria visitar sua mãe no hospital, em Ossining. Chegou a comentar isso com Genie, mas ela o desencorajou. Era muito doloroso para Patch ver a mãe naquela situação. Ele odiava ir até lá e não era como se Esmé pudesse explicar nada mesmo. Suas memórias eram fragmentadas demais, como cacos de vidro.

Ele tinha inúmeros motivos para deixar isso de lado.

No entanto, independente de todo o resto, Patch sabia que essa era uma jornada que ele precisaria enfrentar sozinho.

O táxi parou em La Guardia, e Patch se inclinou até a frente para pagar o taxista.

Lia respirou fundo.

— Bom, isso vai ser interessante.

— Relaxe — disse Patch. — Você vai gostar dos meus amigos.

Assim que chegaram, Phoebe, Lauren e Thad já estavam esperando no guichê de passagens.

— O Nick só está vendo umas coisas — disse Phoebe.

Patch apresentou Lia a todos. Phoebe e Lauren foram muito gentis com ela, como se fossem irmãs mais velhas e Patch estivesse lhes apresentando sua primeira namorada.

— Nós ouvimos tanto sobre você! — disse Lauren, enquanto abraçava Lia. Patch ficou um pouco envergonhado por ter falado tanto sobre Lia para Lauren e os outros no dia anterior. Patch percebeu um leve ar de desconforto em Lia, mas também notou que ela estava contente pelo fato de as meninas estarem sendo tão gentis. Elas a convidaram para comer umas rosquinhas em uma lanchonete antes do voo.

Por mais empolgado que estivesse com Lia, Patch agora só conseguia pensar nas pistas sobre as quais Nick havia comentado brevemente pelo telefone. Não sabia o que aquilo queria dizer, mas estava feliz com a chance de poder descobrir – e, melhor ainda, de que isso pudesse ajudá-los a deixar a Sociedade.

Patch se sentou no saguão de espera em frente ao posto de segurança. Lauren chegou ao seu lado com um copo de café, um pouco antes das outras meninas.

Ele a olhou com uma cara como quem diz "o que você achou?".

Lauren deu risada.

— Dá para relaxar, Patch? Você deu sorte. Ela é um doce.

VINTE E QUATRO

Enquanto o táxi verde e branco de Nick estacionava em frente à casa de seu avô, sentiu um sorriso se abrindo sob seus óculos de sol. A casa de Palmer Bell em Palm Beach era um palácio rosa-coral de frente para o mar, com adornos rebuscados de gesso, várias fontes, elefantes de mármore ao lado dos portões e colunas sustentadas por macacos entalhados em pedra. O lugar tinha sido construído por um ator de cinema nos anos 1930 e era famoso pela vizinhança. Os pais de Nick sempre criticaram a casa por ser espalhafatosa demais, mas Nick gostava. Ela era tão diferente das outras casas da família Bell, que eram todas mais austeras. A de Palm Beach era divertida, pois tinha um quê de terra da fantasia.

A porta da frente foi aberta por Horatio, o mordomo de seu avô, um homem alto e troncudo de pele cor de oliva, cabelos escuros e olhos que ficavam meio juntos demais no rosto. Horatio cuidava da casa, como um empregado comum, e também atendia às várias necessidades médicas de Palmer, agora que já estava mais velho. Ele fazia de tudo para garantir que a cozinha estivesse sempre abastecida, a piscina limpa e que os faxineiros deixassem cada centímetro da casa brilhando. Ninguém sabia ao certo sua idade, talvez algo entre quarenta e sessenta anos, em um belo estado de conservação que ele atribuía às bagas de goji[2] secas que comia em todas as suas refeições. Os Bells eram muito gratos pelos serviços de Horatio, pois ele vinha cuidando de Palmer desde que Elizabeth, a avó de Nick, tinha morrido. Palmer se recusou a voltar para Nova York, então foi uma sorte para a família ter alguém que pudesse cuidar do mais velho membro do clã Bell.

O outro táxi parou atrás do de Nick, e os seis foram levados até a ala leste da casa, onde ficavam os quartos de hóspedes. As meninas logo vestiram seus biquínis – Lauren tinha um verde-claro para emprestar a Lia, que aprovou o modelo – e foram para a piscina, onde Horatio lhes serviu chá gelado e limonada fresquinha. Depois de pôr uma sunga, Nick voltou para a sala de estar junto com Thad e Patch, onde os três ficaram descalços sobre o tapete de sisal. A avó de Nick havia decorado a sala com tons amarelos

[2] Fruto de origem asiática conhecido pelo alto poder nutritivo (N.E.).

clássicos de Palm Beach, e o lugar era marcado por enormes sofás de linho e bananeiras em cestos de vime. Os meninos estavam de bermuda larga e camiseta, o que ficava meio estranho neles, com seus braços pálidos pelo inverno em Nova York.

Nick e Phoebe haviam contado aos outros sobre o desafio de Palmer depois de terem feito o *check-in* para o voo. Todos fizeram as mesmas perguntas que Nick e Phoebe já esperavam, mas por fim concordaram que resolver essa enigmática charada seria a melhor ideia no momento. Nick falou sobre o desaparecimento do quadro de Pollock e sobre a pista das fotos de família que os havia trazido até Palm Beach.

— Não sei se o Horatio sabe alguma coisa sobre isso — disse Nick para seus dois amigos. — Ele pode estar achando que a gente só veio aqui para passar o final de semana, então não podemos dar muita bandeira enquanto procuramos por aqui. Ainda bem que as meninas estão lá fora para distrair a atenção dele.

— E você ainda não sabe o que estamos procurando? — perguntou Thad.

— Ainda não.

— Acho que pelo menos um de nós precisa ficar na piscina um tempo, para não dar na cara que não estamos em casa — disse Patch.

Uma voz se ergueu atrás deles, e Nick levou um susto.

— Senhor Bell?

Era Horatio, trazendo uma caixa dourada com hieróglifos egípcios entalhados.

— O seu avô me pediu para entregar isso ao senhor. É um pequeno presente de boas-vindas para o senhor e os seus amigos. Vocês podem jogar enquanto estiverem aqui.

— Jogar? — perguntou Nick.

Thad pegou a caixa de Horatio e a entregou para Nick, que a colocou sobre uma mesinha de mármore branco. Nick abriu a tampa enquanto Horatio pedia licença para se retirar.

— Nossa — disse Thad.

— O que foi? — perguntou Nick.

— Eu só tinha visto esse tipo de coisa em museus. Isso é demais!

— Seria *melhor ainda* se você dissesse logo o que é isso aí — disse Patch, dando um soco de brincadeira no braço de Thad.

— É um senet — explicou Thad.

— Uma sineta? Como assim? — perguntou Nick.

— Não, um S-E-N-E-T. É o jogo de tabuleiro mais antigo da história. Dizem que foi criado por volta de três mil e quinhentos anos antes de Cristo. Os egípcios costumavam pôr um tabuleiro de senet nos túmulos porque isso supostamente protegia os mortos dos principais deuses. Era visto como um jogo de sorte e destino.

— Hum, tudo bem então, senhor Enciclopédia. Como você sabe de tudo isso? — perguntou Patch, cutucando o amigo.

Thad ficou vermelho.

— É que eu curtia muito história egípcia, tipo, na sexta série.

Thad abriu o tabuleiro e pegou as peças de uma gavetinha na lateral da caixa. O jogo tinha nove peões e quatro barrinhas que tinham cada uma um lado reto e outro mais arredondado.

— Tem uma peça faltando — disse Thad.

— Então é mais uma coisa que sumiu — comentou Patch.

— Como assim? — perguntou Nick.

— Até agora, duas coisas sumiram: o quadro que você tinha na sua casa de praia, e agora essa peça do jogo.

Nick se sentou.

— Então ele está nos deixando pistas. Mas o que isso quer dizer?

— Nós já temos quatro coisas — disse Thad. — Um quadro desaparecido, fotos de família, a praia, ainda que a gente não saiba bem qual, e um jogo de tabuleiro egípcio com uma peça faltando.

— E o que a gente faz com tudo isso? — perguntou Nick.

— Talvez não tenha nada a ver, mas acho que a gente deveria procurar alguma coisa egípcia — disse Thad. — Uma relíquia de família, quem sabe? O seu avô por acaso colecionava obras de arte egípcias?

— Pode ser que sim. Nunca prestei muita atenção.

— Certo. Então, se ele tivesse alguma coisa muito especial, onde guardaria?

— No escritório dele — disse Nick. — Só poderia ser lá. Era o único lugar onde minha avó não entrava. Aquele lugar é tipo uma cápsula do tempo.

— Então é melhor você ir até lá dar uma olhada. Acho que vou lá fora ensinar as meninas a jogarem senet. Só pro Horatio não ficar tendo ideias, sabe. Além do mais, a gente pode acabar descobrindo mais alguma pista.

Nick olhou para o lado e viu Phoebe na entrada da sala. Ele não sabia há quanto tempo ela estava ali, escutando.

— Bom, que tal a seguinte teoria então? — disse ela. — Uma peça que falta está impedindo que você jogue. Acho que como muitas coisas na Sociedade, o jogo em si é só um mero detalhe. Nós até podemos aprender a jogar senet, mas acho que a mensagem do Palmer é que primeiro você precisa descobrir o que está faltando para só então começar o jogo.

— Qual jogo? — perguntou Thad.

— Não é senet — disse Phoebe. — É um jogo que tem por objetivo a saída da Sociedade.

VINTE E CINCO

Patch, Nick e Phoebe chegaram ao escritório de Palmer, em frente a uma enorme mesa de jacarandá. Era uma sala decorada com tons mostarda-escuro e um tapete amarelo grosso e felpudo no chão. Cortinas que se fechavam eletronicamente em uma grande janela com vista para o resto da casa, o deck da piscina, as duchas e a praia mais ao longe.

— Este lugar parece ter saído de uma daquelas revistas de arquitetura dos anos setenta — disse Phoebe.

Lá fora, eles podiam ver Lauren, Thad e Lia tomando sol ao lado da piscina, enquanto Horatio servia sanduíches. Thad estava tentando explicar as regras de senet a elas, mas Lauren parecia estar mais interessada em sua edição italiana da revista *Vogue*. Eles estavam usando um pino de golfe no lugar da peça faltante.

Patch olhou para as prateleiras cheias de livros que cobriam as paredes, a não ser por uma pequena alcova atrás da mesa de Palmer, que era coberta por cortinas de um tecido com aquela mesma cor mostarda-escura. Esta sala continha a vida inteira de Palmer, a vida de um homem que sempre havia sido um grande mistério para Nick. Livros, prêmios, diplomas. Medalhas de honra de várias organizações. Fotos de Palmer com pessoas importantes. Seria impossível pensar em alguém mais distante de Patch, que suspeitava não ser muito estimado por Palmer, já que nunca havia tido muito contato com ele. Ainda assim, aquela sala tinha um estranho quê reconfortante, um cheiro familiar que fazia Patch se lembrar de sua infância.

— Ei, Patch, acorda, cara. Vem ver isto aqui — Nick tinha aberto um painel de madeira na lateral da mesa que tinha dois botões dentro. Patch e Phoebe se aproximaram para ver melhor.

— Vamos apertar? — perguntou Phoebe?

— Pode ser um alarme — sugeriu Nick. — Aí o Horatio vai perceber que a gente está bisbilhotando pela casa.

— A gente inventa qualquer coisa — disse Patch. — Você pode dizer que estava procurando um caderno e apertou sem querer.

— Então se preparem para ser expulsos — brincou Nick. Ele apertou o botão e os três fizeram uma careta de medo.

De imediato, nada aconteceu.

Em seguida, pouco a pouco, as cortinas começaram a se abrir na alcova atrás da mesa de Palmer. No começo, chegaram a pensar que essas cortinas eram apenas um elemento decorativo, mas agora elas estavam revelando uma placa de pedra com alguns hieróglifos egípcios. Ela estava dentro de uma caixa de fibra de vidro, iluminada por uma luminária, como se fosse uma peça de museu.

— Você já tinha visto isso antes? — perguntou Patch.

Nick balançou a cabeça.

— Ele antes tinha um quadro pendurado nessa parede. E era só uma pintura besta de uma paisagem ensolarada qualquer.

Os três se viraram para ver que Thad tinha entrado na sala e estava olhando, cheio de admiração, para a placa de pedra.

— Se isso aí for de verdade, seu avô devia deixar escondido de todo mundo — disse Thad. — Aposto que isso deve valer, tipo, um milhão de dólares.

— Como assim? — perguntou Patch.

— Isso é uma antiguidade raríssima.

— Dá para explicar direito? — pediu Nick.

— Deve ser egípcio — disse Thad. — Provavelmente de algum templo. Não sou nenhum especialista, mas uma coisa assim deveria estar em um museu, não no escritório de um velho rico.

— O que será que o outro botão faz? — perguntou Nick.

Patch encolheu os ombros.

— Aperte aí para a gente ver. A esta altura, tanto faz.

Nick apertou o botão e a pedra começou a girar sobre a plataforma onde estava, revelando os hieróglifos na parte de trás. Como na frente, a peça era linda, com imagens de deidades e animais entre os símbolos.

Patch se aproximou para ver melhor.

— Tem alguma coisa nesta pedra, parece uma chave ou algo assim.

A caixa de fibra de vidro tinha uma pequena porta com dobradiças do tamanho de uma carta de baralho na parte de trás que correspondia perfeitamente com uma pequena reentrância na pedra, dentro de onde uma chave estava encaixada.

— Bom — disse Thad. — Essa chave *com certeza* não faz parte da pedra original. Não existiam chaves assim naquela época.

— *Você precisa encontrar a chave* — disse Nick.

— Ah, a chave está bem aí, seu mané — disse Patch.

— Não — interrompeu Phoebe. — Foi o Palmer quem disse isso para a gente, ele disse, "você precisa encontrar a chave".

— E o que essa chave abre? — perguntou Thad.

— Não faço ideia. Mas a gente precisa tirar ela daí. Vocês sabem como abrir isso? — perguntou Nick, vendo que a portinha estava trancada.

— Eu posso até tentar — disse Patch. — Mas isso com certeza deve estar ligado a algum alarme.

Thad examinou a fechadura.

— É um sistema básico de tranca magnética — disse ele.

— Você sabe como abrir? — perguntou Nick.

— Me dê meia hora — disse Thad. — E me diga onde fica a sala de manutenção desta casa. Com as ferramentas certas, eu e o Patch podemos abrir isto aqui.

— E o que a gente faz? — perguntou Nick, apontando para Phoebe.

— Fiquem lá com as meninas — disse Thad. — E distraiam o Horatio para que ele não venha aqui atrás da gente.

VINTE E SEIS

Naquela noite, Lauren fez uma reserva para os seis em um restaurante italiano na Worth Avenue, que ela sabia que sua mãe gostava. O lugar era animado, recebendo uma mistura de socialites de Palm Beach com rostos paralisados no tempo por plásticas, decoradores gays com bronzeados exagerados, celebridades de Manhattan exiladas e velhas herdeiras cheias de joias que pareciam nunca ter saído daquela ilha. Lauren e seus amigos eram os mais jovens no recinto, mas graças a um flerte de Thad com o recepcionista, conseguiram pegar uma mesa ótima e ganharam várias garrafas de vinho como cortesia.

Nick havia sugerido montar uma pequena fogueira na praia depois do jantar para fazer sanduíches de marshmallow. Os meninos estavam empolgados com a chave que tinham encontrado na casa, ainda que ninguém soubesse ao certo o que ela poderia abrir. Na praia, enquanto tomava uma cerveja que Nick tinha pegado de um *cooler*, Lauren só queria pensar em coisas divertidas, que a levassem para longe de tudo.

Ela se sentou ao lado de Phoebe e Thad em cima de uma toalha, perto da fogueira, enquanto Nick, Patch e Lia brincavam com um frisbee fluorescente. Os marshmallows que eles estavam assando tinham ficado queimados, pastosos e nojentos, e todos gritavam quando um dos docinhos pegava fogo sobre as chamas. Thad os ajudou a preparar alguns espetos para que pudessem assar os doces sem derrubá-los no fogo.

Para Lauren, a viagem estava sendo uma bem-vinda folga do estresse na cidade. Talvez fosse uma besteira, mas aquela paisagem tropical, sem falar na alegria de seus amigos, tinha feito Lauren voltar a pensar em Alejandro. Palm Beach a lembrava daquela tarde de sábado que eles passaram nadando na casa que os pais dele haviam alugado em Southampton, uma casa chique e moderna que parecia ter saído de Miami. Aquilo tudo trazia a lembrança de como eles dançaram sob as palmeiras ao som de uma famosa cantora brasileira, interpretando "Garota de Ipanema".

Mas Alejandro foi um idiota. Ela vinha tentando se convencer disso. Um idiota com a própria vida. Ele desperdiçou suas oportunidades. E, pior ainda, partiu o coração de Lauren.

Talvez não fosse justo culpá-lo. Afinal, se não fosse pela Sociedade, Alejandro ainda estaria vivo hoje.

Lauren se virou para Thad, enquanto ele segurava com cuidado seu marshmallow sobre as chamas. Ela estava muito grata a ele por tê-la tirado de sua bolha de isolamento várias semanas atrás. Ele vinha sendo tão prestativo e gentil, e ela devia muito a ele. Lauren queria que ele conhecesse alguém, embora uma parte sua também quisesse ter sua atenção exclusiva.

Lauren se sentia culpada por estar sendo tão passiva nessa empreitada para sair da Sociedade enquanto seus amigos cuidavam de tudo. Mas ela estava exausta e deprimida demais. Era difícil se empolgar com o desafio do avô de Nick quando a maior batalha de sua vida era levantar da cama a cada dia. Ela sabia que, cedo ou tarde, iria superar isso, mas por enquanto, a dor ainda era muito grande. E nada, nem mesmo sair da Sociedade, poderia mudar isso.

VINTE E SETE

Mais tarde, naquela noite, Patch se deitou ao lado de Lia na cama *king size* em sua suíte de hóspedes. A não ser pelo café no Pink Pony, eles mal haviam saído juntos, e agora ele estava nesta situação tão romântica. Ficaram se beijando por alguns minutos, até que ela quebrou o clima fazendo a pergunta que Patch estava temendo.

— Patch, você precisa me contar. O que está acontecendo aqui?

— Como assim?

— Bom, vamos ver... vocês cinco parecem falar na sua própria língua, ou pelo menos ter seu próprio vocabulário. Todos vocês têm tatuagens de Ankhs na nuca... bom, acho que todos vocês, por mais que eu não tenha visto o pescoço do Nick muito bem na piscina. Vocês são obcecados por chaves e jogos de tabuleiro bizarros. E o Nick parece estar no comando de alguma missão da qual ele nem sabe o objetivo. O que é tudo isso?

— Não é nada. É só...

— Patch, não tente me enrolar — disse ela com um olhar fulminante, e ele se deu conta de que precisaria contar tudo se quisesse que aquele relacionamento tivesse algum futuro.

— Bom, não podemos falar disso com ninguém. Foi o que eles nos disseram.

— Quem são eles? Os monstros debaixo da sua cama?

Patch suspirou e começou a falar devagar.

— A liderança desse grupo em que nós estamos... é tipo um clube. Nós realmente não podemos falar sobre isso. Mas sei lá, estamos tão longe. Talvez as regras parem de valer se você sai da cidade.

Ele sabia que isso não era verdade. Sabia que estaria violando a segunda regra do pergaminho que havia recebido na ilha de Ísis: *Você não falará sobre a Sociedade com pessoas de fora, nem família, nem amigos.*

Mas dane-se. Até pouco tempo atrás, Patch também era uma pessoa de fora. E ele ainda não se sentia como um verdadeiro membro, pelo menos não como os outros de sua turma.

Ele começou a explicar a Lia como se envolveu em todo o assunto, sobre a Noite do Renascimento, sobre as imagens que tinha feito, sobre como havia sido ameaçado e sequestrado depois de se infiltrar na ilha. Sobre como entrou para esse grupo apesar dos avisos de sua avó, o que não a deixou nada contente.

— Desculpa — disse ele. — Eu sei que isso é pesado demais. Você não precisa ouvir nada disso... este era para ser um final de semana divertido, não é?

— Não, eu só não acredito... digo, esse papo todo é incrível. Iniciações secretas? Ameaças? Você se infiltrando numa ilha?

— Eu sei, é meio maluco, né? — disse Patch, abrindo um sorriso tímido.

— Na verdade, eu estou até... bom, estou até impressionada. Não imaginava que você fosse capaz desse tipo de coisa.

— Bom, não é só coisa de aluninho rico, sabe — disse Patch. — Mas então, você achou tudo isso bizarro demais? Você parece estar preocupada com alguma coisa.

— Não — respondeu ela, balançando a cabeça.

— Então deixa eu adivinhar: você não quer saber de nada disso, nem de mim? — Ele sabia que estava sendo dramático, mas achou que seria melhor expor logo seus piores medos de uma vez.

— Não, nada a ver — disse ela. — Se você está metido nisso, quero ficar ao seu lado.

VINTE E OITO

— Querida, é você? — Phoebe estava de volta em casa, depois de ter sido deixada por Nick. Ela ouviu a voz da mãe na sala de estar e então olhou para lá ainda do corredor. A lareira estava acesa, e Maia e Daniel estavam tomando vinho. — Que bom que você voltou. Como foi seu final de semana? Achei tão gentil da parte do Nick levar você até a casa do avô dele.

Phoebe havia conseguido contar a verdade à sua mãe, dizendo que estava indo até Palm Beach para passar o final de semana, e explicando que sim, que o mordomo do Sr. Bell estaria por lá o tempo todo caso eles precisassem de alguma coisa.

Phoebe poderia jurar que viu Daniel se endireitando no sofá ao ouvir falar sobre a casa de Palmer Bell. Talvez fosse algum tipo de privilégio da Sociedade visitar a casa do presidente emérito.

— Ah, era muito bonito lá. Fez calor — disse ela, inquieta, querendo que sua mãe a deixasse subir logo.

— A gente devia viajar mais — disse Maia, olhando para Daniel. — Acho que o meu trabalho anda atrapalhando. — Maia vinha passando muito tempo imprimindo fotos para uma nova exposição que estava montando.

— Podemos viajar mais, sim, se você quiser — disse Daniel, abrindo um sorriso.

— Querida, nós queríamos contar uma coisinha para você.

— O que foi?

— Você vai passar a ver o Daniel muito mais de agora em diante.

— Por quê? — perguntou Phoebe, olhando para a mãe com um ar confuso.

— Ele vai vir morar com a gente! Isso não é ótimo?

Phoebe ficou sem reação. Depois de só alguns meses de namoro? Tinha sido tudo tão rápido. Ela não sabia o que pensar – ela agora passaria a morar com um membro da Sociedade sob seu próprio teto. Isso era muito estranho, especialmente porque Daniel só havia comentado uma única vez que fazia parte do grupo. A não ser pela conversa entre eles algumas semanas atrás, ele nunca havia falado muito com Phoebe sobre a Sociedade e seu papel dentro dela.

— Você não tem nada a dizer? — perguntou Maia. — É uma notícia tão boa. A Tatiana renovou o contrato de professora em Paris, então a casa vai ficar com a gente por mais um ano.

Oficialmente, o motivo pelo qual elas estavam morando em uma casa tão chique e pagando tão pouco era o fato de que eles estavam cuidando do lugar para Tatiana, uma escultora muito rica que era amiga da mãe de Phoebe.

— Ah, claro — disse Phoebe, com um sorriso forçado. — Que ótimo. Fico muito feliz por vocês. Bom, é melhor eu subir... tenho que estudar e tal.

Maia e Daniel acenaram a cabeça enquanto Phoebe voltava para o corredor e subia até seu quarto. Ao longe, ela os ouviu fazendo comentários sussurrados sobre seu volátil humor de adolescente. Phoebe estava desesperada para contar tudo o que sabia à sua mãe, mas agora, com Daniel, um membro direto da Sociedade, dentro de casa, isso seria impossível.

No dia seguinte, depois da escola, Phoebe decidiu pegar um caminho de volta para casa que a faria passar pelo prédio de Nick e Patch. Não sabia se algum deles estaria por lá, mas estava querendo visitar alguém.

— Você poderia chamar a Genie, hã, digo, a senhora Madison, por favor? — pediu ela ao porteiro. Por sorte, ele já a conhecia.

— Quer que eu diga ao senhor Bell que você veio aqui? — perguntou o porteiro.

— Não, só quero falar com a senhora Madison, mesmo.

O porteiro avisou sobre a chegada de Phoebe pelo interfone e lhe disse para subir. Ela precisou se lembrar de parar no andar de Patch em vez de subir até o apartamento de Nick. Quando o elevador chegou ao andar de Patch, Phoebe se sentiu reconfortada ao ver os ladrilhos de mármore rachados e gastos da entrada, marcados por anos de uso.

Genie já havia aberto a porta para ela.

— Phoebe, minha querida, mas que ótima surpresa! Não sabia que você viria. Quer falar com o Patch?

— Não, na verdade é com a senhora mesmo que eu queria falar — disse Phoebe. — Espero que a senhora não se importe de eu aparecer assim de repente.

— Não, imagine. Deixe-me fazer um chá.

Genie pegou um bule enquanto Phoebe esperava com um ar meio desconfortável na entrada da pequena cozinha.

— Eu queria conversar com a senhora sobre a Sociedade — disse Phoebe. — Isso não deve ser nenhuma surpresa. Estou me sentindo presa no meio de toda essa história. Não só da Sociedade em si, mas com o Nick também. Eu amo o Nick, por favor, não diga nada para ele, mas eu só... bom, é muito difícil lidar com isso, pela família dele e tudo. E conhecer o Patch também foi ótimo, mas ainda tem tanta coisa que a gente não sabe. Enfim, desculpa, nem sei direito o que estou falando. Só achei que a senhora poderia me dar alguns conselhos.

— Vamos lá para a sala — disse Genie. — Precisamos esperar o chá ficar pronto.

— Obrigada — disse Phoebe e então a seguiu.

Genie se sentou em um dos dois sofás da sala.

— Meu conselho a você é o mesmo que dou ao Patch, que é para ficar longe de tudo isso. Se envolver com a Sociedade nunca trará nada de bom.

Phoebe suspirou.

— Infelizmente, acho que já é tarde demais. Achei que isso iria melhorar a nossa vida, mas acabou só piorando. Eu estava tão empolgada no semestre passado, mas nem consegui fazer nada neste agora.

— Ora, Phoebe, por favor. Isso não é pela Sociedade. É por você mesma. O Patch diz a mesma coisa quando fala sobre aquele programa de TV. Vocês podem fazer o que bem entenderem. Vocês não precisam da Sociedade para chegar a lugar nenhum.

Phoebe acenou a cabeça.

— Eu sei. Mas estamos presos no meio disso agora. Tudo o que eu quero é sair e deixar toda essa maluquice para trás.

— Não sei bem como vocês poderiam sair. Sei que outros já tentaram, mas não conseguiram.

— Outros? Tipo quem?

— Vá buscar o chá que eu conto para você — Phoebe foi até a cozinha. Ela queria descobrir o máximo que podia, mas não sabia ao certo o quanto poderia perguntar sem levantar muitas suspeitas. — Minha filha esteve na mesma situação que você — disse

Genie, enquanto Phoebe servia duas xícaras de chá na sala de estar. — Ela achou que entrar para a Sociedade seria ótimo para a vida dela. E por um tempo, foi mesmo. Ela conheceu seu marido, teve um filho. Mas então houve um desentendimento.

— Um desentendimento com quem?

— Bom, ela disse coisas que irritaram algumas pessoas. Pessoas da alta cúpula. E então ela teve um surto psicótico.

Phoebe se lembrou de sua experiência com o Dr. Meckling e de quão rapidamente ele a diagnosticou como paranoica.

— Isso foi quando ela foi internada? — perguntou Phoebe, já sabendo um pouco da história por Nick.

— Foi sim. O Patch não sabe de todos os detalhes, e eu preferiria não entrar nesse assunto agora. Enfim, só estou dizendo para você tomar cuidado. O Patch está tentando descobrir o que pode sobre a mãe, mas não sei bem se ele está pronto para saber de tudo.

— E os Bells? — perguntou Phoebe. — Estou tentando entender... me desculpe se estou sendo intrometida, mas a senhora e o Patch têm alguma ligação com eles. Digo, além do seu noivado com o Palmer Bell.

Ela sabia que estava se arriscando e nem tinha certeza se o que estava dizendo era verdade, mas tudo aquilo não podia ser mera coincidência: Genie morar no mesmo prédio que Palmer Bell, anos após o fim do noivado; a amizade entre Patch e Nick; Genie saber tanto sobre a Sociedade; o frasco de perfume no armário de remédios de Genie com o mesmo cheiro que Phoebe havia sentido na cerimônia de iniciação.

— Nossas famílias sempre foram próximas — disse Genie, meio seca. — Claro, não tanto nos últimos anos, a não ser pela amizade entre o Patch e o Nick. — Ela tomou um gole do chá. — Não sei bem mais o que você poderia querer saber.

Phoebe sentiu um tom defensivo na voz de Genie e percebeu que seria indelicado continuar a conversa. Ela e os outros precisavam da ajuda de Genie, e Phoebe não queria pôr isso a perder.

— Desculpa — disse Phoebe. — Estou sendo intrometida. Sei que não é educado.

— Não se preocupe, querida. Adorei sua visita. E sim, se quer saber, eu teria feito exatamente as mesmas perguntas quando tinha a sua idade.

VINTE E NOVE

Uma semana depois, Claire Chilton convocou a primeira reunião do Comitê Júnior para o Baile de Dendur no Clube Colonial. Lauren e Phoebe foram a contragosto, sabendo que não tinham escolha.

Phoebe e Lauren chegaram quando a reunião já estava começando. Nick, Patch e Thad já estavam lá, escutando com toda paciência enquanto Claire Chilton falava. Mas que farsa tudo aquilo havia se tornado, pensou Lauren. Quem iria imaginar que o maior papel de alguém na vida seria o de interpretar a si mesmo?

Depois da reunião, que em maior parte se resumiu a uma tentativa de convencer todos a venderem para os seus amigos os ingressos de 250 dólares para o baile, a Sra. Chilton veio falar com Lauren, com Claire logo atrás. Letty Chilton havia supervisionado a reunião do fundo da sala, como se não confiasse na filha para fazer algo tão bem quanto ela mesma. Lauren e Phoebe estavam lado a lado, e os meninos tinham sumido para algum lugar, em meio ao vasto labirinto de salas do clube.

— Lauren, querida, acabaram de me sugerir uma ideia maravilhosa — disse a Sra. Chilton.

— Ah, é? — respondeu Lauren, inclinando a cabeça. Sabia que estava sendo meio antipática, mas a Sra. Chilton pareceu nem perceber.

— A sua linha de joias me parece muito interessante.

— Obrigada — disse Lauren.

— E você é especialista em reproduções?

Lauren se irritou. Ela não fazia reproduções. Sugerir isso era um insulto.

Lauren abriu seu sorriso mais meigo, mesmo querendo se virar e ir embora.

— Não faço reproduções. Os *designs* são todos meus ou reinterpretações de joias clássicas — ela fez uma pausa. — Tudo bem antigo. O tipo de coisa que você deve ter usado quando era nova.

E então foi a vez da Sra. Chilton ignorar a cutucada de Lauren.

— Nós tivemos uma ideia genial. Você conhece o colar do Escaravelho de Ísis?

— Já vi algumas fotos, sim — respondeu Lauren, acenando a cabeça.

A joia era composta por um escaravelho, um besouro com asas muito usado em amuletos no Egito antigo. A peça original era feita de ouro, coberta com pedras preciosas em tons de vinho, azul-marinho e turquesa. O maravilhoso besouro era do tamanho de uma moeda grande e ficava pendurado em uma corrente de ouro.

— Ele está vindo do Cairo para o Museu Metropolitano de novo, emprestado para a nova exposição. Nós pensamos em falar com o museu para dar a você as dimensões da peça e a lista dos materiais originais. Gostaríamos que você fizesse cópias do colar para todos os membros do Comitê Júnior, usando materiais mais baratos, é claro. Não seria lindo tirar uma foto com todas as meninas usando uma joia tão espetacular?

— Claro — disse Claire, acenando a cabeça.

— Senhora Chilton, não faço cópias — disse Lauren. — Eu nem saberia por onde começar.

Isso não era verdade, claro. Seria muito fácil fazer uma cópia. Tudo o que Lauren precisaria fazer seria entregar as especificações ao fabricante em Red Hook que ela havia conhecido junto com Sebastian Giroux.

— Lauren, querida, sei que você pode cuidar disso. Vou pedir ao departamento de marketing do museu para ligar para você amanhã com todos os detalhes. Ah, e mande um abraço para a sua mãe por mim, pode ser? Vou ligar para ela na semana que vem. Alguns dos nossos quartos estão precisando de um trato, e acho que ela seria perfeita para isso.

Claire disparou um olhar de desprezo para Lauren enquanto ia embora.

— Parece que você arrumou um trabalho de joalheira — disse Phoebe, que estava ao lado da amiga.

— Que ironia, não é? — disse Lauren, fazendo uma cara feia. — Você consegue aquilo com que vem sonhando a vida toda, ou pelo menos a maior parte dela, e só aí descobre que já não quer mais.

— Nem me fale — disse Phoebe. Lauren sabia que Phoebe entendia muito bem como era isso, depois de ter passado por uma experiência similar com sua exposição na galeria, novembro passado. Várias pinturas foram vendidas, mas Phoebe nunca recebeu nenhum dinheiro.

— Reproduções de joias... — soltou Lauren. — O que ela pensa que eu faço? Que eu sou fornecedora das lojinhas de lembranças dos museus? Mas que piada!

— Tente pensar nisso como um trabalho de caridade — disse Phoebe.

— É, pode ser — disse Lauren, abaixando a voz. — Eu só queria saber quando é que você e o Nick vão descobrir qual é o nosso próximo passo nessa caça ao tesouro, ou seja lá o que for, que o avô dele inventou.

Phoebe balançou a cabeça.

— Andamos tão ocupados na escola que nem tivemos tempo de pensar em nada.

— Enfim, tentem pensar em alguma coisa logo, tudo bem? — pediu Lauren, com os olhos brilhando.

— Vamos pensar, sim — garantiu Phoebe. — Vamos dar o nosso melhor.

TRINTA

Depois da viagem a Palm Beach, Patch ficou pensando em sua situação e em como ela era parecida com a de sua avó. Quando ele voltou da ilha de Ísis, Genie contou que já tinha namorado Palmer Bell nos anos 1950, e que eles até chegaram a noivar. No entanto, a família de Palmer decidiu intervir e ele foi para a Itália em um transatlântico na véspera do casamento. Genie levou quase um ano para se recuperar da desilusão, mas por sorte acabou conhecendo George, o avô de Patch, com quem se casou depois de três meses. E agora, Patch estava em uma situação parecida, namorando alguém que não fazia parte da Sociedade. Seria essa sempre uma barreira capaz de dividir as pessoas?

Genie estava sentada na sala de estar, bordando uma almofada enquanto assistia à televisão. Ela ergueu a cabeça, apenas o bastante para olhar na direção de Patch.

— Estou preocupada com você, Patchfield — disse ela.

— Por quê?

— Você não me parece bem. Está magro demais. E agora vive com esse gorro de lã esfarrapado o tempo todo. O que está acontecendo?

Ele se sentou.

— Nada de mais. Digo, depois de tudo o que aconteceu... — a voz dele se esvaiu. Ele havia contado a Genie sobre o retiro da Sociedade e como havia sido obrigado a se tornar um membro também. Ela não ficou nada contente, mas entendeu o quanto sua situação era difícil. — Eu achei que nada poderia ser pior do que aquilo em dezembro — continuou ele. — Achei que entrar para a Sociedade resolveria tudo.

— Resolveria o quê? — perguntou Genie, erguendo a sobrancelha, desconfiada.

— Todos os meus problemas. Achei que isso iria me garantir um contrato para a TV, ou pelo menos me ajudaria a arrumar algumas novas oportunidades se *Chadwick por dentro* não desse certo. Mas a verdade é que não ajudou em nada. E aconteceu a mesma coisa com os meus amigos. A Phoebe não está mais pintando, a Lauren agora odeia as joias dela e o Nick nunca mais organizou nenhuma festa. Mas, bom, pelo menos eu vou discotecar no Baile de Dendur.

— O Baile de Dendur? — Genie parecia curiosa. — Mas veja só. Então eles vão voltar a fazer isso.

— Você já foi em algum?

— Não fui, não. Quando eles começaram, eu já não estava mais envolvida com essa gente. Mas a sua... bom, a Esmé, ela estava maravilhosa no último baile.

— Eu sei. Eu vi uma foto dela. Mal consegui reconhecer.

— Foi a época de ouro dela — disse Genie, melancólica. — Ela era tão feliz. Antes de tudo acontecer.

— Ela e o meu pai sempre iam em festas assim?

— Ah, sim, claro — disse Genie. — Ela, seu pai e os Bells, na verdade. O Parker e a Georgiana tinham se casado alguns anos antes. Os quatro formavam um grupo e tanto. Seu pai e o Parker, a Esmé e a Gigi. Todo mundo na cidade só falava deles.

— E aí eu nasci.

— Ah, querido, você não teve nada a ver com isso. Sua mãe teve um surto. Você sabe disso. É tudo... como se diz mesmo? Hereditário. Eu li um artigo sobre isso. Não se pode fazer nada contra esse tipo de coisa.

Patch se sentou em uma poltrona e suspirou.

— Você acha que ela vai melhorar algum dia?

— Não sei — disse Genie. — Espero que sim. Pelo seu bem. Eu sei o quanto tudo isso é terrível. Eu já nem me lembro mais de como era conviver com ela. É como se ela já estivesse morta.

— Genie!

— Patch, nós temos que ser realistas. A pessoa que nós vemos em Ossining não é mais sua mãe. Ela é só um corpo, uma sombra de quem ela um dia já foi.

— Bom, e o que você acha que eu deveria fazer com essa coisa da Sociedade? O meu projeto de TV foi para o ralo agora, o que é uma droga. E todos os meus amigos estão sendo ameaçados.

— Antes de tudo, cuide bem de você mesmo — disse Genie com firmeza. — Sei que o Nick gosta de você, mas não conheço esses seus outros amigos. Devem ser pessoas ótimas, tenho certeza, e sei que você é um bom juiz de caráter, Patch. — Ela o pegou pelo braço. — Mas, mesmo assim, você precisa tomar cuidado.

TRINTA E UM

Depois de algumas semanas, todos na Giroux New York por sorte já haviam deixado para trás o constrangedor incidente dos brincos roubados. No começo, Sebastian Giroux viu o caso como um "mal-entendido", como se Lauren fosse uma estrela de cinema drogada que simplesmente *pensou* ter pagado por algo que na verdade não comprou. Mas não, insistiu Lauren, alguém havia posto os brincos em sua bolsa. Ainda que ninguém ligasse para como ou por que isso poderia ter acontecido, eles aceitaram a hipótese como uma explicação possível, e o assunto foi esquecido.

Várias semanas antes do incidente, Sabrina, a diretora de criação da loja, havia preparado uma pequena sala para

Lauren no subsolo, no mesmo corredor de Sebastian e dos outros *designers*. Na porta, havia uma placa com os dizeres: L. MORTIMER DESIGNS. Os advogados da loja redigiram uma papelada para especificar exatamente qual seria a relação entre sua empresa e a Giroux New York. Lauren iria licenciar seus *designs* para a Giroux, que ficaria responsável pela fabricação das joias. Sabrina cuidava da negociação com o fabricante em Red Hook, e Lauren chegou até a visitar a fábrica para ver e avaliar os protótipos.

Lauren foi até o escritório de Sebastian para uma reunião com ele e Sabrina na qual seria discutido o projeto das joias egípcias. No fundo, ela não queria se envolver, mas a Sra. Chilton aumentou sua pressão dias após seu pedido inicial: conforme prometido, ela contratou a mãe de Lauren para redecorar seu apartamento. Diana disse a Lauren o quanto esse trabalho era importante para ela, o que acabou ficando muito claro. Sua mãe estava acordando cedo todo dia para procurar materiais e preparar esboços. Pela primeira vez em um bom tempo, Diana Mortimer estava empolgada com seu trabalho. E Lauren queria que as coisas continuassem assim.

Por isso mesmo, Lauren sabia que não teria escolha a não ser aceitar o projeto do Baile de Dendur, ainda que isso a rebaixasse a ponto de fazer meras reproduções.

— Eu tentei pular fora — explicou Lauren a Sebastian e Sabrina. — Sei lá, eu não quero fazer nada que fique parecendo uma lembrancinha barata de algum museu.

Tudo aquilo a deprimia, mas Lauren sabia que realmente não tinha opção.

— Deixe-me adivinhar — disse Sebastian, rindo. — A Letty Chilton forçou você a aceitar o projeto? Aquela mulher é muito insistente. Meu Deus, você nem imagina o que a filha dela fez as nossas vendedoras passarem esses dias!

— Sério? — Lauren ficou curiosa, mas não queria desviar do assunto. — Enfim, acho que acabei me empolgando com a ideia. Pode até ser divertido.

— As joias dessa época são muito lindas — disse Sebastian. — Dá para imaginar como eles criavam esse tipo de coisa milhares de anos atrás? É realmente incrível.

— Quais são os materiais usados? — perguntou Sabrina.

— A gente poderia usar pedras esmaltadas e semipreciosas — disse Lauren. — Nada caro demais. Camélia, lápis-lazúli, turquesa. Seria basicamente uma imitação. Mas o mais importante é que fique parecendo real. Seria lindo se todas as meninas estivessem usando uma réplica no baile, com a peça original em exposição logo ao lado.

Lauren entregou a Sabrina um envelope pardo com as especificações fornecidas pelo curador da ala egípcia do museu.

— Bom, agora precisamos discutir uma coisa mais importante — disse Sebastian. — As joias são um sucesso. Nós até estamos vendendo mais lá fora do que aqui em Nova York. Eu falei para você que a Colette também vai começar a vender?

Colette era uma loja de departamentos, uma butique de luxo, similar à Giroux, só que em Paris. O lugar vendia tudo, desde edições limitadas de livros e roupas exclusivas até os últimos discos de DJs famosos e água mineral a preços exorbitantes. Lauren sabia que ter seus *designs* nessa loja era uma enorme honra.

— Que fantástico — disse Lauren, acenando a cabeça.

— É mais do que fantástico. Eles querem fazer uma vitrine para a primavera deste ano com as suas peças.

— Meu Deus! Que demais!

— Mas há um porém — disse Sabrina.

Lauren grunhiu baixinho. Sempre havia um porém.

— Eles querem que os *designs* sejam exclusivos da Colette — explicou Sebastian. — Essas peças só vão ser vendidas na loja da Rue Saint-Honoré e pela internet.

— E o volume de lá compensaria? — perguntou Lauren. — Faz sentido preparar uma linha inteira só para uma loja?

Sebastian e Sabrina deram risada.

— Apenas cuide dos *designs*, minha querida — disse Sebastian. — Nós vamos cuidar da parte financeira.

Lauren abriu um sorriso amarelo enquanto ficava um pouco vermelha. Ela não gostava quando Sebastian — ou qualquer adulto na verdade — presumia que ela não se interessava por esse tipo de detalhe apenas por ainda estar no colégio. Ela queria aprender tudo sobre o mundo da moda, não só a fazer joias, ou como cortar um vestido, mas também sobre merchandising, marketing, logística e vendas. Talvez tivesse que esperar até a faculdade para aprender esse tipo de coisa.

— Então, você acha que consegue? — perguntou Sabrina.

— É claro — disse Lauren, com um ar de veterana. — É só me dizer o prazo e eu dou conta de tudo.

TRINTA E DOIS

As semanas até o Baile de Dendur passaram muito rápido para Nick, ainda que o desafio de seu avô quase nunca saísse de sua cabeça. Quando não estava pensando nisso, Nick se concentrava na escola, já que ainda estava tentando se recuperar do estrago causado à sua reputação no último semestre. Faltavam menos de seis meses para o período de inscrição nas faculdades e ele já tinha começado a pensar em qual delas queria estudar. Sua família toda havia estudado em Yale, mas não sabia se essa opção continuaria disponível caso ele deixasse a Sociedade.

Esse era um risco que ele precisaria assumir.

Pendurada em um barbante em volta do pescoço, ele agora estava usando a chave que Thad e Patch haviam tirado da abertura na placa egípcia no escritório de Palmer Bell. Nick não conseguia parar de pensar nisso, embora não soubesse qual seria seu próximo passo. Desde que havia voltado da Flórida, Nick levava a chave sempre com ele, na escola, quando saía para correr ou até no chuveiro. Estava sempre com ela.

Era uma chave de estilo antigo, diferente das usadas hoje em dia, com uma base cilíndrica e uma série de dentes na ponta. Era mais pesada do que uma chave comum e poderia ser usada para abrir uma porta, um baú ou até mesmo uma cômoda.

Em resumo, aquela chave poderia abrir qualquer coisa.

Ou poderia também ser só um beco sem saída.

Antes de deixar a Flórida, Nick testou a chave em todos os cofres, portas, gavetas e baús que encontrou na casa de Palm Beach, mas não teve sucesso. Como Palmer havia falado sobre "duas praias", Nick achava que a solução para esse mistério – se é que ela existisse – não deveria estar em Palm Beach. A casa na Flórida era apenas uma peça do quebra-cabeça.

Na manhã do primeiro sábado de fevereiro, algumas semanas após a viagem, Nick e Phoebe foram até Southampton, para ficar na casa de praia da família de Nick.

Assim que chegaram lá, Nick e Phoebe testaram a chave em cada fechadura da casa. Quando o caseiro, que por acaso estava por lá naquele final de semana, perguntou o que estavam fazendo, Nick explicou que estava apenas pegando alguns equipamentos de esqui guardados no sótão.

Nick e Phoebe vasculharam meticulosamente cada cômodo, testando a chave em todas as gavetas, armários e até em uma antiga cômoda no sótão.

Chegando ao último quarto de hóspedes, Phoebe limpou o suor da testa na manga.

— Isso é inútil — disse ela, segurando um espirro. — Já procuramos em todos os lugares e tudo o que a gente achou até agora foi só poeira.

Nick acenou a cabeça, também exausto.

— Eu sei. Não estamos dando sorte mesmo.

Estava muito quente para um dia de inverno, então os dois decidiram sair para caminhar na praia. Ao contrário do que acontecia no verão, a praia estava completamente deserta, banhada pelas ondas que iam e vinham, com o mar logo atrás, vasto, cinzento e insondável. Uma tempestade tinha caído uma semana antes, e algumas das dunas haviam sido praticamente destruídas.

Eles caminharam por alguns minutos, sentindo a brisa fresca em suas bochechas. Era como se eles não tivessem conseguido nada, apesar de todo o esforço.

— Eu não sei mais o que fazer — disse Nick depois de um tempo, frustrado por saber que já havia reclamado disso com Phoebe inúmeras e inúmeras vezes.

— Você já testou todas as fechaduras do apartamento dos seus pais — disse ela. — Já testou tudo em Palm Beach. Nós já testamos tudo aqui em Southampton — enquanto andavam pela areia ela estendeu o braço para passar a mão na chave pendurada no pescoço de Nick, acariciando a gola em V do seu suéter de lã. — E se ela não abrir nada? E se for tudo só uma grande farsa, alguma coisa para distrair a gente enquanto a Sociedade continua apagando seus rastros?

Nick sentiu o vento soprando seus cabelos.

— Você lembra que ele comentou que eu brincava na praia com os meus irmãos? Dos tesouros enterrados na areia?

— Mas o que a gente vai fazer? Começar a cavar? — perguntou Phoebe. — Você realmente acha que ele enterrou alguma coisa na areia?

— Acho que não. Acho que ele estava só se lembrando de alguma coisa. Com as tempestades de inverno, nada ficaria enterrado muito tempo por aqui.

Nick parou e olhou para as dunas em frente à casa, perto do limite da propriedade da família Bell. Avistou um bloco de pedra que nunca tinha visto antes, uma peça bruta de granito cravada no chão. Nick pulou uma amurada e andou alguns metros em meio à grama das dunas até o bloco.

Ele engoliu seco ao ver o que havia entalhado na placa. Phoebe se aproximou. Na pedra, estava escrito:

P.M.E.

1962-1997

— Isso é... uma lápide? — perguntou Phoebe.

— Acho que não — disse Nick, balançando a cabeça. — Lembro que meu pai me falou sobre isso uma vez, mas eu nunca tinha visto. A tempestade deve ter tirado a areia de cima. É uma placa memorial.

— Em homenagem a quem?

Nick hesitou. Era muita coisa para pensar, tudo o que ele sabia e tudo aquilo no que não queria acreditar.

— Ao pai do Patch — disse ele baixinho. — Ele morreu afogado aqui perto. Isso na época em que os nossos pais eram próximos, num final de semana em que a família dele estava passando aqui. Eu estava com o Patch num acampamento de verão. O pai do Patch se afogou enquanto nadava no mar no fim da tarde. Ninguém pensou em ir atrás dele até a hora do jantar. Foi isso o que o meu pai me disse quando perguntei uma vez.

— O Patch sabe desta placa aqui? — perguntou Phoebe, piscando.

— A gente nunca conversou muito sobre isso — disse Nick, balançando a cabeça. — Nossa, essa placa... nem lembrava que ela existia. Se você comentar com o Patch que a gente veio para cá, não diga nada sobre... não que você vá falar, é só que... bom, ele poderia ficar chateado.

— Eu entendo — disse Phoebe, acenando a cabeça. — Mas você sabe que ele está tentando entender o que aconteceu com a mãe dele, não sabe?

— Sei, sim.

— Você se lembra dela? — perguntou Phoebe.

— Não muito — disse Nick. — A gente era muito novo quando ela foi internada.

Eles ainda estavam em frente à placa memorial.

— Patchfield Morgan Evans — disse Nick. — Acho que eles deixaram o "júnior" de fora. Deve ser meio difícil usar "jr." em iniciais.

— Por que iniciais? Por que não usaram o nome inteiro dele?

Nick encolheu os ombros e abriu um sorriso melancólico.

— Bom, você conhece a minha família, não é? Tudo é um segredo, tudo tem que ser em código. Como se tivessem medo de que alguém descobrisse a verdade sobre eles.

Phoebe pôs a mão no ombro de Nick.

— Você se sente como se fosse o primeiro a fazer todas essas perguntas?

— Mais ou menos. Sei que meus irmãos já fizeram o mesmo antes. Mas nunca conseguiram nada. São ambiciosos demais... eles se importam mais com o sucesso do que com a verdade sobre a Sociedade ou a Associação. Não são inconsequentes como eu.

— Não acho que você seja inconsequente — disse Phoebe. — E, bom, se você for, então acho que estou apaixonada por um inconsequente — concluiu ela, abrindo um sorriso tímido, como se estivesse acanhada por fazer essa revelação.

Nick tentou não parecer surpreso, mas sentiu seu coração disparando. Ele já vinha se sentindo assim há muito tempo, mas tinha medo de dizer qualquer coisa. Desde aquela noite no último semestre, na cobertura, após a exposição de Phoebe na galeria, quando eles quase se beijaram. Antes de ficarem juntos, antes de terem começado a namorar. Ele sempre a enxergou como uma garota que nunca poderia ter.

Phoebe estava tão linda, com seus cabelos castanho-ruivos tremulando ao vento. Nick puxou-a contra ele e a beijou.

— Então estou apaixonado por alguém que algum dia vai ser uma artista famosa. A gente vai deixar tudo isso para trás, não vai? E em breve, não é?

Ela acenou a cabeça, sentindo seus olhos úmidos.

Nick também sentiu lágrimas se formando.

— Desculpa, Phoebe. Eu me sinto como se tudo isso fosse culpa minha. A minha família. A Sociedade. Tudo o que eles causaram. Você nunca deveria ter me conhecido. A sua vida teria sido muito melhor.

— Ei... fui chamada para fazer parte disso muito antes de conhecer você. Não tinha como você saber — disse ela.

— Eu sei... mesmo assim, ainda é difícil. É difícil não achar que eu também sou responsável.

— Não quero que você pense assim — disse ela, balançado a cabeça.

Ele limpou os olhos na manga do suéter.

— Acho melhor a gente não falar sobre essa placa para o Patch. Vou mostrar para ele no verão, algum dia. Depois que as coisas se ajeitarem, sabe?

— Acha mesmo que as coisas vão se ajeitar? — disse Phoebe, abrindo um sorriso. — Você parece estar sendo bem otimista agora.

— Sim — disse Nick. — Acho, sim.

III
O ESCARAVELHO DE ÍSIS

TRINTA E TRÊS

Lauren tinha passado as últimas semanas correndo com o protótipo e a produção do colar do Escaravelho de Ísis. Mas agora, em treze de fevereiro, a noite do Baile de Dendur, enquanto finalmente subia pelas escadas cobertas por um grosso tapete preto do Museu Metropolitano, estava contente com o resultado. As quatorze meninas do Comitê Júnior – sete de sua turma e sete da outra – estavam todas lindas com a joia no pescoço. Uma multidão se aglomerou em volta do museu, tentando ver um relance dos convidados; holofotes foram instalados na Quinta Avenida, iluminando o céu como em uma pré-estreia de cinema. Policiais puseram cavaletes pela rua enquanto limusines, táxis e carros de luxo paravam, um a um, e os fotógrafos partiam para cima de qualquer famoso que chegasse ao controverso "tapete negro", uma novidade vista pelo idealizador do evento como uma escolha mais elegante do que o vermelho clássico, e que tinha mais a ver com as antigas edições do Baile de Dendur.

Dentro do museu, as meninas foram fotografadas ao lado do Escaravelho de Ísis original, que estava sendo exibido em uma caixa de vidro ao lado do Templo de Dendur. Todos ficaram maravilhados com a semelhança entre as joias. Lauren não se sentia digna de nenhum crédito especial por isso, afinal, era apenas uma cópia, mas ainda assim, ficou contente por tudo ter dado certo.

Ela esteve tão ocupada com o projeto que nem teve tempo de encontrar alguém para acompanhá-la no baile. Por sorte, Thad se ofereceu para levá-la. Mais uma vez, ficou grata por poder contar com ele para salvá-la.

Um fotógrafo parou Lauren e Thad para tirar uma foto. Ele estava bonito com seu smoking Ralph Lauren, enquanto ela usava um vestido que Sebastian Giroux havia feito, um vestido verde-piscina longo, simples e sem alça, que funcionava como um pano de fundo perfeito para as cores vivas do pingente de escaravelho.

O museu estava espetacular, com suas colunas clássicas iluminadas e com toda a escadaria do saguão principal decorada com velas no formato de um Ankh. Lauren ficou um pouco ansiosa ao ver esse símbolo que vinha dominando sua vida, mas admitiu que a iluminação estava linda. O balcão central de informações no saguão foi transformado em um bar, com um arranjo floral de três metros e meio de altura com aves-do-paraíso e outras luxuosas folhagens. Garçons de *black tie* estavam servindo champanhe e canapés, todos com uma vaga inspiração egípcia: pepinos em conserva com salmão defumado em torradinhas, húmus e pasta de azeitona com anchova enrolados em pão grego e *batarekh*, o caviar egípcio. Dançarinas passavam entre a multidão, usando vestidos justos, com seus rostos enfeitados com hieróglifos pintados, símbolos prateados e dourados e joias. Seus olhos, sobrancelhas e bochechas reluzentes as faziam brilhar como criaturas de outro mundo.

Lauren e Thad seguiram a multidão pela direita, até o Templo de Dendur na ala Sackler, onde mesas redondas com dez cadeiras cada haviam sido preparadas para o jantar. Alguns escolheram suas mesas e se sentaram, enquanto a maioria ainda estava na entrada, todos boquiabertos com a espetacular transformação da sala. O templo de arenito estava iluminado por luzes de tons alaranjados, azuis e lavanda, e a faixa de água logo em frente estava cercada por centenas de pequenas velas, refletindo tudo à sua volta. As mesas tinham toalhas de linho turquesa, verde-amarelada e magenta em tons brilhantes como joias, cercadas por cadeiras de baile de Chiavari, clássicas e douradas, arranjos de orquídeas combinadas com suculentas e pequenas lanternas com velas dentro. Uma plataforma com uma cabine de DJ e uma pista de dança também haviam sido preparadas em frente ao templo.

Lauren atravessou a multidão, ouvindo todos os elogios provocados pela reforma do museu. As galerias em volta do templo tiveram sua iluminação melhorada, os carpetes foram trocados e as placas atualizadas com versões maiores para facilitar sua leitura. Lauren avistou Parker Bell sendo alvo de atenções ao lado de sua esposa, Gigi, em uma linda mesa em frente ao templo.

Ela e Thad viram Phoebe e Nick. Phoebe estava usando um vestido de melindrosa dos anos 1920 que encontrou em um brechó; o tecido era vinho com contas douradas e era perfeito para a ocasião, já que em 1922, o estilo egípcio voltou à moda reformulado após a descoberta da tumba do Rei Tutancâmon. O vermelho do vestido de Phoebe e o verde-piscina do de Lauren ficavam lindos juntos, e os fotógrafos tiraram várias fotos das duas. Embora estivessem bebendo champanhe, elas tomavam o cuidado de deixar suas taças de lado para cada clique.

Patch chegou com Lia. Ela estava linda com um terninho *vintage* estilo Marlene Dietrich de seda chinesa azul, e tinha cortado o cabelo à la Bettie Page, com mechas retas e escuras emoldurando seu rosto. Estava fantástica, usando um batom cor de vinho de um brilho espetacular que reluzia como nada neste mundo.

— Como você fez isso? — perguntou Phoebe.

— É uma coisinha especial que eu inventei — disse ela. — É uma mistura de cola para cílios postiços com um pouco de *glitter*.

— E dá para comer com isso? Ou beijar? — perguntou Phoebe.

— Não é muito prático mesmo — admitiu Lia. — A comida acaba ficando cheia de *glitter*. Mas todo mundo acha lindo! — completou ela, fazendo uma pose meiga para outro fotógrafo.

— É incrível! Adorei! — disse Lauren, e então se virou para Patch. — E você também não está nada mal, hein? Terno novo?

— Obrigado. É, eu, hã, comprei esses dias.

Lauren se inclinou para ver mais de perto e então deu risada. Em volta do pescoço e dos ombros de Patch, viu uma porção de pequeninos pontinhos de *glitter* vermelho.

— Você não precisa ir lá tocar? — perguntou Nick, olhando para a cabine em frente ao templo. Um outro DJ, um cara de cavanhaque, estava tocando.

— Eu entro daqui a dez minutos — disse Patch, olhando para o relógio. — Dá para acreditar? Tem um cara abrindo a noite para mim! Eles me pediram para entrar só às oito. É melhor eu ir lá.

— Arrepia! — disse Nick.

Naquele instante, Claire Chilton se aproximou de Patch. Lauren logo reconheceu a roupa de Claire, que era idêntica a um fabuloso modelo que Sebastian Giroux tinha havia meses pregado no quadro de referências em seu escritório, um modelo que Lauren achava estar reservado para a coleção do próximo ano. Era um vestido preto e dourado cheio de contas multicoloridas no corpete; o tipo de coisa que exigiria três costureiras e várias semanas para ser feito. Como entendia um pouco de preços, Lauren também sabia que esse vestido deveria ter custado por volta de 10 mil dólares.

Aquilo de repente fez o próprio vestido relativamente simples de Lauren parecer meio sem sal.

O de Claire fazia mais o estilo de Lauren, que ficou até um pouco chateada por Sebastian não ter feito aquele vestido para ela. Ela sabia que era besteira, mas tinha que perguntar.

— Claire, onde você arrumou esse vestido?

— Ah, o Sebastian fez para mim — disse ela sem pestanejar, como se não quisesse ser incomodada com algo tão insignificante. — Patch, estão chamando você lá na cabine, *agora*. E esta é a lista com as músicas. A primeira é o que "tem" que tocar, e a segunda é o que "não pode" tocar. Minha mãe não quer nada que tenha palavrão, nem, você sabe, referências sexuais e tal. Enfim, só tome esse cuidado.

— Claro, Claire, tudo bem — disse Patch, enfastiado. — Isso vai ser divertido — murmurou para Nick, alto o bastante para que apenas seus amigos ouvissem.

— Certo, então vá lá agora — disse Claire. — E vocês, já para a pista dançar!

Ela saiu batucando o chão com seus saltos, que pareciam bem desconfortáveis.

— Acho que virei viúva de DJ — disse Lia.

Phoebe a pegou pela mão e apontou para um trio de artistas.

— Relaxe, a gente cuida de você. Venha, vamos ver aqueles engolidores de fogo.

TRINTA E QUATRO

Nick não estava gostando muito do baile, mas não queria ser chato e incomodar Phoebe e as outras meninas. A chave da casa de seu avô, ainda pendurada por um barbante em seu pescoço, parecia estar queimando seu peito. Quando iria descobrir o que ela abria? Já fazia uma semana desde que ele e Phoebe tinham ido a Southampton, e eles ainda não haviam chegado a nenhuma conclusão.

Os pais de Nick estavam sentados em uma mesa proeminente, e seus dois irmãos em outra, com seus amigos e namoradas. Nick pensou em falar com seus irmãos sobre o desafio de Palmer, com Benjamin, mais especificamente, mas achou que não teria como fazer isso sem correr o risco de que seu pai ouvisse.

Enquanto se sentava, sentiu uma pontada de dor de cabeça, mas não era pelo champanhe. Quando pegou seu convite, o cartão preto com letras douradas dizia: "Mesa 1603". Mas não havia nenhuma mesa com o número 1603; o salão tinha apenas quarenta mesas, todas numeradas de um a quarenta. Ele mostrou o papel a Phoebe, e descobriu que iria ficar na mesma mesa que ela, a de número quatorze.

Ainda assim, guardou o convite no bolso, sentindo-se um tanto inquieto.

Depois que os pratos com as saladas foram retirados, Letty Chilton, a presidente do Comitê do Baile, se levantou ao lado de seu marido, Martin, para fazer um discurso. Estava com um vestido turquesa, quase como se estivesse usando uma das toalhas de mesa do evento. Enquanto ela dava as boas-vindas a todos do alto do palco em frente ao templo, as luzes criavam sombras fantasmagóricas em seu rosto. Nick ficou com a cabeça na lua durante a maior parte do discurso, que foi uma grande chatice. Ela falou sobre o orgulho que sentia de todos patrocinadores, o trabalho que eles tinham feito e o quanto a ala egípcia era uma parte vital da cidade. Nick adorava a ala egípcia, que ficava praticamente em frente à sua janela, mas ficou com a sensação de que a Sra. Chilton estava falando sobre a reforma como um triunfo pessoal, como se fosse ela a responsável por todo o árduo trabalho feito pelos curadores, estudiosos, arqueólogos e historiadores de arte.

Letty Chilton provavelmente nunca seria capaz de reconhecer um artefato egípcio nem se tropeçasse em um no Central Park.

— Para concluir, — disse ela — gostaria de dizer o quanto estamos gratos aos nossos amigos do Cairo por nos emprestarem essas magníficas peças, que agora estão aqui no Museu Metropolitano para que todos possam vê-las. Vocês realmente trouxeram o Egito para perto daqueles que nunca tinham visto algo assim. Obrigada.

Uma explosão de aplausos irrompeu enquanto a Sra. Chilton olhava para a plateia, descendo com cuidado da pequena plataforma.

Naquele momento, todas as luzes se apagaram.

Patch já tinha deixado no ponto a música que iria tocar após o discurso de Letty Chilton, que havia deixado claro o quanto detestava o desconcertante silêncio depois do fim dos aplausos até as pessoas voltarem a conversar. Patch deveria preencher esse intervalo com uma música – praticamente sob ameaça de morte, conforme ela havia deixado implícito. Letty Chilton havia sido vítima de um terrível incidente no Clube Metropolitano um ano antes, quando fez um brinde e amargou noventa segundos de puro silêncio até a música voltar a tocar. Essa memória a havia marcado claramente.

Agora, não houve silêncio, mas também não houve nenhuma música. Enquanto as luzes se apagavam, gritos e exclamações ecoaram por toda parte. Com todas as velas, a escuridão não era total, mas ainda assim surpreendente.

Claire Chilton correu até Patch, quase tendo um ataque histérico.

— Patch! O que está acontecendo?! Por que todas as luzes se apagaram? Você fez alguma coisa? São todos esses cabos! Você tropeçou em algum fio?

— Claire, eu só cuido da música. A cabine de iluminação é aquela ali — disse ele, apontando para o outro lado da sala.

Ela fechou a cara e saiu correndo naquela direção, mas foi interceptada pela mãe, que estava igualmente histérica.

Relaxe, pensou Patch. Por que toda essa preocupação? A luz com certeza já iria voltar. Deveria ser só alguma queda temporária causada por alguma sobrecarga na rede. Toda a iluminação preparada para o evento devia estar consumindo muita energia, sem falar nos holofotes da entrada, que estavam ligados desde as seis da tarde.

Em seguida, Patch ouviu um barulho: o som de vidro se quebrando à esquerda da sala, seguido por alguns gritos. Patch estreitou os olhos, tentando entender o que estava acontecendo na multidão. As pessoas estavam se amontoando em volta dos artefatos, enquanto tentavam chegar às saídas. Patch não sabia por que todo mundo simplesmente não ficou onde estava. Depois de todo o caos que havia abalado Nova York nos últimos dez anos, até uma simples queda de energia já era o bastante para deixar as pessoas em pânico.

Enquanto a multidão se dispersava no lado esquerdo da sala, a origem do barulho de vidro estilhaçado se tornou clara: uma das caixas de exibição havia sido quebrada pelo lado, e agora estava vazia. Patch sentiu um nó na garganta.

Ele tinha ouvido o chefe de segurança do museu falando com os outros guardas mais cedo, quando chegou para fazer a checagem de som.

Levando em conta toda energia que seria usada pelo bufê, pela iluminação e pela aparelhagem de som – e como o lugar estaria sendo vigiado pelo dobro de seguranças durante a festa –, o museu havia tomado uma decisão que agora, vista em retrospecto, não parecia ter sido muito inteligente.

Para poupar energia e evitar uma queda, todos os alarmes do museu haviam sido desligados.

TRINTA E CINCO

Phoebe ficou com Nick, Lauren, Thad e Lia na mesa onde eles estavam perto da fachada de vidro com vista para a Quinta Avenida. Não era uma mesa de grande proeminência, provavelmente graças a Claire, mas suas taças de champanhe ainda estavam cheias, eles estavam se divertindo e não viram motivo para se incomodarem com o pandemônio à sua volta.

Cinco minutos depois, as luzes voltaram. Mas não era a iluminação ambiente do templo, e sim a ofuscante iluminação geral do museu. Todos olharam para os lados em choque, como se o sol tivesse acabado de nascer e eles pudessem ver cada manchinha e imperfeição ao seu redor. Algumas mulheres abriram suas bolsas e começaram a retocar freneticamente suas maquiagens.

Phoebe olhou para Patch, ainda na cabine de DJ. Ele parecia estar esperando uma deixa da direção, relutante a voltar com a música antes de receber algum sinal. Ele também parecia estar ouvindo alguma coisa em seu fone de ouvido, que estava ligado à linha de comunicação entre o coordenador do evento e o chefe de segurança.

As caixas de som estavam mudas, e as luzes brilhavam como nunca. Era como se a festa tivesse sido assassinada a tiros de repente e seu corpo agora estivesse estendido ali na frente de todos.

Cerca de meio minuto depois, um alvoroço de vozes em rádios de comunicação e passos pesados veio da entrada do museu. Lauren se levantou e apontou para a parede à esquerda onde ficavam várias vitrines de exposição.

— Phoebe! — gritou ela. — O colar sumiu!

Phoebe se virou enquanto os outros convidados começavam a perceber. Enquanto as luzes estavam apagadas, era difícil ver aquela parte da sala; por questão de segurança, não havia nenhuma vela perto dos artefatos, deixando aquela área totalmente escura com a queda de energia. Agora, todos estavam começando a soltar sussurros de espanto e horror. Aqueles que estavam perto da caixa de vidro começaram a se afastar, como se o simples fato de estarem perto daquilo pudesse incriminá-los. Mais pessoas avançaram em direção às saídas.

Uma dúzia de policiais se enfileirou na entrada da ala egípcia, criando uma parede humana para não deixar que ninguém saísse do museu. Uma equipe de investigadores abriu caminho entre a multidão.

— Afastem-se do vidro, senhoras e senhores — disse um deles. Uma fita de isolamento policial foi estendida em um perímetro de seis metros em volta da caixa de vidro.

— Não toquem em nada. Não tirem nada do lugar — instruiu o investigador. — Pedimos desculpas, mas isso é necessário para que possamos encontrar o colar.

Letty Chilton se aproximou deles.

— O senhor não pode tratar os nossos convidados assim. Isso deve ter sido um choque e tanto para alguns deles...

— Por favor, um passo atrás, minha senhora — disse ele, fazendo um gesto como se estivesse espantando uma mosca.

Gritos ecoaram em frente ao templo.

— Esta menina está com o colar!

— Esta aqui também! — disse outro policial.

— Não, não, vocês não estão entendendo — berrou a Sra. Chilton. — São cópias! Não é a peça original!

Muitos se espantaram e gargalhadas nervosas irromperam na multidão.

— São cópias idênticas? — perguntou o detetive.

— Lauren? — disse a Sra. Chilton, virando-se para o lado, enquanto Lauren se levantava. A sala estava em silêncio. Phoebe ficou admirada com a postura confiante da amiga, dada a situação.

— Bom, você me pediu para que as cópias fossem o mais realistas possível.

A multidão voltou a rir, e Phoebe achou ter visto o rosto da Sra. Chilton ficando vermelho por baixo de toda aquela maquiagem.

O investigador pegou um megafone.

— Vou precisar que todas vocês com réplicas do Escaravelho de Ísis entreguem seus colares aos meus homens. Façam uma fila aqui, por favor — disse ele, apontando para um policial que havia se apropriado de uma das mesas. — Eles serão analisados e devolvidos assim que possível.

— Você não deveria estar procurando o verdadeiro? — perguntou a Sra. Chilton.

— Senhora, não temos como saber se alguma dessas meninas não está usando o colar autêntico — disse o policial. — Seria muito fácil, não acha? Quantas são ao todo?

— Quatorze — disse Lauren.

A esta altura, ao menos três dúzias de policiais já haviam chegado para começar a ouvir os depoimentos. Uma revista foi preparada na saída do museu para checar as bolsas e bolsos dos convidados, e todos foram liberados depois de serem ouvidos.

Houve uma espera interminável, e os garçons foram instruídos a fechar os bares. Eles também precisariam ser interrogados antes de irem embora.

Phoebe e seus amigos se sentaram, segurando suas taças de champanhe, agora na companhia de Patch. Bradley Winston, outro membro da Sociedade, apareceu com uma garrafa cheia, mas a maioria recusou.

Um pouco depois da uma da manhã, Phoebe finalmente pegou um táxi. Enquanto o carro avançava pela Quinta Avenida, sentiu o sono chegando enquanto se perdia em sonhos e se perguntava quem teria roubado o colar com o Escaravelho de Ísis.

Lauren decidiu voltar andando do baile, já que sua casa ficava a apenas algumas quadras e ela adorava ver a neve que estava começando a cair. Olhou para trás e viu o Templo de Dendur, fortemente iluminado por trás da fachada de vidro da ala Sackler voltada para a Quinta Avenida. De repente, sentiu-se tomada por uma certa nostalgia. A noite tinha sido tão linda, mesmo com todo aquele drama, e ela queria muito ter dividido isso com alguém. Mas talvez fosse melhor ficar sozinha, apenas com seus pensamentos mesmo.

Lauren ouviu alguns passos e, assim que se virou, viu Thad descendo a escada, às pressas, em sua direção. Atrás dele, estava um cara bonito com pele cor de oliva e olhos negros penetrantes.

— Você não vai acreditar — sussurrou Thad. — Acho que conheci uma pessoa.

Todo mundo agora estava namorando? Era o que estava começando a parecer.

— Este aqui é o Kurt — disse Thad, apresentando o gatinho. — Os pais dele são professores de Princeton. Ele só veio aqui para passar a noite. A gente vai sair para tomar alguma coisa. Quer vir junto?

— É melhor eu ir para casa — disse Lauren, balançando a cabeça.

— A gente vai com você — disse Thad.

— Não precisa — disse Lauren. — Só estou a fim de curtir a noite. Andar na neve me faz lembrar de quando eu era criança.

— Certeza? — perguntou Thad.

— Podem ir.

Enquanto Lauren ajeitava seu casaco e seu cachecol, Claire apareceu ao seu lado.

— Lauren, você não está indo para casa, né?

— Estou sim, Claire. Por que, algum problema?

— Ah, não — disse Claire, enquanto tirava um cigarro disfarçadamente do bolso do casaco e olhava nervosa para a escadaria, provavelmente para se garantir de que seus pais não estavam olhando. — É que eu sempre imaginei você rodeada por um monte de meninos. Como no semestre passado.

Lauren parou. Claire era tão irritante e grosseira que chegava a incomodar, a doer como um tombo em uma calçada gelada. Ela sabia que não deveria se importar, já que Claire era tudo o que nunca quis ser. Lauren se recompôs logo em seguida, enquanto ajustava a cinta de seu casaco e olhava para a Park Avenue. Sabia que seria melhor não dizer o que estava prestes a falar, mas já estava cheia de Claire e não se importava mais se sua mãe estava trabalhando como decoradora para ela.

— Que engraçado, Claire — disse ela, olhando por cima do ombro. — Porque eu sempre imaginei você morrendo sozinha.

TRINTA E SEIS

Na manhã seguinte, era Dia dos Namorados, e Patch acordou logo cedo. Ao contrário dos outros, não tinha bebido champanhe na noite anterior, já que estava trabalhando, pelo menos até o incidente do colar. Apesar da chatice de Claire, estava empolgado em poder discotecar e ficou decepcionado por não ter conseguido terminar seu *setlist*. Afinal, ele também queria impressionar Lia com seu gosto e toda a sua habilidade.

Patch foi até a cozinha onde, como sempre, Genie já estava acordada, fazendo as palavras cruzadas na edição de domingo do *Times*.

— Parece que você teve uma noite bem agitada ontem — disse ela.

— Como a senhora sabe?

Ela pegou uma cópia do tabloide *Daily News*.

— O Freddy me deu isto aqui lá embaixo — disse ela, referindo-se ao porteiro do turno da manhã aos domingos.

A manchete na capa dizia: ESCÂNDALO! JOIAS ANTIGAS SÃO ROUBADAS DO MUSEU DURANTE BAILE DE SOCIALITES! A matéria recontava todos os fatos que Patch já sabia por tê-los presenciado em primeira mão. Não houve muito tempo para uma análise do ocorrido; isso seria feito pela internet e em edições posteriores do jornal.

No meio do texto do *Daily News*, havia uma imagem em close do colar original, uma fotografia de arquivo fornecida pelo próprio museu.

— Acho que você deveria ver isto aqui — disse Genie, pegando um antigo recorte amarelado da revista *W* que Patch nunca tinha visto antes. Era uma foto parecida com a que havia sido publicada no *Times* quase vinte anos antes, mostrando sua mãe no último Baile de Dendur, com a diferença de que esta era um close.

Sua mãe estava usando um colar parecido com o Escaravelho de Ísis. A legenda da foto dizia que aquela era uma réplica rara do colar. O original havia sido emprestado ao museu e estava sendo exibido em Nova York pela primeira vez.

— Eles também fizeram réplicas para todo mundo vinte anos atrás? — perguntou Patch.

— Não, não — disse Genie. — A Esmé nunca usaria nada que não fosse único. Ela estava com um colar que eu ganhei de presente. Bom, acho que você pode saber. Ela estava com um colar que Palmer me deu.

— Palmer Bell?

— Sim, quando éramos noivos. Ele tinha ido para o Cairo e ficou impressionado com o colar quando o viu no Museu de Antiguidades Egípcias. Ele então encomendou uma réplica, feita com base em fotografias, e me deu na noite do nosso noivado. Podia ser só uma cópia, mas era algo único mesmo assim.

— E você deu o colar para minha mãe?

— Sim. Aquilo não tinha mais nenhum valor para mim.

Patch queria ouvir mais, mas sabia que era melhor não pressionar sua avó. Genie às vezes se fechava completamente quando achava que ele estava sendo curioso demais sobre o seu passado.

— E onde está essa cópia agora? — Patch nem sabia por que estava perguntando isso, mas de alguma maneira parecia ser importante saber mais sobre algo que pertenceu, ainda que por tão pouco tempo, à sua mãe.

— A Esmé o quebrou em um de seus ataques. Ela disse que o jogou no parque.

— Genie, por que você está me mostrando isso? Acho que não estou entendendo.

— Há algo de estranho nessa história — disse ela, franzindo a testa. — Primeiro, eles chamam vocês para aquele comitê, depois fazem réplicas para as meninas usarem e então o colar é roubado?

— A senhora não acha que está exagerando?

— Você sabe alguma coisa sobre aquele colar? Sabe o que dizem sobre a deusa Ísis? — perguntou Genie. Patch balançou a cabeça. — Ela era uma das deidades egípcias mais importantes, a deusa da magia, do espírito materno e da fertilidade. Os antigos egípcios acreditavam que o Nilo transbordava todos os anos com as lágrimas de tristeza que ela chorava pelo seu marido morto, o deus Osíris.

— O que isso diz sobre o colar?

— Só que é um artefato muito importante. Seria uma pena se ele nunca mais fosse encontrado — ela fez uma pausa. — E, para mim,o colar é um símbolo da tristeza.

Patch acenou a cabeça.

— A senhora acha que a Sociedade tem alguma coisa a ver com isso? Enfim, o museu estava lotado de membros da Sociedade ontem à noite.

— Isso eu não sei — disse ela, olhando para o jornal. — Bom, é melhor eu voltar para as minhas palavras cruzadas. Se não termino de uma vez, depois não consigo mais.

Só mesmo a avó de Patch para complicar o Dia dos Namorados com um mistério desses. E essa história de Ísis? Osíris? Lágrimas de tristeza? O que isso tinha a ver?

O telefone de Patch vibrou com uma mensagem de texto enviada por Lia: "Feliz Dia dos Namorados, gato. Se você for me dar aquele colar hoje à noite, é melhor saber que eu não gosto muito de joias...".

Patch sorriu. Ele tinha grandes planos com ela para aquela noite, mas antes queria entender melhor o que tinha acontecido no museu na noite anterior.

TRINTA E SETE

No apartamento de Nick, todos só falavam sobre o roubo da joia. O crime saiu em todos os jornais, e novos relatos e informações foram surgindo pouco a pouco durante o dia. As rodas de fofoca do Upper East Side, das quais a mãe de Nick era integrante honorária, estavam em polvorosa com o escândalo. Versões diferentes e muitas vezes conflitantes de cada convidado sobre o que havia acontecido estavam sendo trocadas como histórias de guerra. Algumas especulavam sobre os diversos convidados presentes no baile; entre os suspeitos, estavam duas socialites muito espertas e conhecidas que, segundo boatos, seriam filhas de um chefão do crime de Moscou. Outras diziam que o roubo do colar só poderia ser obra de terroristas do Oriente

Médio. Uma senhora chegou a dizer que tinha visto uma mulher passeando com seus cachorrinhos na Quinta Avenida enquanto usava o colar naquela mesma manhã.

Nick ficou aliviado ao receber uma mensagem de texto de Patch pedindo para se encontrar com ele do outro lado da rua. Eles saíram para andar atrás do museu, evitando as viaturas de polícia que cercavam a entrada do lugar, que estava fechado por hoje. O roubo em questão era muito grave, afinal, o colar estava avaliado em 900 mil dólares. A polícia, os seguranças do museu e os investigadores da seguradora estavam trabalhando para que o artefato fosse encontrado. O incidente todo também maculava a imagem do museu, que sempre havia se orgulhado de seu esquema de segurança. Em uma das matérias que Nick havia lido, o diretor de segurança do museu dizia que "quando nós, como uma instituição, começamos a nos sentir seguros demais, acabamos nos tornando mais vulneráveis".

Enquanto andavam, Patch podia ver sua respiração se condensando pelo ar frio.

— Preciso mostrar uma coisa para você — disse Nick, que pegou seu convite do baile e o entregou para Patch.

— *Mesa mil, seiscentos e três.* De onde você tirou isto?

— Esse é o meu convite para o baile de ontem. O que você acha que isso quer dizer? Será que é uma pista?

— Eu nem sei mais o que pensar — disse Patch, encolhendo os ombros. — Minha avó está achando que todo esse caso do colar está ligado ao seu avô.

Patch então contou a Nick sobre tudo o que Genie havia dito naquela manhã sobre a obsessão de Palmer pelo colar, chegando até a encomendar uma réplica para ela.

— Isso é maluquice — disse Nick. — Meu avô ainda está no hospital. Como ele poderia ter qualquer coisa a ver com o roubo?

Andando ao lado de Patch, neste raro momento de privacidade, Nick sentiu um arrepio. Ele vinha escondendo algo de Patch havia mais de um mês, o segredo que seu pai havia lhe contado na véspera de ano-novo. A cada dia que passava sem dizer nada, ficava mais complicado fazer essa revelação ao seu melhor amigo.

Esse é o problema dos segredos: consomem você por dentro até não sobrar nada, deixando apenas um cadáver oco. Nick tentou ignorar seus sentimentos e deixar o assunto de lado mais uma vez por medo de perder a confiança de Patch. Nick precisava acreditar que conseguiria revelar tudo na hora certa, de uma forma que não colocasse em risco a amizade entre eles. Mas agora com certeza não era a hora certa. Nick tentou se concentrar no que tinha em suas mãos.

Patch acenou a cabeça.

— Acho que a gente deveria se concentrar nessa pista que você encontrou ontem à noite. Não acho que tenha sido um erro. Sei lá, esse número não tem nada a ver, as mesas de ontem só iam até quarenta e tanto. Isso não tinha como ser para você — Patch fez uma pausa. — Deixa eu tentar uma coisa — disse ele, sacando seu iPhone.

— O que você vai fazer? — perguntou Nick.

— Bom, esse número pode ser uma combinação... coisa que, como a sua chave, não ajuda muito, mas também poderia ser um endereço.

Patch digitou 1603 no aplicativo de mapas em seu celular.

— Você acha que isso aí vai dar um endereço? — perguntou Nick.

Patch esperou a página carregar.

— É um endereço, sim. Em Copenhague.

— Copenhague?

— É — disse Patch, abrindo um sorriso. — Na Dinamarca.

— E você está achando graça?

— Isso é tão bizarro. Sei lá, Palm Beach é uma coisa, mas agora eles querem que a gente vá para a Dinamarca? Como assim?! A gente nem sabe o que está procurando!

Eles haviam contornado o lado sul do museu, saindo perto do parquinho dos Três Ursos.

— Então você vai desistir? — perguntou Nick, enquanto paravam na calçada.

— Não estou desistindo — respondeu Patch. — Só acho que a gente precisa saber se vale a pena dar atenção para algumas pistas e para outras, não.

— E você acha que esta não vale então?

— Guarde esses números. A resposta vai aparecer. Acho que a gente está mais perto do que imagina.

As viaturas de polícia ainda estavam amontoadas em frente à escadaria do museu, então os dois garotos passaram longe para evitar toda aquela confusão.

— Eu tenho que ir — disse Patch. — Tenho um encontro hoje.

Nick acenou a cabeça. Também iria se encontrar com Phoebe, mas a ideia de estar com ela, tentando comemorar uma data tão trivial, parecia insossa e desinteressante. Até que ele descobrisse o que seu avô estava tentando dizer a eles, esse enigma seria sua única verdadeira paixão.

Nick passou os dedos sobre a chave pendurada em seu pescoço, a chave que ele vinha guardando. A resposta parecia estar mais perto do que nunca, mas muito longe ao mesmo tempo.

TRINTA E OITO

No fim daquela tarde, Patch correu até a esquina da 59th Street com a Quinta Avenida, onde havia marcado de se encontrar com Lia para o programa de Dia dos Namorados. Ele se arrependeu pelo atraso quando a viu esperando na esquina onde todas as charretes e seus cocheiros ficavam. Ela estava ignorando os turistas e as barraquinhas de lembranças, parecendo um pouco irritada, como se estivesse esperando algo mais exótico de Patch para aquela ocasião, como um show no centro da cidade ou uma noitada em alguma badalada boate em Bowery.

Depois de cumprimentar Lia com um beijo, Patch foi até um dos cocheiros, um sujeito de barba com um casaco grosso de flanela com quem já tinha falado alguns dias atrás. Na quinta à tarde, tinha conversado com alguns cocheiros até que por fim encontrou um que concordou em ajudá-lo.

— Vamos — disse Patch para Lia, chamando-a com a mão. — Este é o Chester.

Lia olhou para o cavalo, um palomino preto e marrom.

— Você está brincando — disse ela. — É sério?

— Claro! Vamos, suba — disse Patch, acenando a cabeça.

— Eu não acredito! — disse Lia, rindo.

— Ah, mas ainda tem mais.

Ele entregou ao cocheiro um envelope com duzentos dólares em dinheiro dentro, muito mais do que o preço de um simples passeio pelo Central Park.

— Garoto, se der algum problema, é você quem vai assumir a bronca, entendeu? — disse o cocheiro.

— Entendi — disse Patch.

— Espera, *eu* não entendi — disse Lia. — O que está rolando?

Patch subiu até o assento do cocheiro e chamou Lia para se sentar ao seu lado. O homem desceu da charrete e fez um gesto para que Patch saísse logo antes que alguém notasse.

— Para onde a gente vai? — perguntou Lia.

— Vamos passear um pouco pela cidade — disse Patch.

— Tudo bem — Lia sorriu. — Mas se a gente for preso, você sabe que isso vai acabar saindo na capa do jornal, não é?

— Talvez esse seja um risco que valha a pena a gente correr.

Em vez de ir para o parque, como os cavalos em geral faziam, Patch manobrou a charrete até a Quinta Avenida. Pela primeira vez na vida, ficou grato pelas aulas de montaria que tinha feito com Nick quando era mais novo, já que pilotar uma charrete não era muito diferente de andar a cavalo. O cocheiro também havia dado a ele algumas dicas básicas na quinta-feira.

Era Dia dos Namorados, as lojas na Quinta Avenida estavam todas iluminadas, e ninguém deu atenção a eles. Quando davam, era apenas para acenar a cabeça ou assoviar para esse gesto tão romântico.

Poucos nova-iorquinos sabiam que sair com uma charrete do parque, ainda mais sem ter uma licença de cocheiro, era totalmente ilegal.

Eles chegaram à 42nd Street, e então Patch começou a virar à direita para entrar na Sexta Avenida.

— Ei, o que você está fazendo? — perguntou Lia.

— Como assim? Você quer ir para o centro? — ele ficou surpreso com a audácia da menina, mas eles já tinham chegado à 42nd Street sem nenhum problema. Talvez eles devessem mesmo ir até o centro de uma vez.

Lia abriu um sorriso malicioso.

— Você não vive dizendo que quer sair desse seu mundinho? Esta é a sua chance de fazer isso. E com uma carruagem!

Patch acenou a cabeça. Toda a história da Sociedade vinha sendo muito sufocante. Olhando para as luzes da Quinta Avenida, ele sentiu o quanto essa pequena aventura seria um delicioso mergulho nas turvas e inebriantes águas do desconhecido.

— Você está falando sério? — perguntou ele.

— Claro.

O farol abriu, e Patch continuou guiando Chester em frente. O cavalo começou a trotar, enquanto Patch segurava as rédeas com firmeza.

— Ele está tentando acompanhar os carros! — disse Lia, rindo.

Chester era um bom cavalo, e Patch não queria cansá-lo demais, mas o animal não parecia estar incomodado; na verdade, devia até estar gostando de escapar daquela rotina de bater cascos pelo Central Park.

— Você está estragando todo o meu plano! — esbravejou Patch de brincadeira. No fundo, ele estava contente. Passar quinze minutos fora do parque era uma coisa, mas uma hora ou até mais, isso sim era romântico.

Vinte minutos depois, já estavam no Village, em uma rua lateral tranquila. Deixaram Chester em uma vaga na calçada e foram comprar sanduíches de falafel[3] e batatas fritas em uma lanchonete que Lia gostava. Enquanto os dois comiam na charrete, Chester virou o pescoço para trás, farejando a comida com um ar curioso.

— Nada a ver com aquele tal Baile de Dendur de ontem, hein? — disse Lia.

— Pois é, nem me fale — respondeu Patch.

[3] Bolinhos de grão-de-bico fritos, típicos do Oriente Médio (N.E.).

— Eles descobriram mais alguma coisa sobre o roubo do colar?

— Acho que não — disse Patch, balançando a cabeça. — Sabe, desconfio que a Sociedade tenha alguma coisa a ver com isso. O Nick recebeu um convite estranho para o baile, com uns números bizarros. E a minha avó acha que o avô do Nick pode ter alguma ligação também.

— E o que você acha?

— Eu sei lá — respondeu Patch. — Só quero que a minha vida volte a ser como era antes de tudo isso acontecer. Quando eu tinha o meu *vlog*.

— Ah, é, quase esqueci — disse Lia. — Meus pais têm um amigo que é produtor, e eu queria muito que você mostrasse seu DVD para ele.

— Não sei se eu posso... A Sociedade tem controle sobre tudo o que eu filmei.

— Não, digo, a gente poderia explicar que isso é só uma amostra, que o programa na verdade vai falar sobre outras pessoas. Você pode me passar alguma coisa para mostrar a ele?

— Claro, passo, sim. Enfim, você sabe que tecnicamente só vou voltar a ser dono dos direitos sobre o material daqui a seis meses, né?

— Acho que seria legal mostrar agora. Ele é amigo dos meus pais há muito tempo e vai entender se você não puder começar a trabalhar oficialmente até junho.

Patch concluiu que não teria como arrumar ainda mais problemas do que já tinha. Ele poderia pedir para Eliot Walker lhe mandar o que estava no cofre do banco. Se ele e seus quatro amigos realmente estivessem perto de deixar a Sociedade, talvez valesse a pena correr esse risco.

— Deixa eu dar um presente para você — disse Lia, e então desceu da charrete antes que Patch pudesse dizer qualquer coisa.

Ela voltou alguns minutos depois com dois copinhos de *gelato*.

— Só você para tomar *gelato* no meio do inverno assim na rua — disse Patch.

— Você não gosta? Comprei de pistache e caramelo.

— Não, não, eu adoro — sorriu ele.

Patch pegou um dos cobertores que estavam no colo dos dois e o puxou mais para perto.

— Essa sorveteria é a melhor — disse Lia. — Vou lá sempre que posso. Porque para mim é perto e tal.

Eles terminaram de tomar o *gelato* em silêncio. A cidade estava tranquila aquela noite, como se Manhattan toda só tivesse casais, amantes dividindo suas intimidades. Não havia nem sinal dos universitários, turistas e bêbados que em geral vagam por aquelas ruas.

Patch olhou para o relógio. Genie sempre ficava preocupada quando ele ficava até muito tarde na rua nos dias de semana.

— Bom, vamos indo, precisamos voltar pro parque.

Logo quando estavam saindo, notaram um olhar estranho de alguns policiais de trânsito. Patch os cumprimentou corajosamente e seguiu rumo à Sexta Avenida. Lia abriu um sorriso enquanto os dois policiais balançavam a cabeça.

Assim que chegaram ao parque, entraram e pararam a charrete em um terreno vazio atrás do zoológico. Lia puxou um cobertor em volta deles e deu um beijo na boca de Patch. Os lábios dela estavam gelados; a sobremesa, é claro, não tinha ajudado muito.

— Você está um gelo — disse ele. — É melhor a gente ir para algum lugar quente.

— Eu não ligo — sorriu ela. — Não é todo dia que você pode ficar no parque, sob as estrelas em uma charrete e sem nenhum cocheiro olhando, não é?

Ele se lembrou de que tinha trazido uma garrafa térmica com chocolate quente na mochila e serviu uma caneca para eles.

— Isto aqui vai ajudar.

Lia acenou a cabeça e tomou um gole, contente, e então o beijou de novo.

Na manhã seguinte, Patch acordou com um sorriso. Cada segundo do seu encontro com Lia tinha saído perfeitamente bem.

Patch se levantou, vestiu um roupão e saiu para pegar o jornal. Ele pegou o *Times* que ele e Genie liam todas as manhãs e sentiu algo pesado.

Havia um envelope acolchoado dentro do jornal, endereçado a Genie, apenas com o nome dela batido à máquina em uma etiqueta: "Eugenia Rogers Madison — em mãos".

Mesmo louco para saber o que era aquilo, Patch conteve sua curiosidade. Genie estava na cozinha, fazendo café, e pareceu surpresa quando ele lhe entregou o pacote. Ela então se sentou à mesa da cozinha e abriu o envelope.

Dentro, havia um bilhete que dizia:

PARA EUGENIA,
QUE NÃO MERECE NADA MENOS DO QUE O ORIGINAL.
P.B.

Então, para a surpresa dos dois, o colar original do Escaravelho de Ísis caiu do pacote.

TRINTA E NOVE

— Aquele maldito!

Nick entrou no apartamento bem enquanto Genie murmurava essas palavras mais ou menos na direção de Patch. Eram sete da manhã, e era dia de aula, mas Genie tinha pedido para que Nick descesse às pressas assim que o colar chegou.

O Escaravelho de Ísis estava na mesa da cozinha, sobre o envelope acolchoado. Era como se ele fosse feito de kriptonita e ninguém ousasse tocá-lo.

— Nicholas, o que diabos eu vou fazer com isso? Leve agora mesmo isso de volta para o seu avô e diga a ele que não quero saber dessa coisa. Não, melhor ainda, vou levar esse colar para a polícia. Aposto que eles vão ficar muito interessados quando souberem que ele estava com o colar nesses dois últimos dias.

— Não — disse Nick. — Genie, não acho que seja uma boa ideia. Digo, a gente não sabe de que jeito isso...

— De que jeito? O jeito foi que ele roubou isso do museu!

— Genie, ele ainda está no hospital. Ele nem teria como fazer isso — Nick olhou para Patch como se pedisse apoio, mas seu amigo parecia estar sem reação.

— Ah, meu Deus, eu na verdade nem sei o que fazer! — Genie se sentou na mesa da cozinha, exasperada. — Ele sempre brincou que algum dia me daria o original. Aquele cafajeste não vale nada! E agora eu estou presa aqui com o colar! — ela fez uma pausa, e um olhar de tristeza tomou seu rosto. — Do mesmo jeito que também estou presa com as memórias de todos aqueles anos — Genie se virou com um ar melancólico para os dois garotos, e foi como se essas memórias tivessem sumido de repente, como se estivesse voltando a ser uma garota de vinte e um anos. — É difícil saber como lidar com todos esses sentimentos, sabe. Eu amava o seu avô, Nick. Mais do que amei qualquer outra pessoa desde então, acho. Meu marido era um bom homem, um homem carinhoso, gentil, apaixonado e generoso. Mas nós nunca tivemos o que eu e o seu avô tivéramos.

— O que aconteceu então? — perguntou Nick. — Por que não deu certo? Você nunca me falou.

Genie se endireitou na cadeira e se recompôs.

— Palmer era membro da Sociedade, como vocês sabem. Por ser mulher, não podia entrar, e eles só passaram a aceitar mulheres formalmente a partir dos anos setenta. Mas eu não aprovava o que faziam... como ainda não aprovo, vocês bem sabem... e deixei isso muito claro para ele e lhe pedi para sair do grupo. Na época, não fazia ideia do quanto eles eram capazes de controlar uma pessoa. Nós continuamos planejando nosso casamento, mas nunca chegamos a resolver essa questão.

O celular de Nick tocou, mas ele logo silenciou o aparelho.

— Na noite do nosso jantar de ensaio no Clube Yale, Palmer não apareceu. Eu tinha comprado um vestido novo e estava usando o colar que ele tinha me dado quando me pediu em casamento, a réplica do Escaravelho de Ísis. Minha mãe não gostou muito, mas eu estava me achando exótica e glamorosa. Era desse jeito que ele gostava de me ver, ainda que eu não fosse assim. E vocês podem imaginar o quanto eu me senti uma boba quando ele não apareceu.

— Para onde ele foi? — perguntou Patch.

— O pai dele o mandou em um transatlântico para a Itália com a desculpa de ir conhecer a Europa. Foi muita falta de consideração. Não se faz isso com uma jovem.

— E tudo isso porque você queria que ele saísse da Sociedade?

— Acredito que sim — disse Genie, acenando a cabeça. — É a única explicação racional. O seu avô podia ser um homem maravilhoso, Nick, mas só aprendeu a ser firme há muito pouco tempo. Ele era um sujeito muito submisso na época, aos vinte e tantos anos. Era só um peão nas mãos da sua família — ela fez uma pausa. — Enfim, vocês devem entender por que sou tão protetora com os dois.

O celular de Nick voltou a tocar e ele o silenciou mais uma vez.

— Sempre culpei a Sociedade pelo que aconteceu — continuou Genie. — Sei que talvez seja tolice minha culpar uma organização tão complicada por algo tão leviano. Na verdade, nem sei o tipo de poder que eles têm. E talvez nunca venha a saber.

— Ele amava a senhora — disse Nick. — Lendo este bilhete, digo... sei que é bizarro, mas ele claramente ainda gosta da senhora.

— Esses sentimentos morrem, Nick. Você precisa entender isso. Tudo parece tão forte, tão eterno na sua idade, mas chega um momento no qual as pessoas param de se importar. Esse bilhete do Palmer é só uma memória infantil. Você não pode levar esse tipo de coisa a sério. Ele teve uma vida, uma esposa. E eu não fiz parte de nada disso.

Nick olhou para o seu celular, que havia recebido uma mensagem.

— É melhor você atender — disse Patch. — Acho que a sua mãe está tentando ligar para você.

Nick ligou de volta para a mãe. Ela logo atendeu e lhe deu a notícia rapidamente, sem grande emoção.

— Meu Deus... — disse ele. Seus dedos pareciam dormentes em volta do celular.

— O que foi? — perguntou Patch, assim que Nick desligou.

— O meu avô... — disse Nick. — Ele morreu hoje de manhã, no hospital.

— Ah, meu querido — disse Genie. — Sinto muito. Estou me sentindo péssima! Eu não devia ter dito aquelas coisas sobre ele. Isso deve estar sendo um choque e tanto. Não é melhor você ir se encontrar com sua família? Não quero ficar prendendo você aqui.

— Não, tudo bem — disse Nick baixinho. — Posso ficar aqui mais um pouco?

— Claro. Vou fazer um café para você — disse Genie, e então começou a arrumar as coisas na cozinha.

Nick precisava de um refúgio contra toda a loucura que com certeza tomaria conta do apartamento de sua família. Além de pensar no que fazer com o colar, agora viriam os preparativos para o funeral, o obituário, cartões de condolências e mais flores do que ele podia imaginar.

No último encontro entre eles, Palmer havia pedido a Nick para resolver aquele enigma, um desafio que ajudaria a libertá-lo da Sociedade.

Agora que Palmer estava morto, Nick não sabia mais se ainda teria essa chance, mas sabia que ainda precisavam tentar.

Em meio à confusão, Nick ouviu as últimas palavras de seu avô ecoando em sua cabeça: "Nicholas, mas você sempre teve tudo o que precisava".

Depois de saber sobre a morte de seu avô, Nick ficou ainda mais perdido quanto ao que fazer com o colar. Como o nome de sua família estava em jogo, Genie deixou que Nick decidisse o destino da joia roubada. Ela disse que não queria nada com aquilo e entregou o artefato a ele dentro do envelope acolchoado. Quando Nick subiu para enfrentar o caos em seu apartamento e se aprontar para a escola, seus pais já tinham ido para o hospital.

Nick pôs o escaravelho com cuidado em uma gaveta vazia em seu quarto. Horas atrás, antes de saber sobre a morte de Palmer, Nick teria ido à polícia e contado como o colar havia chegado às suas mãos, mas agora, isso não parecia o mais certo a se fazer. Nick não queria que a história do colar obscurecesse a morte de seu avô. E Patch não queria que sua avó fosse envolvida no escândalo do roubo. Nick se sentia na obrigação de proteger Genie.

Ir à escola naquele dia foi uma dose bem-vinda de realidade, um momento para refletir sobre qual seria o melhor caminho a tomar. Nick não contou a ninguém sobre o colar, nem para Phoebe. Ele precisava pensar melhor. Se procurasse a polícia, teria que contar a história toda. Se devolvesse a joia ao museu, também precisaria se explicar. Por outro lado, também não seria certo simplesmente ficar com o colar.

Ele teria que devolvê-lo anonimamente.

Assim que chegou em casa naquela tarde, Nick fechou e trancou a porta de seu quarto com todo cuidado. Colocou o colar em um novo envelope bem acolchoado e o lacrou com força usando luvas para não deixar nenhuma digital. Ele conseguiu encontrar uma etiqueta em uma mala-direta com o endereço do Museu Metropolitano e a colou no envelope. No final daquela tarde, desceu e pôs o envelope em uma caixa de correio, bem em frente ao museu. Ele poderia ter levado o pacote diretamente até lá, mas não quis correr o risco de ser filmado por alguma câmera de segurança.

Na tarde seguinte, a notícia já estava correndo a cidade toda. O museu declarou que o colar havia sido entregue de volta por meios anônimos e que estava contente por tudo ter se resolvido tão rápido. O plano de Nick havia funcionado.

QUARENTA

Lauren não queria ir ao funeral de Palmer Bell, mas foi mesmo assim por consideração a Nick e Phoebe. Se a cerimônia de Alejandro teve um quê de espetáculo, a de Palmer, na Igreja de St. Thomas, também na Quinta Avenida, foi uma missa austera, com todos vestidos de preto. Lauren havia levado Phoebe até a Saks, uma loja de departamentos, um dia antes para encontrar uma roupa devidamente respeitosa e escura. Phoebe se sentou na primeira fileira com Nick e sua família, inclusive seus dois irmãos, com Lauren logo atrás, junto com Patch, Thad e os outros membros da Sociedade. Lauren sabia que seus amigos entendiam a hipocrisia que era homenagear um homem responsável por tanto mal, mas ninguém queria criar problemas, especialmente porque isso poderia colocar em risco a chance que tinham de deixar a Sociedade.

A cerimônia foi completamente impessoal, apenas uma série de cânticos e leituras sobre temas como servir a Deus, justiça e verdade. Lauren ficou feliz porque, ao contrário do funeral de Alejandro, o de Palmer foi relativamente curto, com menos de quarenta e cinco minutos. Depois da missa, Lauren se aproximou de Phoebe, que estava com Genie e Patch em frente à catedral.

Phoebe deu um abraço em Genie em meio ao vento gelado.

— Eu sinto muito — disse ela.

Genie bateu nela com um panfleto da igreja.

— Ah, não fique assim, querida. Eu ainda culpo aquele homem por tudo o que ele fez. Só estou aqui porque era a coisa certa a se fazer.

Patch deu de ombros para as meninas, e houve então um silêncio desconfortável.

— Bom, preciso ir para o centro — disse Lauren. — Acho que posso tirar o resto do dia de folga, já que ninguém está esperando que a gente volte para a escola. Preciso dar uma passada na Giroux. Quer vir comigo, Phoebe?

Phoebe balançou a cabeça.

— Acho melhor eu ficar com o Nick, sabe, só para ter certeza de que ele está bem.

— Claro — concordou Lauren. — Eu entendo.

Lauren se despediu do resto do grupo e pegou o metrô para o centro. Assim que chegou à Giroux, foi até o escritório de Sebastian. Ela havia mandado um portfólio no começo da manhã para ele com seus *designs* para a Colette de Paris, e estava ansiosa para saber o que ele tinha achado.

Sebastian estava em seu escritório. Lauren bateu e enfiou a cabeça pela porta.

— Lauren! Entre, sente aqui!

Lauren se sentou em uma das duas cadeiras Eames da sala. Ela havia recebido essa incrível oportunidade de Sebastian, mas ainda não sabia bem se realmente a merecia. Estava empolgada por suas joias estarem vendendo bem, tanto nos Estados Unidos quanto na Europa. Isso já era o bastante para provar seu talento?

— Eu estava querendo saber o que você achou da linha para a Colette — disse ela. — Pensei em seguir um estilo egípcio desta vez, inspirada no Baile de Dendur. Mas são reinterpretações, alguma coisa mais parecidas com as peças que fizeram sucesso nos anos vinte e um pouco depois.

Sebastian folheou o portfólio preto de Lauren.

— Ficaram lindas. Acho que você acertou em cheio. A Colette vai adorar.

— Espero que sim — disse Lauren. — Você me conta o que eles disserem?

— Vou fazer até melhor do que isso. Quero que você vá a Paris no mês que vem, nas férias de primavera, para acompanhar o lançamento da nova coleção. Vai ser *incrível* ter a própria *designer* presente no evento.

— Sério? — perguntou Lauren? — Para Paris?

— Claro — disse Sebastian. — Quero apresentar você para alguns compradores europeus e gostaria que você fosse visitar vários ateliês comigo. Eu provavelmente nem deveria comentar ainda, mas alguns estilistas também estão mostrando interesse em usar as suas peças como acessórios em seus próximos desfiles.

— Minha nossa... você pode me dizer quem?

— É melhor não. Não quero criar expectativa. Mas se nós fecharmos negócio com qualquer um deles, garanto que você ficará muito contente.

Lauren ficou vermelha.

— Obrigada. Nem sei o que... isso é tão legal!

— Bom, você merece — disse Sebastian, inclinando-se para frente. — Só queria falar com você sobre mais uma coisa. É sobre aquele incidente do mês passado.

— Ah, por favor, não quero nem lembrar disso — grunhiu Lauren. Ele estava se referindo ao episódio dos brincos roubados.

— Nós descobrimos quem fez aquilo — disse Sebastian. — Um dos seguranças, não o Danny, mas o outro que ficou aqui naquela semana, um temporário da agência, foi pago para colocar os brincos no seu armário. Não sei quem estava por trás disso, mas fico feliz que tudo esteja esclarecido. E claro, nunca acreditei que pudesse ter sido você.

— Obrigada — disse Lauren. — Fico contente.

Ela não sabia bem o que dizer, já que tudo aquilo era muito confuso. Era claro que a Sociedade estava por trás do incidente, mas como Sebastian não sabia disso? E se essas ordens estivessem vindo de um escalão ainda mais alto? Talvez ela tivesse conseguido esse trabalho com Sebastian por seus próprios méritos, e o fato de ele ser um membro fosse uma mera coincidência. Nesse caso, talvez ela pudesse continuar na Giroux mesmo fora da Sociedade, mesmo depois que eles cinco conseguissem deixar o grupo. Mas não haveria nenhum problema? Queria ir a Paris, abraçar essa grande oportunidade, aprender com *designers* famosos e conhecer as pessoas da indústria da moda. Mas quais seriam as implicações de tudo isso? Qual seria o preço a pagar?

QUARENTA E UM

Vários dias depois, a família Bell foi convocada para a leitura do testamento de Palmer Bell. O pai de Nick havia acompanhado a preparação do documento, então aquilo era em grande medida uma formalidade, mas era necessário que os últimos desejos de Palmer fossem lidos para todas as partes interessadas.

Os advogados da família Bell tinham um escritório no centro, em um famoso prédio comercial com um lindo mural da época do New Deal no saguão. Para Nick, era o tipo de lugar que mostrava tradição e legado, que exalava sua importância para a história da cidade. A reunião estava marcada para as dez da manhã, e ele tinha vindo separado do resto de sua família. Quando estava prestes a entrar em um elevador, Nick ficou surpreso ao ver Patch falando com um segurança. Ele pegou um crachá e começou a vir na direção de Nick.

— Patch? O que você está fazendo aqui? — perguntou Nick.

Patch correu para alcançá-lo, ficando um pouco ofegante.

— Não sei muito bem. Recebi uma ligação ontem me chamando para uma reunião no escritório dos advogados do seu pai.

— Por que você não me falou nada?

— Achei que você já soubesse.

— É melhor a gente subir — disse Nick, olhando para o relógio. — Eles já vão começar.

Nick veio preparado para a reunião com seu cabelo escuro penteado para trás, usando terno, sapatos italianos e um casaco de lã. Ele examinou os trajes de Patch: calça social cáqui, camisa, tênis All Star e uma parka enorme.

— Você está bonitão — disse Patch. — Queria ter me vestido um pouco melhor.

— Relaxe — disse Nick. — É um escritório de advocacia. São eles que trabalham para a gente, lembra? Mas enfim, quem foi que ligou para você?

O elevador estava chegando ao 21º andar.

— Foi a assistente de alguém, acho. Não me lembro do nome. Ela só disse que era importante e que tinha a ver com a sua família.

Nick nem teve tempo para pensar no que isso queria dizer, porque eles logo foram recebidos, mas ficou com a impressão de que algo importante, talvez até capaz de mudar toda a sua vida, estava prestes a ser revelado. Ele se sentou na enorme e lustrosa mesa de reunião com o resto de sua família, enquanto Patch se acomodava junto à parede no canto oposto da sala.

Nick se sentou ao lado de seus dois irmãos, Henry e Benjamin, e de frente para o seu pai e sua mãe. Mais ao lado, estavam Philip, o tio de Nick, e sua esposa, Eleanor, que havia trocado o Upper East Side pelos subúrbios de Westchester; suas filhas, Maggie, de doze anos, e Caroline, de dez, deveriam estar na escola agora. Philip e Eleanor haviam se afastado da família nos últimos anos, e Nick nunca os tinha visto em nenhum evento da Sociedade. Ele não sabia ao certo se eles eram membros ou não.

Nick percebeu seu pai fazendo uma careta quando Patch entrou na sala, e sua mãe sussurrando algo para ele.

"Ah, meu Deus", pensou Nick, "já vai começar".

Aldon Story, o advogado da família Bell, começou a ler o que parecia ser uma interminável lista de bens. Eram todos os investimentos de Palmer, incluindo negócios e propriedades que Nick nem sequer sabia que existiam.

Por fim, eles chegaram aos bens financeiros. Parker Bell estava impassível, mas Nick notou Henry e Benjamin se remexendo em suas cadeiras. A mãe de Nick, Gigi, não parava de lamber os lábios. Eleanor sussurrou alguma coisa para Philip.

"Tubarões em volta de uma carcaça sangrenta", pensou Nick. Todos eles sabiam que este momento chegaria; alguns até já sabiam o que iriam herdar. Ainda assim, parecia ser importante que aquilo fosse lido em voz alta.

Parker e Georgiana Bell receberiam uma cifra significativa, assim como Philip e Eleanor, bem mais de 250 milhões de dólares. Em seguida, o advogado começou a ler a lista dos netos: Maggie, Caroline, Nick, Ben e Henry.

Cada um deles seria beneficiário de depósitos avaliados em trinta milhões de dólares. Para os três garotos, o consignatário seria seu pai, Parker Bell, até que chegassem aos vinte e cinco anos. Pelo que Nick entendia sobre o assunto, isso queria dizer que seu pai poderia dar a cada beneficiário acesso a cada um dos depósitos como bem quisesse.

Conforme esperado, o restante dos bens de Palmer Bell ficaria com a Associação Bradford, para serem usados em futuros projetos, eventos de caridade ou qualquer outro fim que a instituição julgasse adequado.

Os ombros de Nick relaxaram, mas logo ficaram tensos de novo. Era bom saber — muito bom, na verdade — que sua herança seria tão generosa, mas não era nada bom saber que seu pai continuaria sendo seu consignatário por tanto tempo.

O Sr. Story limpou a garganta e então voltou a falar:

— E há mais um beneficiário no testamento do senhor Bell — todos olharam para os lados, confusos. Estava faltando alguém? Algum primo distante que Palmer tinha decidido incluir?

— Acho que ele está aqui hoje — continuou o Sr. Story. — O último beneficiário é Patchfield Evans III, neto de Palmer Bell.

Nick se acomodou na cadeira, tomado por uma mistura de espanto e fascinação, quando o advogado revelou que Patch também seria um beneficiário do testamento de seu avô. Isso confirmava o que ele já sabia. Confirmava a verdade que ele vinha escondendo de seu amigo pelos últimos dois meses, a verdade que Nick vinha tentando ignorar.

Isso mudava tudo.

Seu pai sabia que Patch faria parte do testamento? Será que o próprio Patch tinha alguma ideia do que isso significava?

Nick olhou para Patch, que ainda estava sentado na ponta da sala, boquiaberto.

Os irmãos de Nick estavam ainda mais perplexos.

— O quê? Senhor Story, o que isso quer dizer? — perguntou Henry. — Como o Patch pode ser...

— Henry, comporte-se! — ordenou Parker Bell.

— Creio que tudo será esclarecido em breve — disse o advogado. — Para cada um dos seus depósitos, vocês deverão entrar em contato individualmente com o nosso escritório para preparar o desembolso. Existem certos parâmetros preestabelecidos que seus devidos consignatários, no caso, o pai de cada família, poderão alterar quando bem quiserem. Iremos discutir o funcionamento disso com cada um de vocês separadamente.

— Mas e o... — perguntou Ben, desistindo no meio da pergunta.

— Henry, Nick, nós vamos discutir isso em casa — disse Parker.

Patch parecia estar quase passando mal. Ele fez um gesto pedindo para que Nick saísse com ele. Nick acenou a cabeça e se levantou, sem ter a mínima ideia de como iria explicar ao amigo o pouco que sabia.

— Nicholas, aonde você vai? Ainda não terminamos! — disse Parker Bell.

— Acho que já terminamos, sim, pai. Vejo você em casa.

Nick abriu a porta da sala de reunião e Patch saiu com ele.

Assim que chegaram à calçada, o ar frio os ajudou a despertar daquele transe.

— O que aquilo quer dizer? — perguntou Patch.

— Bom, que você acabou de ganhar trinta milhões de dólares — riu Nick.

— Nossa, bom, tudo bem... acho que vou levar alguns dias para digerir isso. Mas e isso do seu pai ser o consignatário?

— É assim que essas coisas funcionam. Até a gente chegar aos vinte e cinco anos. Eles só não querem que a gente jogue a grana pela janela.

— Tudo bem, mas mais do que isso — disse Patch. — Por quê? O que eu fiz para merecer isso? O seu avô nunca ligou muito para mim, até onde sei. E nem sei se o seu pai gosta de mim. Ele disse que eu era um neto do Palmer. Como isso pode ser?

Nick se lembrou de tudo o que sabia e decidiu escolher bem suas palavras.

— E se o seu pai, o Patch Jr., não for seu pai verdadeiro? — arriscou Nick.

— Então quem era o meu pai?

Nick hesitou antes de responder.

— O meu pai?

Os dois ficaram atordoados em silêncio na calçada enquanto as pessoas passavam, carros buzinavam e todos cuidavam de suas vidas no meio daquela manhã de fevereiro.

— Então nós somos... irmãos? — perguntou Patch.

— Meio-irmãos, na verdade — disse Nick. — Então será que a sua mãe e o meu pai... digo, o nosso pai... tiveram um, sei lá, um caso?

Patch parecia estar realmente confuso com a notícia.

Nick ficou ali com Patch por um instante, espantado por esse momento finalmente ter chegado. Ele enxugou uma lágrima de seu olho e então colocou um braço em volta de Patch, apertando-o com força.

— Venha — disse Nick. — Vamos sair deste frio.

QUARENTA E DOIS

Eles decidiram ir para o bar do Hotel Algonquin, um lugar já meio velho, com pretzels e amendoins para petiscar, banquetas de couro e pôsteres de espetáculos da Broadway nas paredes de madeira. Nick disse que tinha combinado de se encontrar com Phoebe depois da leitura do testamento, e mandou uma mensagem de texto avisando onde eles estavam. O bar estava aberto para o almoço. Entraram fingindo que iam comer, mas nenhum dos dois estava muito interessado nisso. Nick pediu uma porção de fritas e três Cocas.

Phoebe chegou logo depois. Ela olhou para Nick, depois para Patch.

— O que foi que aconteceu?

— A gente já vai explicar — disse Nick.

— Talvez eu precise de alguma coisa mais forte — disse Patch, não tão de brincadeira assim, enquanto apontava para sua Coca. Ele ainda estava abalado e sem saber ao certo como digerir a notícia. — Me vê um *dry martini?* — brincou ele, fingindo chamar a garçonete.

— Calma aí, James Bond. Vamos manter a cabeça no lugar, está bem? — disse Nick.

Nick explicou rapidamente a Phoebe o que havia sido revelado, e ela acenou a cabeça, espantada.

— É melhor eu ligar para Genie — disse Patch, interrompendo a história de Nick. — Só não sei se vou conseguir falar com ela — Genie estava passando alguns dias em Catskills com uma amiga, em uma antiga pousada na montanha onde ela podia relaxar em frente à lareira, jogar gamão e ler livros de mistério. Ela tinha decidido que precisava sair um pouco da cidade depois de toda a comoção causada pela morte de Palmer e pelo roubo do colar. O problema era que isso a havia deixado praticamente incomunicável. — Ela nunca deixa o celular ligado, só quando está carregando — disse Patch. — Ela não entende que só faz sentido ter um celular se você anda com ele.

Ele tentou ligar, mas caiu direto na caixa postal. E ela só iria voltar para casa no final de semana.

Patch decidiu ligar então para a segunda pessoa que talvez pudesse explicar o que estava acontecendo. Tinha no celular o número do hospital onde sua mãe estava, e o discou. Ligar para ela foi uma decisão repentina, e ele já começou a se arrepender assim que ouviu o primeiro toque. O que iria dizer? Ele realmente queria ter essa conversa na frente de Nick e Phoebe? Uma enfermeira atendeu na triagem do Hospital Psiquiátrico Stoney River, em Ossining, e ele pediu para falar com sua mãe. Depois de um instante, a enfermeira disse que não a encontrou, mas que lhe daria o recado. Ele ficou quase contente por ela não estar lá.

Nick e Phoebe olharam para ele com um ar triste, e Patch se sentiu como alguém digno de dó.

— O que foi, gente? — perguntou Patch.

— É estranho — disse Nick. — Sei lá, a gente deveria estar comemorando a coisa da nossa herança, mas não me parece certo. Meu avô podia ser um babaca, mas ele se importava com você... com nós dois... do jeito dele.

— Só que agora ele deixou um mistério ainda maior para a gente resolver — disse Phoebe.

— Droga, onde está minha avó quando a gente precisa dela? — perguntou Patch.

Nick tomou um gole de sua Coca.

— Tudo bem, vamos tentar entender isso. Vamos ser sinceros. A sua mãe e o meu pai claramente tiveram alguma coisa. Os nossos pais eram amigos, então isso com certeza não deve ter sido muito tranquilo para eles.

— A menos que o meu pai, digo, quem eu achava ser o meu pai, não soubesse.

— Ele acabaria descobrindo cedo ou tarde — disse Phoebe. — Não teria como.

— Não sei, não — disse Nick. — Talvez ele nunca tenha descoberto mesmo. Mas o que não entendo é por que meu avô, o nosso avô, levou tão a sério a história de você entrar para a Sociedade se já ia incluir você no testamento. Por que eles ficaram tão irritados quando você filmou a Noite do Renascimento?

Os três ficaram em silêncio por um instante.

— Eu tenho uma teoria — disse Phoebe. — Bom, digo isso pelo que sei sobre a sua avó, Patch.

— Qual? — perguntou Nick.

— Desculpa se eu estiver falando besteira — disse ela, mexendo seu refrigerante com um canudo.

— Pode falar — disse Patch.

— Acho que se o Palmer e a Genie já foram noivos, a mãe do Patch devia ser um símbolo de tudo o que Parker não podia ter, uma coisa proibida. Palmer não pôde se casar com a Genie pela pressão da família para achar alguém que não fosse contra a Sociedade. Mas o Parker ainda tinha como ficar com a sua mãe, Patch, pelo menos como uma amante.

— Depois do que vi no outono, tenho certeza de que o meu pai e a minha mãe eram membros da Sociedade — disse Patch. — Por que ela seria algo proibido?

— Por que ela não era a mulher dele — disse Phoebe, olhando com um ar tímido para os dois garotos.

— Acho que a Phoebe tem razão — concordou Patch. — O Palmer não gostava de mim porque eu era um lembrete do que o filho dele tinha feito.

— Mas ele se redimiu no final — disse Nick, balançando a cabeça, assombrado. — Phoebe, você se lembra do que ele falou no hospital? Ele disse que não queria que as nossas vidas fossem definidas pelas nossas famílias, e o quanto isso podia ser destrutivo.

— Então a herança é a resposta? — perguntou Phoebe. — Talvez tenha sido esse o jeito que ele encontrou para ajudar você a sair da Sociedade.

— A gente ainda não saiu — disse Nick. — Mas isso com certeza não atrapalha.

— Não, acho que trinta milhões de dólares nunca atrapalhariam ninguém — disse Patch, sarcástico. — Só que nós ainda não sabemos qual é a verdadeira história por trás de tudo isso — ele ainda não conseguia acreditar na herança. Aquilo parecia irreal, como um dinheiro de Banco Imobiliário.

— É melhor a gente voltar ao início — disse Phoebe. — Você não acha que tentar entender o mistério do Palmer, aquilo que ele tentou dizer a você no hospital, seria o primeiro passo para tudo isso? — ela terminou sua Coca e começou a cutucar o gelo com o canudo, parecendo nervosa. — Você já testou aquela chave em todos os lugares. Mas e aqueles números de que você me falou? Quais eram mesmo?

— Mil, seiscentos e três — disse Nick.

— E vocês já viram se é um endereço, não é? Me empreste o seu celular aqui.

Nick entregou seu iPhone, e Phoebe digitou os números. Ela passou por uma série de resultados no Google e então franziu a testa.

— Vocês já pensaram que poderia ser um ano? — perguntou ela.

Patch e Nick encolheram os ombros.

— Como isso iria ajudar a gente? Em geral, essas coisas são endereços. Como as mesas de xadrez no semestre passado.

— Tudo bem, mas talvez seja um ano que vai nos levar a um endereço.

— O que você encontrou? — perguntou Nick.

— Nada de mais. Só que mil, seiscentos e três é mencionado em vários resultados como o último ano da dinastia Tudor.

— Ah, ótimo, então vamos ter que ir para a Inglaterra? — disse Patch, sarcástico. — Eu já disse não para a Dinamarca, e digo não para a Inglaterra também.

— A gente não precisa ir para a Inglaterra — disse Phoebe. — Só precisa ir para algum lugar que se *pareça* com a Inglaterra.

QUARENTA E TRÊS

Phoebe tinha uma ideia maluca sobre aonde eles deveriam ir para resolver a charada de Palmer, mas Patch estava com a cabeça em outro lugar. Ele se encontraria com eles no dia seguinte, que por sorte era sábado, mas por enquanto, estava mais preocupado em desvendar o mistério de sua própria ascendência. Ele poderia mesmo ser filho de Parker Bell? Ou haveria alguma outra resposta? E afinal, o que significava ser o filho biológico de alguém, especialmente se você nunca chegou a ser tratado como filho dessa pessoa? O seu verdadeiro pai seria aquele que dormiu com a sua mãe no dia da sua concepção, ou o homem que o criou?

Ainda que esse homem tivesse desaparecido de sua vida, afogado no oceano Atlântico, quando Patch tinha apenas cinco anos.

Levando em conta todo o tempo que Patch já havia passado com os Bells, tempos bons, ruins e indiferentes, Parker Bell poderia muito bem ser seu pai.

Mas pais de verdade não prendem seus filhos. Pais de verdade não orquestram planos nefastos para atacar seus filhos.

Talvez Parker Bell também só tivesse descoberto hoje que Patch era seu filho. E como Nick poderia ter tanta certeza de que Parker era o pai de Patch? Nick nunca havia falado nada sobre isso antes. E se isso fosse algo ainda mais antigo, da época de Palmer e Genie? E se Esmé na verdade fosse filha de Palmer e Patch Jr. fosse *de fato* seu pai? Isso seria possível? Nick e Phoebe nem chegaram a pensar nisso, mas como poderiam saber se não era a verdade?

Patch estava com esse turbilhão de pensamentos rodopiando em sua cabeça como um frenético caleidoscópio quando chegou ao seu prédio. Enquanto esperava o elevador no fundo do saguão de entrada, viu Parker Bell falando com o porteiro.

Ele precisava saber. Não queria falar com Parker, mas precisava saber.

Patch marchou direto até o Sr. Bell e o cutucou no ombro.

O Sr. Bell se virou e olhou para Patch, a princípio um tanto irritado, mas depois com um quê de ternura.

— Patch — disse ele. — Tudo isso deve estar sendo uma grande surpresa para você. Vamos subir para conversar?

Patch acenou a cabeça e entrou com ele no elevador. Pelos primeiros andares, ficaram em silêncio, até que o Sr. Bell finalmente começou a falar.

— Eu não queria que você tivesse descoberto isso assim. Achei que os advogados iriam convocar uma reunião particular. Mas quando soube que você tinha vindo a convite do Sr. Story, percebi que você merecia estar lá tanto quanto qualquer um de nós.

— Eu só não entendi muito bem por quê. Gostaria que o senhor me explicasse.

O Sr. Bell olhou para Patch de cima a baixo, concentrando-se, Patch tinha certeza, em seus tênis sujos e na calça cáqui desfiada.

— Vamos lá para o meu escritório.

Patch seguiu o Sr. Bell por aquele apartamento que ele conhecia tão bem, embora não passasse mais muito tempo por lá ultimamente. Mesmo depois de reatar sua amizade com Nick, ainda não se sentia bem-vindo no refúgio sagrado dos Bells. Também suspeitava que Gigi, a mãe de Nick, não gostava muito dele, então achou melhor manter distância.

O escritório do Sr. Bell tinha paredes de madeira, estantes que iam do chão ao teto repletas de livros, janelas com vista para a Quinta Avenida e dois sofás Chesterfield de couro cor de vinho que ficavam um de frente para o outro. Patch se sentou em um, e o Sr. Bell no outro.

— Bom, imagino que você e o Nick já tenham entendido toda a situação — disse Parker.

— Na verdade, não.

— Eu gostava muito da sua mãe — disse Parker. — Nós vivemos momentos muito felizes juntos. Mas foi tudo um erro — ele fez uma pausa. — Me desculpe, não queria insinuar que...

— Não, eu entendo — disse Patch.

— O que estou tentando dizer é que eu deveria ter sido fiel à minha esposa. A sua mãe estava tendo problemas para engravidar com o seu pai, ou pelo menos o homem que você conhecia como seu pai. Então ela ficou feliz quando engravidou. Para a Esmé, aquilo pareceu ser uma boa solução. Nós quatro éramos perfeitos juntos. Mas claro, só eu e ela sabíamos.

— Meu pai nunca descobriu? — perguntou Patch, achando difícil acreditar nisso.

— Na verdade, sim. Ele acabou descobrindo, o que foi difícil, para dizer pouco. E a minha esposa, a mãe de Nick, também ficou sabendo. Isso nos dividiu. Foi uma época muito, muito triste. Especialmente quando a sua mãe passou por aquelas dificuldades. Eu queria que você estivesse por perto, então ajudei a pagar o apartamento onde você e a sua avó moram hoje, porque a Eugenia não estava conseguindo pagar nem os impostos. A sua avó, aliás, não sabe disso. Ela acha que eles simplesmente diminuíram o valor pela idade dela. Minha esposa, como era de se esperar, não ficou nada contente com isso.

— Então é por isso que ela nunca gostou de mim — disse Patch.

— Não diria isso, Patch. Ela só se preocupava com o Nick.

— Ah, então você acha que ela não queria o Nick andando com alguém da ralé?

— Eu não diria que você é da ralé! — riu Parker. — Você vem de uma das famílias mais distintas de Nova York. George Evans e a sua avó eram um belo casal. Assim como a sua mãe e o seu pai... digo, Patch Jr., você sabe... ah, meu Deus, como isso é complicado. Enfim, você não tem do que se envergonhar.

— Não tenho vergonha de *nada* — disse Patch.

— Que ótimo — fez uma pausa e sacou um charuto. — Quer um?

Patch balançou a cabeça. Ele estava achando que poderia agir como seu pai assim, de repente? Patch já tinha visto como Parker tratava Nick, e sabia o quanto esse homem era capaz de parecer carismático de uma hora para a outra.

Parker cortou a ponta do charuto e então o acendeu, soprando fumaça para o alto.

— Como tudo isso aconteceu? — perguntou Patch. — Digo, como vocês ficaram?

— Não sei se posso entrar nesse assunto — disse Parker. — Dendur foi um caso complicado.

— "Dendur"? Como assim?

— Foi o nome que nós demos, porque a Esmé e eu acreditávamos que você foi concebido na nossa última noite juntos, a noite do último Baile de Dendur. Depois disso, todos os advogados passaram a se referir ao assunto como o "Caso de Dendur".

— Para que vocês contrataram advogados?

— Para ajudar sua família e garantir que sua avó continuasse neste prédio, mesmo depois que sua mãe e seu pai já não tinham mais seu apartamento. E para preparar um depósito para você com o seu avô. Eu tinha prometido tudo isso à sua mãe. O Palmer não entendeu no começo, mas depois que expliquei melhor, ele aceitou. Acho que ele ficou com ciúme. Os Bells e os Evans. Nós sempre gostamos da sua família. Você sabe, ele foi apaixonado pela sua avó.

— Bom, fico feliz que vocês tenham se divertido tanto com a minha família — disse Patch. A fumaça do charuto o estava deixando enjoado.

— Não fale assim — disse Parker. — Você sempre foi muito especial, Patch.

— Por quê?

— Você sabe o que é um omento? — Parker se levantou para pegar sua cópia da enciclopédia *Webster's* e a abriu. — Você nasceu com o rosto coberto por um omento, que é a bolsa amniótica, em outras palavras. Isso é muito raro, e nunca havia acontecido na nossa família. Dizem que essas crianças nascem para a grandeza. No antigo Egito, isso era um sinal de que o bebê estava destinado ao culto de Ísis, uma ordem que, segundo alguns, existe até hoje.

— Ah, deixa eu adivinhar. E você também é o líder do culto de Ísis? — zombou Patch. Ele poderia estar sendo sarcástico por fora, mas no fundo estava intrigado.

— Não exatamente — riu Parker. — Mas isso você vai ter que descobrir sozinho.

— Tudo bem, vou anotar na minha agenda — disse Patch.

— É uma pena que a sua grandeza ainda não tenha vindo à tona — disse Parker. — Até agora, você tem sido apenas um elo fraco da Sociedade, um elo que já ameaçou destruir tudo o que temos. Depois da sua iniciação no mês passado, achei que poderia começar a ver um pouco dessa grandeza em você. Mas, em vez de cumprir essa missão, você e os seus amigos se tornaram infiéis. Esperava mais dos meus filhos. Mas é claro, de várias maneiras, você vem mostrando exatamente o mesmo padrão que nós vemos em todos os futuros líderes: vocês começam como rebeldes, mas depois acabam se vendo no poder.

Patch sentiu seu corpo quente de raiva enquanto levantava e, quase sem perceber, começou a gritar com Parker.

— Você escondeu isso de mim por *dezessete* anos e agora quer me chamar de seu filho? Por favor! Você não é meu pai, e eu não sou seu filho. Não se ganha uma posição assim de uma hora para a outra. Isso é uma coisa que você tem que *conquistar*. O meu pai foi o homem que morreu afogado doze anos atrás. Nunca se esqueça disso.

Patch estava tremendo enquanto dizia tudo isso, mas nunca se sentiu tão certo de suas convicções.

Parker olhou para Patch como se ele tivesse acabado de jogar um cinzeiro em seu rosto, mas não fez nada para impedir que fosse embora.

Enquanto saía do apartamento dos Bells e entrava no elevador, Patch pensou na grandeza que Parker havia mencionado. Não sabia se realmente estaria destinado a ela, ou se apenas tinha nascido no lugar errado, na hora errada.

QUARENTA E QUATRO

Segundo Phoebe, o ano de 1603 foi o último da dinastia Tudor, que chegou ao fim com a morte da Rainha Elizabeth I. Phoebe estava convencida de que o mais importante nisso tudo era uma única palavra: *Tudor*.

— Vamos, Nick — disse ela, cutucando-o, depois de terem se despedido de Patch em frente ao Hotel Algonquin. — O que nós vimos ligado aos Tudors ultimamente?

— Sei lá — respondeu Nick, encolhendo os ombros enquanto partiam rumo à esquerda. Aquela parecia ser mais uma das charadas de seu avô, mesmo agora que já estava morto.

— Não acredito! Até eu, que estava entupida de tanto remédio, me lembro da casa de estilo Tudor onde a gente se conheceu no dia depois da Ação de Graças. Foi o dia em que... bom, você sabe...

Foi quando a morte de Jared foi anunciada, um dia traumático para todos. Phoebe havia sido levada de carro até lá depois de quase ter sofrido um colapso nervoso. Nick não tinha achado aquele um dia muito propício para se concentrar na arquitetura local.

— Eu não entendo muito disso — continuou Phoebe. — Mas sei como é uma casa de estilo Tudor. Tem um monte delas lá em Los Angeles. Os ricos adoram morar nessas casas como se fossem descendentes da realeza britânica, ou coisa assim.

Nick acenou a cabeça sem dizer nada. Por que ele não tinha pensado nisso antes? Quatro dígitos. Um ano. Tudo parecia tão óbvio agora.

— Tudo bem — disse ele. — Então vamos para Southampton.

No dia seguinte, por volta do meio-dia, Phoebe, Nick e Patch chegaram à casa em Southampton, que Nick disse ser conhecida como Mansão Eaton, em homenagem a uma família da época dos primeiros colonos que viveram naquela região. Mesmo já tendo ouvido Parker mencionar esse nome antes, nenhum dos três sabia quem era o dono do lugar ou o que acontecia por lá, a não ser pela reunião da Sociedade para qual tinham sido chamados no outono. Por sorte, a memória fotográfica que Nick tinha das estradas locais foi muito útil, porque ele se lembrou de onde a casa ficava sem nem precisar do endereço. Começou a se lembrar de tudo: da mansão, de cumprimentar Phoebe na porta, do que sentiu quando se separou dela e depois quando voltou a vê-la. De como já sabia, sem dúvida alguma, que ela era especial. De ter ido embora aquele dia e passado a noite com ela na casa de seus pais, a primeira noite que ficaram juntos.

Nick se repreendeu por pensar nisso. Não era hora de memórias românticas. Eles tinham um trabalho a fazer.

O portão estava aberto, e Nick avançou com seu velho Jeep Cherokee pela entrada de cascalho. A mansão continuava exatamente como Nick se lembrava, embora parecesse mais melancólica agora no meio do inverno, já sem quase nenhuma folha nas árvores e o chão coberto por uma grama congelada de um verde mortiço, poças lamacentas e outras plantas que só voltariam à vida na primavera. Nick se lembrou dos luxos oferecidos pelo lugar, por mais que eles não tenham aproveitado nada: um campo de *croquet*[4], um jardim inglês, um espelho d'água, quadras de tênis.

— Então quer dizer que ninguém sabe de quem é tudo isto aqui? — perguntou Phoebe. — Enfim, é uma casa. Alguém deve morar aqui, não é?

— Sei lá — disse Nick. — Este lugar deve ser da Associação Bradford, acho. Mas nunca nos contariam isso, claro.

— O seu pai nunca nos contaria isso, claro — disse Patch, sarcástico.

— Hum, o *nosso* pai, cara — disse Nick.

— É... — por fim disse Patch, após um momento de silêncio.

Nick ficou magoado com o tom de voz de Patch. Eles eram amigos, melhores amigos; e agora eram irmãos, ou meio-irmãos,

[4] Esporte que consiste em golpear bolas de madeira ou plástico através de arcos encaixados no campo (N.E.).

pelo menos. Ainda assim, tudo aquilo pelo que tinham passado só havia afastado um do outro. Nick sabia que não seria sempre assim, mas por enquanto, era como se estivessem se equilibrando sobre um tênue limite entre a confiança e a traição. Depois da revelação do dia anterior, Nick continuava receoso em falar com Patch. Nick deveria contar tudo ao seu melhor amigo, mas não conseguiu fazer isso mais uma vez.

Nick se virou para falar com Patch no banco de trás.

— Você nunca veio aqui antes, né?

— Não — disse Patch, balançando a cabeça. — Digo, já passei aqui em frente quando vinha para a sua casa, mas sempre achei que este lugar era de algum banqueiro ou coisa assim.

Os três foram até a porta da frente e ficaram lá, sem saber direito o que fazer.

— A gente não pode simplesmente tocar a campainha — disse Nick. — E dizer, tipo, "oi, a gente veio aqui para testar esta chave em algumas fechaduras".

— É melhor a gente entrar pelos fundos então? — perguntou Patch. — Esta casa deve ter tipo umas dez entradas diferentes.

Naquele instante, a imensa porta de carvalho se abriu, sacudindo seu batedor com um estrondo sinistro. Os três foram pegos de surpresa, e Phoebe agarrou o braço de Nick.

Ficaram olhando, espantados. Não podia ser, mas era ele.

— *Horatio?* — por fim perguntou Nick. — O que diabos você está fazendo aqui?

QUARENTA E CINCO

Dez minutos depois, estavam sentados na biblioteca da Mansão Eaton, que era quase aconchegante, já que essa era uma casa sem nenhum tipo de toque pessoal. Era uma sala cheia de livros, adornos e pinturas, mas sem nenhuma personalidade: nada de fotos de família ou coleções de livros gastos pelo tempo. Horatio tinha acendido a lareira, e estava servindo cidra quente aos três.

— O testamento do seu avô tinha uma condição — explicou ele. — Um acordo particular que eu e ele fizemos. Nada que os advogados teriam lido para vocês ontem.

Nick ficou surpreso com o quanto Horatio sabia sobre os negócios da família Bell, e achou melhor ficar alerta. Enquanto tomavam a cidra, Nick se lembrou por um instante do tempo que passaram na Grande Casa de Campo, na ilha de Ísis, onde ele e todos os outros Iniciados foram anestesiados por uma constante dose de comidas de dar água na boca, bebidas de primeira, música e boas conversas. Tudo para esconder o fato de que a Sociedade estava por trás de atos realmente diabólicos.

Seria Horatio um membro também? Um empregado da Associação Bradford? Nick não fazia ideia.

— A condição era que eu ficaria encarregado de ajudá-lo caso ele morresse antes que o senhor tivesse alcançado seu objetivo. Eu estava indo visitá-lo em Manhattan para buscá-lo, mas fui informado hoje cedo de que o senhor já havia saído. Acho que seu avô teria ficado muito satisfeito.

— Mas que objetivo é esse? — perguntou Nick. — Seria melhor se você pudesse ser mais específico.

— Não posso ser mais específico do que o seu avô já foi — disse Horatio. — Sou apenas um empregado de sua mansão.

— Ah, por favor, não dá para você só explicar o que está acontecendo de uma vez? — disse Patch.

Horatio olhou para eles, incólume.

— Meus senhores, o propósito da minha vida sempre foi servir o seu avô. Não posso desobedecê-lo, especialmente agora que ele não está mais entre nós.

— Mas é justamente por isso! — disse Nick. — Ele não está mais aqui. Você não pode pelo menos dizer o que a gente está procurando? O que ele poderia fazer? Levantar do túmulo para demitir você?

— Senhor Bell, não posso permitir que fale do seu avô dessa forma. Sinto muito se minhas ordens não o agradam. Estou aqui apenas para servir.

Nick suspirou. Aquele sujeito parecia um robô.

Phoebe entrou na conversa, e Nick ficou grato.

— Horatio, por que você não nos mostra o que o senhor Bell queria que a gente visse? Acho que era isso o que ele queria, não?

Horatio sacou um pedaço de papel do bolso de seu paletó. Ele o desdobrou com cuidado e leu como se estivesse declamando um poema:

— *Vocês devem ir à praia, vocês devem descer, para descobrir o que há sob a superfície das coisas.*

— Ele já tinha dito isso — resmungou Nick.

— Espere aí — disse Phoebe. — É óbvio.

— O que é óbvio? — perguntou Nick. — Vamos ter que começar a cavar agora?

— Não — disse Phoebe. — A chave abre uma porta no porão.

QUARENTA E SEIS

Horatio levou os três até o porão. Desceram uma escada estreita e passaram por uma série de salas ainda não terminadas com paredes de tijolos, vigas expostas de madeira e um forte cheiro de mofo. Era um porão à moda antiga, com uma adega rústica de vinhos, uma despensa de alimentos e um depósito para móveis e outras quinquilharias. Phoebe concluiu que todo aquele entulho já devia ter vindo junto com a mansão, já que ninguém morava ali, ou pelo menos era o que parecia.

Era o tipo de porão onde segredos eram enterrados.

— Devo deixá-los aqui — disse Horatio, sendo gentil até demais.

— Espere aí — pediu Phoebe. — Também não é assim. Patch, fique com ele.

Phoebe já conhecia bem as manobras da Sociedade para saber que não seria uma boa ideia entrar em um porão estranho sem que ninguém ficasse do lado de fora, sabendo onde estavam.

— Como quiser — disse Horatio.

Patch o seguiu.

— Tudo bem, isso já estava com uma pegada meio Edgar Allan Poe demais para o meu gosto mesmo — disse Patch. Ele tinha razão. Tudo aquilo lembrava muito o *Barril de Amontillado*, um conto em que um homem deixa outro para morrer em uma catacumba. Phoebe se arrepiou.

— Se a gente não voltar em vinte minutos, chame a polícia — disse Phoebe.

Nick riu da ideia, mas ela não sabia que foi só para não ofender Horatio.

— Vai ficar tudo bem. Você e essa sua imaginação, viu...

Phoebe olhou feio para Nick. Como ele poderia estar levando tudo isso com tanta tranquilidade? Talvez fosse só uma fachada para esconder o medo que ele na verdade estava sentindo. Horatio e Patch logo voltaram pela escada; e Phoebe pôde ouvir seus passos no andar de cima.

Depois de passarem por várias outras portas, todas destrancadas e dando acesso a novas salas vazias, finalmente chegaram a uma velha porta de aço.

— Você acha que... — a voz de Nick se esvaiu enquanto pegava a chave. Essa parecia ser sua última chance.

— Vamos, tente — disse Phoebe, mordendo o lábio enquanto Nick retirava a pequena chave de seu pescoço. Ele a colocou dentro da tranca de latão e a girou. Para surpresa dos dois, a porta se abriu, como se fosse controlada eletronicamente.

Os dois entraram.

Nick tateou a parede à procura de um interruptor, até que finalmente encontrou. Assim que as luzes se acenderam, a porta de metal se fechou atrás deles.

— Meu Deus! — disse Phoebe, passando as mãos freneticamente pela porta. Eles tinham ficado presos?

— Relaxe — disse Nick. Ele apertou um botão embaixo do interruptor, e a porta se abriu de novo.

— É melhor a gente sair daqui — disse Phoebe. — Isso é sinistro demais. E se não tiver oxigênio aqui ou alguma coisa assim?

— Qual é? Você não quer entender o que é tudo isso?

Ele tinha razão. Phoebe olhou atônita para os lados, enquanto a porta voltava a se fechar. Ela já estava percebendo uma diferença. Esta enorme sala não só tinha as paredes brancas, claras e bem-acabadas, como era muito menos úmida e tinha um ar mais fresco, diferente da atmosfera abafada do porão. O lugar não era quente, nem úmido demais. E as luzes também não eram ofuscantes, nem fracas demais.

Como um museu.

Phoebe olhou para os lados e Nick a seguiu. Devia haver pelo menos uma dúzia de enormes caixas de madeira naquela sala.

Phoebe de repente se lembrou de seus tempos na Galeria Schrader, onde pôde conhecer as coleções dos artistas guardadas na sala dos fundos. Agora estava vendo algo muito parecido.

Dentro dessas caixas, estavam obras de arte.

Havia três pinturas apoiadas em cavaletes no fundo da sala. Ela não reconheceu as duas primeiras, mas quando olhou para a terceira, percebeu que era o Pollock que ficava na casa dos pais de Nick. Ela apontou o quadro para Nick, e ele balançou a cabeça, mal conseguindo acreditar.

Ela leu alguns dos nomes marcados nas caixas. Todas estavam meticulosamente identificadas com o nome de cada artista: Vermeer, Rembrandt, Degas, Cézanne.

Phoebe ficou boquiaberta ao ler os títulos das obras.

— Você sabe o que é isto? — ela perguntou a Nick.

— Não sei, não — respondeu ele, parecendo estar frustrado com ela.

— São só alguns dos mais famosos quadros roubados do mundo. Meu Deus, Nick, o seu avô realmente fazia parte disso? Você tem ideia de quanto tempo ele ficaria preso se tivesse sido pego?

Atravessaram a sala, passando por cada um dos quadros nas caixas, e alguns outros em cavaletes, todos de artistas famosos: Brueghel, Watteau, Manet.

— Calma lá, isso só pode ser uma piada — disse Nick, apontando para uma caixa.

— A *Mona Lisa* — leu Phoebe em voz alta.

— Isso é brincadeira — disse Nick. — A *Mona Lisa* não está desaparecida.

— Não — disse Phoebe. — Não está. Mas já foi roubada do Louvre no começo do século vinte. Minha mãe leu um livro sobre isso. Naquela época, eles faziam cópias, e aí os ladrões devolviam a cópia ou o original para o museu, dependendo do que queriam.

— Então você está me dizendo que a Mona Lisa no Louvre é uma cópia e este aqui é o original?

— Não — Phoebe balançou a cabeça. — A *Mona Lisa* que está no Louvre já foi autenticada. O que o seu avô tem aqui é uma cópia.

— Mas ele devia saber disso. Por que ele guardaria uma cópia?

— Acho que sabia, sim. Talvez só gostasse de ter um pedacinho da história da arte. Ou melhor, da história dos *roubos* de arte.

— Olha, isso está ficando estranho demais para o meu gosto — disse Nick. — Acho melhor a gente voltar.

Phoebe saiu com Nick da sala e os dois voltaram pelo porão úmido.

— O que você acha que a gente devia fazer? — perguntou Phoebe, com sua voz ecoando levemente pelo porão. — Porque, enfim, esses quadros precisam ser devolvidos, você não acha? Alguns deles estão sumidos há décadas!

Será que Nick entendia a proporção do que eles tinham encontrado? A descoberta dessas pinturas abalaria não só o mundo da arte, mas provavelmente a economia global também. Os jornais falariam daquilo por meses. Livros seriam escritos, filmes seriam feitos, os envolvidos seriam entrevistados...

Mas se a Sociedade soubesse dessa descoberta, nada disso aconteceria.

Nick e Phoebe voltaram até a escada que dava acesso ao primeiro andar, e ficaram gratos quando chegaram à cozinha daquela enorme mansão. Patch estava esperando ali, sentado em uma mesa rústica antiga com Horatio, lendo uma cópia do *Financial Times*.

Patch ficou ouvindo enquanto Nick e Phoebe contavam o que tinham acabado de encontrar.

— Me dê o número do seu motorista — Patch disse a Nick. — Só tem uma pessoa que pode nos ajudar a entender essa história.

QUARENTA E SETE

Patch levou quinze minutos ao telefone para conseguir que Genie viesse se encontrar com eles em Southampton. Ela tinha voltado naquela manhã de suas férias em Catskills, e isso era tudo o que ele podia fazer para convencê-la a encarar uma viagem de duas horas até a praia. Prometeu que uma limusine a pegaria em frente ao seu prédio dentro de vinte minutos. Ela relutou e reclamou, mas por fim Patch disse que ela não tinha escolha.

Depois dessas palavras, Genie concordou.

As horas seguintes passaram de um jeito estranho, enquanto Horatio começava a preparar um requintado almoço para os três. Nick insistiu em dizer que não precisava, mas eles estavam famintos depois da viagem e de toda aquela angústia para entender o que estava acontecendo.

Os três vagaram pela mansão, mas não encontraram nenhum artefato pessoal ou qualquer pista que os ajudasse a entender essa história.

— Acho que ninguém mora aqui — disse Phoebe, enquanto eles investigavam um dos quartos.

— Por que você acha isso? — perguntou Nick.

— Acabei de ver um dos banheiros. Não tem nenhum xampu, pasta de dente, nem nada pessoal. Até uma casa só para hóspedes teria esse tipo de coisa.

— Talvez a casa seja um investimento imobiliário da Associação Bradford que a Sociedade usa para as reuniões — disse Patch.

— Pode ser mesmo — concordou Nick.

— Só queria saber de onde vem o dinheiro para tudo isso — disse Phoebe.

— Talvez do que a gente acabou de ver lá embaixo — disse Nick. — Talvez eles vendam os quadros, pouco a pouco.

— É possível — disse Patch. — Mas acho que não é nada tão obscuro assim. Se eles começaram com um bom capital e investiram bem, poderiam ter centenas de milhões agora. Enfim, os membros mais velhos pagam uma taxa, não é? Tipo, dez mil por ano, ou coisa assim?

— Acho que sim — disse Nick.

— Então isso já dá e sobra... imagine só. Se eles tiverem uns duzentos membros pagando essa taxa, já seriam dois milhões de dólares por ano. Se você investir isso, ano após ano, vai conseguir muito mais do que o suficiente para bancar tudo isto aqui.

Horatio tocou uma sineta na cozinha no andar de baixo, convocando os três para o almoço. O cheiro da comida já tinha começado a invadir o segundo andar. Quando eles começaram a comer, Patch foi obrigado a admitir que Horatio cozinhava melhor até do que Gertie, a cozinheira da família de Nick em Nova York. Horatio tinha preparado uma sopa de tomate com erva-doce, queijos quentes com azeite de trufa, uma salada de inverno com maçãs e amêndoas, e um bule fumegante cheio de chá para acompanhar os bolinhos com cobertura de limão recém-saídos do forno para a sobremesa.

Os três comeram com cuidado na área de café da manhã no jardim de inverno.

— Nick...? — sussurrou Phoebe enquanto cutucava a comida no prato. — E se ele estiver tentando envenenar a gente ou alguma coisa assim?

— Acho que a gente não precisa se preocupar — disse Nick. — Ele não faria isso, tenho certeza. Sempre foi leal ao meu avô.

— Não teria tanta certeza — disse Phoebe, fazendo um gesto para indicar que eles não deveriam confiar em Horatio.

— Bom, galera, estou com fome — disse Patch. — Dá para a gente relaxar um pouco?

— Se até ele está comendo, tudo bem — disse Nick. Afinal, Patch tinha passado por muito mais apertos do que ele e Phoebe... e escapado relativamente intacto.

Enquanto terminavam de almoçar, ouviram um carro se aproximando. Genie havia chegado, toda agasalhada, como se estivesse embarcando em uma excursão para o ártico. Patch estava desesperado para falar com ela sobre sua conversa com Parker Bell e o que tinha descoberto no dia anterior, mas se conteve.

— Calma, Genie, aqui é Southampton, não o Alasca — brincou Nick, enquanto abraçava aquela senhorinha toda empacotada.

— Eu já sou uma velhinha, Nicholas! Quando você tiver minha idade, vai saber o que é sentir frio de verdade!

Phoebe ajudou Genie a tirar vários de seus casacos, e os quatro então se sentaram na biblioteca, que ficava no final de um longo corredor na ala leste da mansão. As amplas janelas da sala davam para o jardim inglês, embora grande parte das plantas estivesse congelada.

Depois de servir mais algumas bebidas — chocolate quente desta vez —, Horatio se retirou para dar um pouco de privacidade a eles.

— Eu nem sei bem por onde começar — disse Nick.

— Ah, Nicholas, você sempre fala como se tivesse alguma grande surpresa para me contar. Adoro isso em você. Mas vamos, diga logo. Poucas coisas poderiam chocar uma moça da minha idade.

Phoebe deu risada, e Patch ficou vermelho.

— Certo... — disse Nick, olhando para as portas fechadas da biblioteca.

— Vamos, Nick, fale de uma vez — pediu Genie.

— Tudo bem. Nós acabamos de encontrar o que talvez seja a maior coleção de quadros roubados do mundo. Bem aqui. No porão. E nós achamos que o meu avô podia estar por trás disso.

O rosto de Genie se retorceu por um instante, como se estivesse pensando nas consequências daquilo. Por um momento, Patch chegou a achar que ela estava realmente irritada.

Mas então ela começou a rir.

Nick e Phoebe se entreolharam, confusos.

— Qual é a graça? — perguntou Nick.

— As pessoas não mudam mesmo. Ah, meu Deus, como não mudam!

— Como assim?

— Deixem-me contar uma história — disse Genie. — Nick, entre todas as manias do seu avô, uma delas era muito peculiar. Ele gostava de roubar. Não coisas de valor, ou dinheiro, mas sim obras de arte. E quanto mais raras e famosas fossem, melhor. Não era por um interesse econômico, não queria vender nada. Quando estava em Yale, ele ficou obcecado por objetos folheados a ouro moído francês. Vasos de porcelana e coisas assim, sabe? Ele roubou uma caixinha de música para mim, mas eu disse que não podia aceitar. Aquilo devia valer uns dez mil dólares.

— Como ele fazia isso?

— Não sei muito bem. Acho que não era ele mesmo quem roubava, devia ter contatos com alguma rede de ladrões. Esse tipo de coisa o deixava maluco. Ele me disse que adorava a sensação de estar com alguma obra de arte ou antiguidade roubada — disse

Genie, balançando a cabeça com um ar triste. — Era muito estranho, na verdade. Depois da primeira vez, avisei que não queria mais que ele fizesse isso, e ele me disse que iria parar. Só mais tarde, depois do fim do nosso noivado, descobri que ele continuou.

— Como você ficou sabendo?

— A gente ouve essas coisas por aí. Na época, tudo foi visto como uma besteira, só como uma forma requintada de cleptomania. As excentricidades de um homem rico.

Seria Palmer — o avô de Patch — um *cleptomaníaco* requintado?

— É bizarro — continuou Genie. — Sempre que lia sobre algum grande roubo de arte, pensava no Palmer. Vocês se lembram do caso do Museu Gardner, em Boston? Aquilo me deixou várias noites sem dormir.

— Sim, foi um dois maiores roubos de museu da nossa época — disse Phoebe.

— E a senhora acha mesmo que o meu avô estava por trás de tudo isso? Eu só não entendo como — disse Nick, completamente pasmo.

— O seu avô tinha uma obsessão. Ele sempre queria ganhar, queria ser o melhor. Infelizmente, também era meio mesquinho.

— Como assim? — perguntou Nick.

— Nick, a sua família ficou rica pelo mesmo motivo que muita gente enriquece; por saber gastar com sabedoria. Seu avô nunca gostou de gastar mais do que devia. E às vezes, isso acabava fazendo com que ele não tivesse tudo o que queria. Vocês conhecem aquela pintura famosa do George Stubbs, com uma zebra no meio da floresta?

— Acho que sei qual é — disse Phoebe. — É linda. É como se a zebra estivesse totalmente fora de contexto... porque é um bicho africano e tudo mais, mas no meio de uma floresta totalmente europeia.

— Esse quadro hoje está no Centro de Arte Britânica, em Yale. Palmer ficou obcecado por ele alguns anos depois que o seu pai nasceu. Disse que se sentia como a zebra... uma criatura listrada no meio da floresta, uma criatura fora de seu lugar.

— Como a senhora sabe de tudo isso?

— Uma amiga minha ainda circulava por esse mundo. E o Palmer não era muito discreto com suas obsessões. Claro, essa sempre foi a filosofia dele, acho... ele deixava suas excentricidades menores à mostra para mascarar seus impulsos mais obscuros. Falar sobre uma obsessão por arte não era nenhum problema, mas falar sobre a Sociedade, sim.

— E o que aconteceu? — perguntou Nick.

— O quadro foi leiloado na Harrods, em Londres, e muitos se interessaram. Paul Mellon acabou arrematando a pintura por vinte mil libras. Algo equivalente a mais ou menos uns duzentos mil dólares no mercado de hoje.

— Genie, como a senhora sabe de tudo isso? — perguntou Nick.

— Nick, se você passasse o dia inteiro lendo como eu, também saberia de muita coisa — disse ela, olhando por cima de seus óculos.

Aquela conversa estava deixando Patch incomodado. Era como se Genie ainda fosse obcecada por Palmer. Patch esperava que a morte daquele senhor tivesse posto fim nesses sentimentos.

— Pelo que sei, ele tentou parar ao longo dos anos, mas nunca acreditei nisso — continuou Genie. — Ele sempre acabava tendo uma recaída de tempos em tempos. Era como se não conseguisse evitar. Eu ficava sabendo das histórias pelo seu pai, que, como você sabe, era amigo do pai de Patch...

— Espera aí, Genie... — interrompeu Patch. — Acho melhor a gente esclarecer uma coisa...

Nick e Phoebe ficaram em silêncio.

— O quê? — perguntou Genie, inocente.

— Eu já sei sobre o Parker. Eu sei que ele é meu verdadeiro pai. Ou melhor, meu pai biológico.

Genie fez uma pausa antes de voltar a falar lentamente.

— Querido, sinto muito que você tenha descoberto isso pela boca de outra pessoa. Eu queria ter contado isso a você, mas nunca encontrei o momento certo. Enfim, achei que talvez quando você fizesse dezoito... — Genie engasgou a voz. — Deveria ter contado antes. Já devia saber que você seria capaz de lidar com a verdade. Como você ficou sabendo disso?

Patch olhou meio sem jeito para Nick e depois para Phoebe. Era tão estranho falar sobre aquilo em voz alta.

— Eu sou um dos beneficiários do testamento do Palmer.

Genie foi tomada por uma genuína expressão de surpresa.

— Hã? Ele deixou uma pintura, ou coisa assim para você? Espero que não seja nada roubado! — disse ela, rindo de nervosismo.

— Não, não foi bem isso.

— Bom, Patch, o que foi que ele deixou para você?

Patch respirou fundo e então abriu um sorriso amarelo.

— Trinta milhões de dólares.

QUARENTA E OITO

— Patch! — exclamou Genie. — Você não pode aceitar isso! Não, eu não vou deixar. Isso não é certo.

Nick ficou envergonhado com a situação. Tomou um gole de seu chocolate quente, e notou que o líquido já estava morno e uma película nojenta havia se formado na superfície.

— Genie, esse tipo de decisão tem que ser minha — disse Patch. — Eu sei que a senhora teve seus problemas com a família do Nick, mas não acha que eles devem isso à senhora? Não acha que o Palmer deve algo a você depois de tudo que ele fez você passar?

— Patch, você não sabe nem da metade. Não se pode compensar o sofrimento de alguém com dinheiro. Nem com uma quantia dessas — ela balançou a cabeça, puxando seu cardigã sobre o peito. — Não, isso não é certo.

Nick achou que talvez fosse melhor tentar uma abordagem diferente.

— Genie, também não é como se o Patch fosse receber um cheque amanhã. Nem eu vou. O dinheiro vai ficar no banco até a gente completar vinte e cinco anos. Meu pai, o nosso pai, é o consignatário.

— Também não acho isso certo — disse Genie, balançando a cabeça. — Sinto muito, meninos. Vocês sabem que sempre terão meu apoio, mas não posso ficar calada.

— Entendo — disse Patch. — Foi meio que um choque para todos nós. Afinal, não é todo dia que você descobre que seu pai biológico é outra pessoa e que vai receber trinta milhões de dólares de herança.

— E que o seu melhor amigo na verdade é seu irmão — disse Nick.

Houve então um silêncio desconfortável até que Patch finalmente falou:

— Bom — disse ele. — Será que a gente pode não falar sobre isso agora?

Nick não sabia se Patch estava chateado. Ele parecia estar encarando aquilo com tanta indiferença. Era uma notícia estranha, claro, mas se Patch tivesse que descobrir que tinha um irmão, não seria mais fácil se essa pessoa fosse o seu melhor amigo?

Talvez Nick precisasse começar a agir como um irmão de verdade antes que Patch pudesse tratá-lo assim.

Genie colocou seu chocolate quente sobre a mesa com um ar frustrado.

— Muito bem, vamos deixar isso de lado — disse ela. — Onde está essa coleção de arte de que vocês estavam me falando?

Nick levou Genie, Patch e Phoebe até o porão, pedindo para que todos tomassem cuidado com onde pisavam enquanto atravessavam aquela passagem úmida fedendo a mofo. Assim que chegaram à porta de metal, Nick usou a chave de novo, e ela se abriu. Acendeu as luzes, e tudo estava como antes. No entanto, notou um novo detalhe: na ponta oposta da sala, havia uma enorme porta metálica de correr, do tipo usado em docas de carga. Nick imaginou que ela deveria dar acesso para fora, já que esses quadros não poderiam ter sido trazidos até esta sala pela entrada principal.

Genie andou pelo ambiente antisséptico, examinando as etiquetas das dezesseis pinturas que Nick havia contado. Ela balançava a cabeça e dava risada enquanto lia cada uma das etiquetas.

— Ele levava isso a sério mesmo — disse ela, balançando a cabeça. — Imagine só. Sessenta e tantos anos fazendo isso. Acho que ele tinha uma recaída a cada cinco ou dez anos. E provavelmente fazia vários roubos. Estas duas são do mesmo museu — disse ela, apontando para duas caixas. — Eu me lembro de ler sobre isso no jornal. — Genie se virou para Nick e os outros. — Agora a questão é: O que vocês vão fazer com tudo isso?

Patch pôs a mão sobre uma caixa que tinha um quadro de Vermeer.

— Bom, acho que isso é com o Nick.

Ouviram um barulho na entrada da sala e a porta se abriu. Era Horatio.

— Fiquei encarregado de passar uma mensagem ao senhor — disse ele. — Seu avô deixou uma instrução simples, ele disse para o senhor "fazer o que achar certo".

— Mais uma pista obscura — murmurou Nick, frustrado.

— Bom, talvez sim, Nick, mas acho que ele na verdade estava tentando dizer que a decisão está nas suas mãos — disse Genie.

Horatio pediu licença e voltou para o andar de cima.

— Posso dar uma sugestão? — perguntou Phoebe.

— Claro — respondeu Nick, acenando a cabeça.

— Digo isso por mim, falando como artista e como alguém que já teve suas obras roubadas antes. O trauma emocional pelo qual você passa quando isso acontece... é uma coisa inacreditável.

— A maioria desses artistas já estava morta quando esses quadros foram roubados — disse Patch. — Sei que isso não muda muita coisa, mas...

— Não importa — disse Phoebe. — Esses quadros foram doados aos museus por alguém. Por pessoas que trabalharam muito duro para poderem comprar esses quadros e depois os doaram para exibição. Ou que talvez só tivessem emprestado as obras mesmo. Talvez elas sejam uma herança de família. Enfim, só estou tentando dizer que o lugar desses quadros não é aqui neste porão, onde só podem ser vistos por um seleto grupo de membros ricaços da Sociedade. Se é que o Palmer deixava alguém entrar aqui — Phoebe respirou fundo. — Acho que a única coisa honesta a fazer seria contar ao mundo o que o seu avô fez.

Nick olhou para Phoebe. Como ela podia estar sendo fria? Não era a família dela que estava em jogo. Talvez não conseguisse entender a magnitude disso. Sua família não era tão conhecida quanto a de Nick. Ninguém esperava nada deles.

— Phoebe, você não sabe como são essas coisas — disse Nick. — Não quero que ninguém saiba que meu avô fez isso. Sei que não é certo, mas... bom, sinceramente, seria humilhante. Entregar aquele colar de volta num pacote anônimo foi uma coisa, mas devolver todas essas pinturas famosas é outra, ainda mais com o mundo todo sabendo. O nome da minha família toda ficaria manchado para sempre se as pessoas descobrissem que o Palmer Bell era um ladrão de quadros. Não me orgulho de muita coisa que a minha família já fez, mas isso não quer dizer que todo mundo precisa ficar sabendo. Aliás, gostaria muito que a gente deixasse tudo isso só entre nós até eu decidir o que vou fazer.

— Nick, você não acha que está ajudando a perpetuar esse ciclo? — disse Phoebe. — Não acha que está mostrando para essas pessoas que é normal fazer isso que o seu avô fazia? Não sei quem roubou esses quadros para ele... mas essas pessoas ainda devem estar vivas, tenho certeza. Você realmente quer que elas continuem fazendo isso para outros ricaços por aí? Quer que mais gente se orgulhe de ter pinturas roubadas em casa?

— Não, claro que não — disse Nick. — Minha única questão é: por que o Palmer iria querer que a gente descobrisse tudo isso?

— Acho que ele queria que todos esses quadros fossem devolvidos depois que morresse — disse Phoebe. — Não vejo outro motivo para isso.

— Talvez quisesse se redimir de alguma forma — sugeriu Genie. — E claro, é a cara do Palmer não fazer isso pessoalmente. Nunca queria sujar as próprias mãos.

— Tudo bem, mas agora que meu avô morreu, como isso vai nos ajudar a sair da Sociedade? Não é como se o Horatio pudesse usar uma varinha mágica para tirar a gente dessa. Estou achando que não temos mais como sair, pelo menos por enquanto.

— Só tem uma pessoa que pode nos ajudar — disse Patch.

— Quem? — perguntou Nick, virando-se para ele.

— Nosso pai.

QUARENTA E NOVE

Phoebe ficou grata quando finalmente saiu da Mansão Eaton para voltar à casa dos pais de Nick em Southampton. Os dois lugares tinham um estilo muito diferente; a Mansão Eaton era fria e sinistra, enquanto a dos Bells era tão aconchegante quanto uma casa em um terreno de quase cinquenta mil metros quadrados poderia ser. Era uma casa de estilo clássico e, ao contrário da Mansão Eaton com seu ambiente anônimo, realmente parecia ser um lugar onde uma família morava.

Genie estava no banco da frente, embrulhada de novo em uma dúzia de casacos, enquanto Nick dirigia. As rodas de seu velho jipe estancaram na entrada de cascalho.

Os quatro desceram, e Nick pegou seu chaveiro em forma de brasão. Escolheu uma chave e a usou na porta da frente.

Um apitinho insistente começou a soar de algum ponto da casa.

— O que é isso? — perguntou Phoebe. Depois de tudo o que tinham passado, ela não tinha energia para aguentar mais nenhuma surpresa.

— Sei lá — disse Nick. — Será um alarme? A gente não tinha isso aqui antes.

Genie ficou observando a situação com curiosidade, e Phoebe abriu um sorriso amarelo. Depois de todos aqueles meses evitando a verdade, era um alívio finalmente ver Genie sendo honesta com eles.

— Patch, você não pode fazer nada? — perguntou Phoebe.

— Não entendo muito de alarmes — disse Patch. — O Thad me ensinou o básico, mas eu não manjo o suficiente para...

Naquele instante, um alarido estridente irrompeu, um alarme ensurdecedor que ecoava sobre as plantações de milho e batata e parecia sacudir as paredes da casa toda.

Nick ficou todo vermelho enquanto tentava entender o que estava acontecendo; ele tinha encontrado um painel em um armário à direita da porta da frente.

— Não acredito que não me falaram nada — disse ele. — Nem sei como mexer nessas coisas!

— Talvez seja pelo quadro do Pollock — disse Phoebe.

— Deve ser! — gritou Nick.

Em cinco minutos, uma viatura de polícia chegou. Nick e Phoebe ficaram calados esperando na porta da frente, com Patch sentado ao lado em um banco de ferro com sua avó. Nick estava com seus documentos na mão e os entregou para o policial que se aproximou deles.

— Esta casa é dos meus pais — disse ele, nervoso. — A gente só veio aqui passar o final de semana. Eu não sabia que tinham instalado um alarme.

— Relaxe, garoto, não vamos atirar em você. Vou só desligar essa coisa.

Os dois policiais ficaram dando risada enquanto o outro oficial foi até o painel de controle no saguão e digitou cinco números. Phoebe ficou pensando que o movimento da criminalidade não devia ser lá muito intenso no inverno em Southampton.

O policial checou os documentos de Nick.

— Ele está na lista de moradores. Está tudo certo, garoto. Só pegue a senha com os seus pais para que isso não aconteça de novo.

— Obrigado. Desculpa o incômodo.

— Imagine. Vamos mandar a conta para seus pais! — o policial riu de novo, e a viatura então foi embora.

— Vamos entrar — disse Nick. — Está um gelo aqui fora.

Todos entraram, e Nick subiu para ligar o aquecedor. Os quatro foram se sentar na cozinha, que, por ficar no centro da casa, esquentaria mais rápido do que todo o resto do primeiro andar.

— Nick, por que você acha que eles instalaram um alarme? — perguntou Phoebe, enquanto punha seu casaco em cima de uma das cadeiras da cozinha. — Será que foi pelo Pollock roubado? Por que não disseram nada a você? — Aquilo não fazia sentido.

— Sei lá — disse Nick. — Talvez para pegar a gente de surpresa. Talvez achem que foi *a gente* quem roubou o quadro.

— Tudo bem, e mais uma coisa: por que o Pollock? — perguntou Phoebe. — Por que o seu avô roubaria um quadro do próprio filho?

— Ele sempre odiou aquele quadro — disse Nick.

— Não acho que seja por isso — disse Patch.

— Eu tenho uma teoria — disse Phoebe. — O Pollock foi nosso ponto de partida, lembra? Ou pelo menos nossa primeira pista de verdade. Ele poderia só ter deixado um bilhete em cima da lareira, dizendo: "Vá até a Mansão Eaton, você vai encontrar quadros roubados no porão". Mas não, ele antes fez a gente ir até a Flórida para encontrar a chave, depois testar todas as fechaduras de cada casa, e só depois você achou a pista no Baile de Dendur, que fez você voltar aqui para Southampton...

— Aonde você quer chegar? — perguntou Nick, impaciente, e Phoebe ficou com o rosto vermelho. Por que Nick estava sendo tão estúpido? Será que ele finalmente não estava aguentando mais toda aquela pressão? Chegou mais perto e passou a mão no braço de Phoebe. — Desculpa — disse ele.

Phoebe acenou a cabeça, resignada, mas continuou chateada. Por mais que estivessem falando sobre a família de Nick, não era como se ele fosse o único envolvido no assunto.

— O que ela está tentando dizer, Nick — interrompeu Genie — é que o Palmer estava fazendo você conhecer sua herança. Meninos, onde vocês encontraram a chave?

— No escritório dele, na casa em Palm Beach — disse Nick. — Que estava cheio de coisas pessoais dele. Tinha também as fotos de família em cima da lareira. E toda a história do Baile de Dendur. A fotografia da sua mãe, Patch. E a foto dos meus pais.

— E o que tudo isso quer dizer? — perguntou Patch.

— Acho que é aquilo que o Horatio disse. Ele quer que a gente faça o que julgar certo — disse Nick.

— Ele mandou você para vários lugares importantes da história da sua família — disse Phoebe. — Agora só não sei se ele queria que você fizesse o certo para sua família, ou para a gente.

Ela se lembrou da placa memorial da qual Patch nunca nem tinha ouvido falar. Era mais uma coisa acobertada pelos Bells, outra coisa que não era discutida.

Nick franziu a testa.

— A gente precisa fazer o que for certo para a gente. É só que... bom, a gente só não pode deixar que todo mundo fique sabendo dos quadros... não é?

— Talvez ele quisesse que vocês pesassem todas as opções — disse Genie. — Levando em conta que vocês dois são tecnicamente membros da família Bell.

— Nick, acho que você precisa ligar para o seu pai — disse Phoebe. — Odeio ter que admitir, mas ele é a única pessoa que pode nos ajudar. Por que você não usa o fato de ter descoberto os quadros roubados para tentar tirar a gente da Sociedade? Será que não era isso o que o Palmer queria que a gente fizesse?

Nick acenou a cabeça lentamente.

— Eu posso ligar lá da biblioteca. Patch, acho que você deveria ouvir.

Phoebe ficou mordendo o lábio enquanto Nick e Patch saíam da cozinha. Será que Nick conseguiria confrontar seu pai?

Ela não tinha certeza, e isso a assustava.

CINQUENTA

Na biblioteca, Nick ligou para cada um dos números de seu pai até finalmente conseguir falar com ele em seu telefone particular, que só tocou uma vez em seu escritório. Ele contou ao pai sobre o que havia encontrado, sobre a coleção de quadros no porão da Mansão Eaton. Patch ficou ouvindo em uma extensão do outro lado da sala.

— Bom, você conseguiu — disse Parker. — O seu avô vinha tentando revelar isso aos seus irmãos desde o ano passado, mas nenhum deles conseguiu entender suas pistas. Acho que ele acabou tendo que ser mais direto.

— Eu não diria que mandar a gente lá para a Califórnia e depois mais três vezes para Southampton seja algo muito *direto* — disse Nick.

— É, acho que não.

— Nós tomamos uma decisão — disse Nick. — Queremos que os quadros sejam devolvidos. Não me importa como você vai fazer isso, mas nós queremos que sejam devolvidos. Tenho certeza, por exemplo, de que você vai querer o seu Pollock de volta.

— Não se preocupe com isso... nós recebemos mais do que ele valia pelo seguro. Quanto às outras peças, Nicholas, não acho que seja uma boa ideia. As buscas por esses quadros já foram encerradas há muito tempo. Ninguém mais está interessado neles. É melhor só deixar isso como está.

— Pai, foi ele mesmo quem fez a gente encontrar aquilo. O Palmer queria que os quadros fossem devolvidos.

O pai de Nick suspirou.

— Eu discordo.

— E eu quero que seja algo público. As pessoas precisam saber o que aconteceu. Para que isso nunca mais aconteça. Para que as pessoas que trabalhavam com ele pensem duas vezes quando receberem outra oferta para fazer esse tipo de coisa.

Nick olhou para Patch, que estava sentado em uma poltrona, com a testa franzida, concentrado. Nick não podia culpar Patch por não querer que Parker fosse seu pai.

— Vou facilitar a devolução dos quadros — disse Parker com firmeza. — Mas isso será feito anonimamente.

— Pai, quero que todo mundo saiba o que aconteceu — disse Nick, sem voltar atrás. — Sei que você quer evitar qualquer humilhação, mas já estou cansado de viver sob o peso de tantos segredos.

— Você faz ideia do escândalo que isso criaria? Nossas vidas nunca mais seriam as mesmas.

— Talvez isso seja uma boa coisa.

— Nicholas, vou devolver os quadros, mas não vou fazer isso em público. O mundo não precisa saber sobre esse passatempo excêntrico do seu avô. Isso é um assunto particular da nossa família. Você precisa confiar em mim nesse ponto.

— E o que o Palmer me prometeu? — perguntou Nick. — Ele disse que ia liberar a gente da Sociedade.

Parker riu.

— Você realmente achou que seria assim tão fácil?

Do outro lado da sala, Patch fez uma careta.

— Fácil? — perguntou Nick. — Não foi *nada* fácil.

— Nick, você nem sabe o que é difícil. Quando você for mais velho, vai entender o que essa palavra significa. Ir para a guerra é difícil. Abrir um negócio é difícil. A sua vida não tem absolutamente nada de difícil.

Nick não soube muito bem o que dizer.

— Pai, eu...

Do outro lado da sala, Patch ergueu a mão, fazendo um sinal para que Nick não dissesse mais nada. Nick estava desesperado para que Patch tivesse alguma ideia melhor que pudesse tirá-los dessa. E se ele tivesse acabado de jogar fora todas as suas chances ao entregar a única informação concreta que eles tinham contra a Sociedade?

— Acho que este assunto já está encerrado — disse Parker. — Não se preocupe. Vou cuidar de tudo.

CINQUENTA E UM

— Você está brincando? — disse Phoebe, depois que Nick lhe explicou como havia sido a conversa. — Todos esses quadros vão ser devolvidos e o seu avô vai entrar para a história de Nova York como um grande filantropo que nunca fez nada de errado?

Phoebe, Nick e Patch estavam na cozinha. Genie tinha ido até o jardim de inverno para descansar.

— Bom, não é como se eu tivesse concordado — disse Nick. — Mas a gente não tem escolha. Ele disse que...

— Você sempre diz que a gente não tem escolha — interrompeu Phoebe. — Mas e se não for verdade? E se isso estiver só nas nossas mãos mesmo? Mas claro, enquanto você continuar acreditando no seu pai, você tem razão, a gente não tem escolha — Estava irritada, mas precisava que Nick a entendesse.

— Phoebe, ele já ameaçou a gente antes. E a Sociedade já fez coisas... coisas horríveis. Não sei se a gente pode simplesmente...

— Seja sincero, Nick, você só não quer que ninguém saiba que o seu avô era um ladrão. Sei que é humilhante. Seria notícia nos jornais por meses. Você e a sua família seriam julgados por todo mundo. E você não quer passar por isso — ela respirou fundo e então olhou para Patch. — O que você acha?

— Me deixe fora disso — disse Patch. — Eu não... nem sei o que dizer.

— Você deve ter alguma opinião — disse Phoebe. — A família é sua também.

Patch fez uma cara feia para ela.

— Eu não tenho que ter opinião nenhuma — esbravejou ele. — Eu não pedi nada disso. Vou lá ficar no jardim de inverno com a minha avó, que foi quem me criou.

Phoebe suspirou enquanto Patch saía da biblioteca.

— Ótimo — disse Nick. — Por que falar assim com o Patch? Como se ele já não estivesse se sentindo mal o bastante depois de tudo o que aconteceu.

Phoebe decidiu ignorar esse comentário. Mas ela não podia negar sua frustração.

— Nick, já estou cansada disso tudo. E quer saber? Depois de tudo, a gente não está nem um pouco mais perto de sair da Sociedade do que estava no começo de janeiro.

— Não sei — disse Nick. — Acho que pode ter sido... — e sua voz se esvaiu.

— Uma armação? Admita, Nick, a gente caiu no joguinho deles mais uma vez. A gente é inocente demais, esse é o nosso problema. A gente não pode acreditar neles, em nenhum deles. Eu já não aguento mais! — ela estava perdendo o controle, e ficou mal por ter gritado com Nick.

— Calma, Phoebe — disse Nick.

— Aliás, quer saber? — disse ela. — A gente nunca parou para pensar nisso, mas acho que talvez a Sociedade nem sequer exista de verdade.

— Como assim? O que você quer dizer? — perguntou Nick, encarando Phoebe como se ela estivesse louca.

— Eu quero dizer que, claro, existe sim um grupo de pessoas que se juntaram e fizeram coisas boas e ruins. Mas em termos de significado... lembra de como o pergaminho que a gente recebeu era escrito e adaptado para cada turma? Foi assim que construíram a ideia... nada disso tem significado por si só. Foi a *gente* quem criou esse significado. Tudo isso só foi inventado para manter a gente na linha, para nos prender. A iniciação, as fogueiras, a mitologia egípcia, as festas na piscina, a filosofia francesa, as histórias sobre o afogamento, as pessoas mortas...

— Você está me dizendo que as mortes dos nossos amigos não foram reais?

— Não, claro que foram, mas foi a gente quem deu esse significado para as coisas. Foi a gente quem decidiu que não podia falar com a polícia. Ninguém disse que não podia. Foi a gente quem inventou isso, lembra? Foi a gente mesmo quem decidiu que devia ficar com tanto medo esse tempo todo.

— Mas eles ameaçaram a gente... por faltar nos encontros... — rosnou Nick.

— Certo, mas foi a gente quem preferiu não resistir. Não contei dos ratos para minha mãe porque estava com medo. O Thad não pôde falar a verdade sobre quem pôs a garrafa de gim no armário dele porque tinha vergonha do alcoolismo da mãe. A Lauren não quis dizer quem ela achava que tinha posto os brincos na bolsa dela porque todos iam achar que estava maluca.

Nick balançou a cabeça.

— Tudo bem, entendi, mas, Phoebe, ainda acho que isso é tudo muito real, sim. O porão está cheio de quadros roubados, e o meu avô é o responsável por isso. Ninguém pode negar esse fato. Você realmente quer que o mundo todo saiba disso?

— De novo essa história? Você fica aí dando tanto valor para a imagem da sua família, mas está ignorando o que é melhor para a gente.

— Phoebe, você não tem como entender — disse Nick, batendo o pé direito no chão da cozinha, frustrado. — E eu acho...

acho que você está ficando louca. Tudo isso faz sentido, sim. Você sabe disso. Não dá para fingir que não faz.

Phoebe olhou para Nick. Nunca tinha se irritado tanto com ele antes. Era uma sensação horrível de vazio, como se uma caverna tivesse se aberto em seu coração. Chegou a pensar que talvez ele não fosse a pessoa certa para estar ao seu lado.

Ela pegou Nick com força pelo ombro.

— *Nunca mais* me chame de louca.

— Desculpa — disse ele. — Foi idiotice minha — ele encostou a cabeça na mesa, entre os braços. Quando voltou a erguê-la, alguns instantes depois, seus olhos estavam vermelhos. — Desculpa. Eu te amo, Phoebe. Amo mesmo.

Como se seu corpo tivesse dominado sua mente, ela se viu balançando a cabeça.

— Não sei se é verdade — disse baixinho. — Parece que o que você ama é a sua vida em Nova York. A sua família. Tudo o que ela garante a você. E talvez você até ame tudo isso aqui. Todo esse drama. Todo esse mistério. Afinal, sei lá, será que a nossa vida teria alguma graça se não fosse por isso? Será que a gente estaria namorando? Se a gente conseguisse sair da Sociedade, como ficariam as nossas vidas?

— Como você pode dizer isso? — perguntou ele, olhando para ela com seu rosto riscado de lágrimas. — Como você pode dizer uma coisa dessas?

— Sei lá — disse Phoebe. — Eu já não me sinto mais a mesma. É só que... — a voz dela se esvaiu. — É melhor eu ficar quieta — ela soltou um suspiro profundo, e só então se deu conta do quanto estava exausta. — Talvez seja melhor a gente ir embora. Temos que voltar para Manhattan a tempo para aquele maldito coquetel.

Claire Chilton e seus pais haviam convidado todos eles para um coquetel naquela noite para comemorar o sucesso do Baile de Dendur.

— A gente tem mesmo que ir? — perguntou Nick. — Não estou muito no clima.

— Eu adoraria não ir — disse Phoebe. Ela estava se sentindo péssima por ter dito tudo aquilo, e agora era como se não fosse mais possível retirar aquelas palavras. E o pior era que não queria mesmo retirar boa parte delas. Ela realmente não queria ir à festa para poder passar algum tempo sozinha e entender melhor as coisas.

— A gente podia ir e ficar uns vinte minutos só — disse Nick.

— Tudo bem, vinte minutos — disse Phoebe. — E aí a gente vai embora.

CINQUENTA E DOIS

Lauren estava preocupada com o coquetel dos Chiltons naquela noite. Tinha começado a nevar logo cedo em Manhattan, mas, no final da tarde, a cidade já havia sido tomada por uma nevasca. Os carros na Park Avenue se arrastavam em meio aos amontoados brancos, e era o tipo de noite perfeita para ficar em casa e relaxar, e não para ir a um coquetel. Para a sorte de Lauren, Claire morava com os pais a poucos quarteirões de sua casa. Thad ficou de passar para pegá-la às sete.

Quando chegou, Thad estava com as bochechas rosadas pelo frio e ainda estava com alguns flocos de neve entre seus cachos loiros. Lauren sabia que ele estava tendo alguma coisa com aquele cara, o tal de Kurt, que ele tinha conhecido no baile, e estava louca para saber de todos os detalhes.

— E aí, está animada com a sua viagem para Paris? — perguntou Thad. Lauren havia contado a ele sobre a oportunidade que Sebastian havia lhe oferecido.

Ela encolheu os ombros enquanto abotoava seu sobretudo de lã e entrava no elevador.

— Não muito, para falar a verdade. Bem que queria estar. Mas sei lá, parece que tem alguma coisa errada — disse ela. Ainda faltavam várias semanas para a viagem. — Sei que é uma oportunidade incrível e que eu deveria estar empolgadíssima.

— Bom, o importante é saber o que vão exigir de você em troca, não é? — disse ele, olhando com um ar pensativo para os números do elevador enquanto desciam.

— É isso o que me preocupa. Será que eu deveria mesmo estar indo nessa viagem sozinha?

— Quer que eu vá com você? — perguntou Thad. — Sei lá, não que eu esteja me convidando para ir junto, nem nada, mas seria demais...

Ela sorriu.

— Eu podia dizer para eles que você precisa ir comigo. Mas isso não vai atrapalhar o seu lance com o Kurt?

Thad encolheu os ombros.

— A gente está só começando. Acho que não tem problema ficar uma semana fora, né?

— Bom, enfim, como vocês estão?

Thad ficou vermelho, e Lauren começou a fazer cócegas nele dentro do elevador.

— Tá bom, tá bom! Eu conto! — disse ele, rindo. — Está tudo ótimo. Ele é demais, tipo, um dos caras mais inteligentes que já conheci. Nem sabia que existiam caras tão inteligentes assim em Nova York.

— Bom, ele é de Nova Jersey — disse Lauren.

— Gosto disso nele... não é metido como todo mundo por aqui.

As portas do elevador se abriram e eles saíram.

— Ele sabe que a gente... enfim... — ela estava se referindo à Sociedade, mas eles estavam atravessando o saguão e Lauren queria ser discreta.

— Acho que não — disse Thad baixinho. — Não contei para ele. Faz tempo que não corto o cabelo, então ele ainda nem viu a tatuagem. Estou torcendo para que a gente já tenha conseguido sair quando eu precisar ter essa conversa com ele.

— Eu também — disse Lauren, suspirando, enquanto saía de baixo do toldo de seu prédio e abria caminho entre os mais de dez centímetros de neve que cobriam a calçada. Esta seria a última nevasca antes da primavera. Lauren ficou imaginando que a neve logo derreteria, e então tudo começaria de novo. — Bom, fico feliz que você queira ir comigo na viagem — ela pegou Thad pelo braço enquanto andavam. — Agora que você vai, estou começando a achar que vai ser divertido.

O coquetel estava sendo feito para comemorar o sucesso do Baile de Dendur, mas Lauren sabia que era algo só para manter as aparências. Letty Chilton – e provavelmente Lauren também – estava se sentindo mal pela queda de energia e pelo roubo do colar e, acima de tudo, pelo fato de a cobertura da mídia ter se concentrado mais no escândalo do que nas reformas do museu, no dinheiro arrecadado ou no árduo trabalho feito por Letty e sua filha.

Assim que chegaram à festa, a primeira coisa que perceberam foi a música. A Sra. Chilton havia claramente tentado criar uma atmosfera "jovem", fugindo das seleções clássicas que em geral preparava para eventos assim. Lauren reconheceu uma música dos Rolling Stones, *Play with Fire*, uma canção sinistra e bizarra sobre uma mulher com uma mãe herdeira, roupas lindas, diamantes e um chofer. De certa maneira, aquela parecia ser uma trilha sonora bem adequada para a noite: arrastada e misteriosa.

Isso também fez Lauren se lembrar de Alejandro, porque essa era uma das músicas que tinham tocado quando eles nadaram naquela piscina aquecida em novembro passado. Depois daquele dia, Lauren baixou a faixa pelo iTunes e às vezes ficava ouvindo essa música várias vezes para se lembrar daquele momento. Um momento que ela nunca mais viveria.

Como ela iria conseguir superar a morte de Alejandro quando era lembrada dele o tempo todo? Quando todos os filmes, músicas e livros do mundo são sobre amor? Sobre encontrar, viver e perder essa emoção?

— Ei... — Thad a cutucou. — Acorda, menina. A Phoebe está vindo para cá.

Thad tirou o casaco de Lauren com carinho e o entregou para um criado.

Phoebe tinha acabado de chegar à festa, e sem Nick, ao que parecia.

— Preciso falar com você — sussurrou ela, depois de dar um abraço em Lauren.

— Claro — disse Lauren. — Vamos para um lugar mais tranquilo.

Ela deixou Thad no bar e foi com Phoebe até um canto mais afastado da sala de estar. Lauren deu uma olhada pelo ambiente e viu que sua mãe teria muito trabalho pela frente. A decoração atual era composta de sofás velhos de chita e reproduções de mobília do século XIV, tudo contra um papel de parede desbotado de listas brancas e amarelas.

— Nem sei por onde começar — disse Phoebe, enquanto se sentavam em um sofá perto da janela. — Eu tive uma briga horrível com o Nick. Mas acho que isso é o de menos. O importante é que acho que a gente teve uma chance para sair da Sociedade, mas ele estragou tudo.

Lauren sentiu sua energia baixar.

— Meu Deus! Como assim?

— Não posso falar disso aqui. Talvez a gente ainda tenha uma chance. Mas dei muita mancada também, e agora não sei se vou conseguir consertar. Falei umas coisas horríveis para ele. Falei que ele só ligava para a família dele e que parecia gostar mais de toda essa sensação de aventura do que de mim.

Lauren balançou a cabeça.

— O amor faz a gente dizer cada besteira, não é?

— Acho que sim — disse Phoebe. — Fiquei muito frustrada com ele. Só quero sair logo de... — ela apontou para o outro lado da sala, onde os membros da Sociedade estavam começando a chegar, amontoando-se em volta da lareira. — De tudo isso.

— Mas como? — Lauren olhou com um ar nervoso para a multidão que estava se formando, com Anastasia, Jeremy e Bradley, todos conversando, animados. A não ser por eles cinco – os "Infiéis", como eram chamados –, toda a turma mais velha havia se misturado perfeitamente com a mais nova, como se sempre tivessem sido amigos.

— Acho que a gente tem que simplesmente sair, e danem-se as consequências.

— Phoebe, acho que não é tão simples. E a mensagem que a minha irmã recebeu? E se eles fizerem alguma coisa para as nossas famílias?

— A gente não sabe se podem fazer alguma coisa ou não — disse Phoebe. — Mas, enfim, acho que não dá para ter certeza.

— Lauren! — disse uma voz do outro lado da sala.

As duas meninas se viraram. Era Emily van Piper, vindo na direção delas, usando um sapato de salto tão alto que devia ter sido impossível andar com aquilo na rua.

— Lauren, fiquei sabendo da sua viagem para Paris! — ela abraçou Lauren e então lhe deu um beijo em cada bochecha. — Você está animada?

Lauren já tinha dito a Phoebe que não, mas por sorte, sua amiga era inteligente o bastante para não dizer nada na frente de Emily.

— Ah, claro — disse Lauren. — Vai ser ótimo. Adoro Paris nesta época do ano — disse ela, torcendo para ter sido convincente. Agora com a companhia de Thad, até seria divertido mesmo. Por outro lado, ainda havia algo de estranho nessa história.

— Preciso ir falar com o Charles — disse Emily, olhando por cima dos ombros das duas. — Mas me avise se você quiser algumas dicas sobre a cidade... fui para lá faz umas semanas. Descobri uma casinha de chá muito fofa em Marais.

Lauren acenou a cabeça enquanto Emily ia embora toda lépida. Na porta da sala, Claire Chilton estava recebendo todo mundo. Lauren viu que ela estava usando um outro modelo da Giroux, um vestido preto que Sebastian havia desenhado.

— Olhe só para ela, se achando uma grande *hostess* ou coisa assim — disse Lauren com um tom amargo.

— É só ignorar — disse Phoebe. — Ela não merece a nossa atenção. Mas, enfim, você precisa me falar... o que eu faço com o Nick? Será que falo com ele?

Lauren suspirou.

— Não sei, Phoebe. Talvez vocês só precisem ficar longe um do outro um pouco.

Phoebe pareceu surpresa com essas palavras, e Lauren ficou até espantada por ter dito isso. Estava com ciúme de Phoebe? Ela não queria ficar com Nick, afinal, eles já se conheciam desde o primário. Mas talvez estivesse com ciúme simplesmente pelo fato de Phoebe estar com alguém. Seria melhor estar com alguém com quem você briga do que sozinha? Logo se arrependeu por ter falado daquele jeito. Phoebe havia se tornado sua melhor amiga nos últimos meses, e Lauren sabia que deveria apoiá-la.

— Pode ser mesmo — disse Phoebe. — A gente passa muito tempo junto. Talvez seja melhor eu passar um tempo fora ou alguma coisa assim.

— Não, Phoebe, não quis dizer que... não acho que você deva fazer isso.

— Por que não? Você acabou de dizer que...

Lauren se afundou no sofá, resignada.

— Sei lá, Phoebe. Na verdade não sei o que você deveria fazer.

CINQUENTA E TRÊS

Enquanto Patch e Lia subiam juntos até o apartamento dos Chiltons, Patch se olhou em um dos espelhos de estilo antigo no elevador. Parecia contente por estar um pouco mais bem vestido para o coquetel, ainda que só tivesse trocado seus tênis por mocassins e seu jeans por uma calça social de lã. Mesmo depois de todos esses anos, ele ainda não sabia direito o que usar em situações como esta.

— Pare de ficar se olhando — disse Lia. — Você está lindo.

— Você também — disse Patch, puxando-a mais para perto e dando um beijo em seu nariz frio. Ele esperava que não fosse nenhum problema estar levando alguém de fora da Sociedade para a festa, e achou que provavelmente não seria – e depois de tudo pelo que tinham passado, ele já não se importava mais com as regras bobas da Sociedade.

Lia tinha se atrasado, e então decidiram se encontrar no saguão do prédio dos Chiltons; ele ainda não tinha tido tempo para contar a ela tudo o que havia acontecido. No dia anterior, depois de ficar sabendo sobre a sua relação com a família Bell, Patch achou que precisaria de um tempo sozinho para digerir a informação antes de comentar qualquer outra pessoa. Agora, no entanto, queria contar tudo a Lia, mas não sabia muito bem quando conseguiria encontrar o momento certo.

— Você realmente queria vir nessa festa? — perguntou ela.

— O que você acha? — disse Patch, sorrindo.

— A gente pode sair mais cedo para comer uns hambúrgueres?

— Mas é claro — disse ele, enquanto as portas se abriam para o apartamento dos Chiltons.

Assim que entraram, Patch fez as apresentações necessárias. Então pegaram uma bebida e foram para um canto da sala de jantar dos Chiltons.

— Tenho uma boa notícia para você — disse ela.

— Qual?

— Lembra daquele produtor que é amigo dos meus pais? — disse ela, abaixando a voz. — Ele viu o seu DVD e adorou. Ele quer falar com você.

— Legal — disse Patch, sorrindo. — Valeu mesmo. Mas você sabe que não posso começar a trabalhar em nada oficialmente até junho.

— Eu sei. Só achei um bom sinal. E, sei lá, talvez ele se interesse em trabalhar com você em alguma outra coisa. Enfim, não é como se esse programa sobre a galera de Chadwick fosse a única coisa que você pode fazer, não é?

— Não, claro que não — ele tinha várias ideias para outros programas e projetos de documentários. Além disso, seria bom se afastar um pouco de qualquer coisa ligada a Chadwick. Se Patch fizesse um programa sobre algo totalmente diferente, a Sociedade não teria como exigir controle sobre nada.

Talvez nunca tivesse precisado da Sociedade para nada mesmo, nem como um assunto para o seu programa nem para conseguir produzi-lo.

— Parece que você está chateado com alguma coisa — disse Lia.

— É que... — alguns convidados estavam começando a passar pela sala de jantar. — É que esses dois últimos dias foram meio surreais — e então ele começou a pôr tudo para fora: contou a Lia sobre o que tinha descoberto na manhã anterior, que Parker Bell era seu pai verdadeiro, Nick seu meio-irmão e que iria receber uma herança de Palmer. Era estranho falar de dinheiro tão abertamente com Lia, mas ele queria contar a ela tudo o que havia acontecido. — E aí, hoje, a gente encontrou... bom, a gente encontrou uma coisa que talvez possa tirar a gente da Sociedade, mas acho que o Nick estragou tudo. Ainda não sei bem. — Alguns membros da Sociedade tinham entrado na sala de jantar e estavam petiscando junto à mesa do bufê. — Acho que é melhor a gente não ficar falando disso aqui.

— Será que a gente consegue ir embora já? — perguntou Lia.

Patch parou um pouco para pensar. Eles já tinham dado oi para Claire e para o Sr. e a Sra. Chilton.

— Acho que sim. Mas você vai ter que ir pegar nossos casacos. Se me virem lá na sala, vão perceber que a gente está indo embora.

— Sem problema.

Lia foi buscar os casacos. Patch ficou esperando onde estava e fez um gesto para que Lia o seguisse assim que ela voltou. Os dois saíram discretamente da sala de jantar e atravessaram o corredor até a cozinha. Uma equipe de garçons estava colocando canapés em bandejas e mal chegou a reparar na presença do casal.

Patch abriu a porta de serviço nos fundos ao lado da despensa, que dava para uma área de serviço com uma escadaria cinza, uma calha de lixo e lixeiras para reciclagem.

— Você já veio aqui antes? — perguntou Lia.

— Não. Mas a maioria dos apartamentos deste tipo tem uma escada nos fundos que dá para a cozinha — ele olhou para baixo. — A gente está só no sexto andar. Acho que a caminhada vale a pena.

Vestiram seus casacos e desceram os seis andares de escadas até o saguão, onde conseguiram escapar sem serem vistos. Dez minutos depois, já estavam sentados em um sofazinho na cafeteria favorita de Genie, na Segunda Avenida.

Pediram dois *cheeseburgers*, um café para Lia e um chocolate quente para Patch. Agora que estavam sozinhos de novo, Patch lhe explicou sobre a coleção de quadros roubados que eles tinham encontrado.

— Você não pode contar isso para ninguém, entendeu? — disse ele. — É o Nick quem vai decidir o que fazer com isso. E a gente prometeu não dizer nada até lá.

— Mas eu achei que você estava chateado por ele não ter conseguido tirar vocês da... você sabe.

— Estou, claro. Mas essa informação é a nossa última cartada. E acho que eu até já sei como a gente pode usar isso.

— Ai, você não para nunca, hein? — disse Lia, olhando para cima.

Ele ignorou a cutucada. Tinha algumas ideias, mas seu plano ainda não estava completo.

— Ainda nem contei tudo — disse ele. — Você sabe o que é um omento?

Lia balançou a cabeça. Patch explicou a ela o que era.

— Dizem que é um sinal de sorte quando uma criança nasce com isso.

— Você acabou de me dizer que herdou trinta milhões de dólares. Acho que é um belo sinal de sorte.

A garçonete chegou com as bebidas, e eles abaixaram a voz.

— O Parker me deu o maior sermão, falou que estava desapontado comigo e que nasci para a grandeza, mas que eu não tinha mostrado nada disso ainda.

— Por que Parker acha que é ele quem vai ver essa grandeza em você? — perguntou Lia. — Talvez a sua grandeza só não tenha aflorado ainda — e ela tinha razão. Do que valia a opinião daquele homem? Parker mal tinha consciência de suas próprias ações, por que então Patch deveria se importar com seu julgamento? — Você vai se dar bem — disse Lia. — Mas acho que não vai ser com a ajuda desses idiotas, não.

— Acho que você tem razão. Só acho que tudo ficaria muito mais claro para mim se eu conseguisse realmente entender o que rolou entre ele e a minha mãe. Por que ela se envolveria com Parker? Será que o meu pai não sabia? Minha avó não me diz nada... e talvez nem ela saiba exatamente o que aconteceu.

Lia tomou um gole de café.

— Bom, acho que só tem um jeito de resolver tudo isso — disse ela. — Sei que você não vai querer, e sei que não vai ser nada agradável.

— Como assim?

— Você precisa ir ver a sua mãe.

CINQUENTA E QUATRO

A festa dos Chiltons foi exatamente como Nick esperava: comida ruim e companhia pior ainda. Para economizar uns trocados, Letty Chilton tinha contratado um bufê de terceira categoria, o que ficou evidente pelos canapés secos que saíam da cozinha. A trilha sonora era de um rock chato e alto demais. Nick até gostava daquelas músicas, mas elas não tinham nada a ver com o ambiente. Nick pediu um martíni no bar, e tomou metade de um gole só.

Ainda estava chateado pela briga com Phoebe em Southampton. Todo mundo ficou quieto no carro durante a viagem de volta, a não ser por um ou outro comentário ou tentativa de Genie de puxar conversa. Phoebe tinha decidido voltar para casa antes para se trocar, e viria para a festa sozinha depois. Nick procurou Patch, mas não o encontrou.

Alguns minutos depois, Claire passou por Nick e o cumprimentou com um beijo na bochecha, o que era incomum.

— Oi, Nick — disse Claire, e ele acenou a cabeça em resposta. — Quer fumar um cigarro comigo?

Isso era estranho. Nick nem sabia que Claire fumava.

— Hum, claro — disse ele.

Ela fez um gesto para que ele a seguisse pelo corredor.

— Vamos lá para a biblioteca. Meu pai fuma charuto lá.

Nick acenou a cabeça e a seguiu até a biblioteca. Ele mesmo já não fumava mais, mas ficou curioso para saber o que ela tinha para dizer. Claire não tinha nenhum motivo para chamá-lo de canto assim. Talvez soubesse alguma coisa sobre o que eles tinham encontrado em Southampton.

Ela fechou a porta. A biblioteca era decorada com estantes de livro clássicas de carvalho e detalhes verde-escuros, embora tudo parecesse meio velho. Nick sabia que a mãe de Lauren havia sido contratada para redecorar o apartamento, mas estava bem claro que ela ainda não tinha começado o serviço.

Claire abriu uma das janelas e se sentou em um sofá de couro, pondo um cinzeiro grande de cristal ao seu lado.

— Meus pais não sabem que eu fumo — disse ela. — É claro.

Ela acendeu um cigarro e soprou a fumaça na direção da janela. Nick se sentou em uma poltrona de couro e ela lhe entregou o maço de cigarros.

— Parei no ano passado — disse ele, recusando. — Enfim... e aí, Claire?

— Queria conversar com você — disse ela. — Você sabe o quanto a Sociedade é importante para mim, Nick. De todo mundo na nossa turma, acho que sou a que mais leva isso a sério. Mas nunca consegui nenhum privilégio ou vantagem por causa disso. Vocês têm tudo... você é o Nick Bell, sabe. A Lauren tem a linha de joias dela. A Phoebe já fez uma exposição. E o Patch pode fazer o que bem quiser da vida. De todos vocês, de todos os quatorze, sou a única que realmente se importa com o grupo.

— Claire, não sei bem por que você está me dizendo isso...

— Fiquei sabendo que estão prestes a oferecer a você uma posição de liderança na sua turma — disse ela.

— Como assim?

— Só pode ser você, é claro. Seu pai é presidente. Seu avô era presidente emérito. Você é o próximo da fila.

— Isso não é bem verdade. Por que não o Henry ou o Benjamin?

— Acho que o seu pai está mais interessado em preparar você — disse ela. — O Henry e o Benjamin são inofensivos. Já foram domados pelas regras do grupo, além do que, eles nem são Conscritos mais. Seu pai quer dar a você essa posição para que continue sendo leal e não se perca sendo o líder dos Infiéis.

Nick olhou para ela como se não estivesse conseguindo acreditar.

— Você acha que sou o líder? E esse nome... alguém inventou esse nome, não foi a gente! Além do mais, como você sabe de tudo isso?

Ela soprou mais uma baforada de fumaça.

— Meus pais me contam tudo. Não sou como vocês... não vejo os meus pais como inimigos. Confio neles, e eles confiam em mim.

— Acho que eles não iriam gostar de saber que você está me contando isso.

— Escute. Acho que vai entender que o que estou pedindo faz sentido. É muito simples: quero a sua posição na Sociedade. Quero que você me passe a liderança.

— Claire, não tenho *posição* nenhuma. Sinceramente, você tem assumido muito mais um papel de liderança do que eu, sendo diretora do Comitê Júnior do baile e tal.

Claire rebateu essas palavras com um gesto da mão, dispersando a fumaça no ar.

— Isso é só um típico exemplo de machismo. Então as mulheres ficam cuidando de coisas tipo comitês de festas enquanto os homens comandam tudo e tomam decisões que realmente afetam o mundo? Quero mais do que o Comitê Júnior. Preparar convites não é lá uma grande lição de liderança, convenhamos.

— Tudo bem — disse Nick. — O que você quer que eu faça?

— Espera, você aceita então? — Claire pareceu surpresa.

— Claire, você claramente sabe muito pouco sobre mim e os meus amigos.

— Como assim? Só sei que os seus amigos não gostam de mim.

— Ah, por favor, não é verdade — disse ele, sem saber direito como responder. Ela olhou de lado para ele. — Tudo bem, é um pouco verdade, sim. Mas é que você não é muito legal com eles.

— Eu não me importo. Não estou aqui para fazer amigos.

— Claire, só me diga o que você quer que eu faça.

— Diga ao seu pai que devo ser a próxima líder dos Conscritos. O Charles está nesse cargo desde o outono, e sei que o seu pai quer você no lugar dele.

— Tudo bem.

— Puxa, que fácil — disse ela, apagando seu cigarro. — Achei que você ia brigar.

— Por que eu brigaria? — ele sabia que provavelmente não deveria estar fazendo essa pergunta, mas ficou curioso.

Claire pensou por um instante antes de responder lentamente.

— Sei de coisas sobre você, sobre a sua família, coisas que eu acho que você não gostaria que fossem reveladas. Sei que o Patch é seu meio-irmão. Sei que o seu pai contou isso a você na véspera do ano-novo. E que você nunca falou isso para o Patch. Seu pai contou para a minha mãe, e a minha mãe contou para mim.

Claire tinha razão. Na manhã da véspera de ano-novo, depois de todos aqueles dias horríveis na ilha de Ísis, seu pai o havia puxado de lado. Parker então contou que já havia tido um caso com a mãe de Patch, Esmé, e que era o pai biológico de Patch. Nick tinha acabado de começar a reatar sua amizade com Patch na noite anterior, e preferiu não dizer nada. Ele estava querendo dizer alguma coisa desde aquela manhã na biblioteca da Grande Casa de Campo, mas nunca tinha conseguido encontrar o momento adequado. Desde então, vinha tentando não pensar nisso. Era muito mais fácil não enfrentar esse assunto, fingir que essa informação nem sequer existia. Era mais fácil acreditar que tudo se esclareceria no devido tempo, e que ele não tinha nenhuma responsabilidade por isso.

Mais do que tudo, Nick queria que sua amizade com Patch voltasse a ser como era antes, quando Nick era um Bell e Patch era um Evans. Uma época em que eram grandes amigos.

No entanto, havia tomado a pior decisão e feito uma coisa pela qual Patch poderia nunca mais perdoá-lo: ele tinha escondido a verdade. Mas, desta vez, não teria medo.

— Tudo bem, e daí? — disse Nick.

— Achei que eu ia ter que ameaçar contar para o Patch que você já sabia — disse ela. — Acho que você não gostaria que ele ficasse sabendo disso, não é?

Nick suspirou.

— Claire, você nunca parou para pensar que é meio cansativo viver sob todos esses segredos? Eu vou falar com o Patch. E ele vai me entender. Mas não vou deixar você fingir que está me chantageando em troca de uma droga de posição na Sociedade. Você não entende que na verdade está é me fazendo um favor.

— Como assim? — perguntou ela, perdendo a pompa por um instante.

— A última coisa que quero na vida é ser líder dos Conscritos. Então você não está tirando absolutamente nada de mim.

— Olha, eu acho que... — ela se levantou, parecendo confusa.

— Boa noite, Claire. Vou falar o que você me pediu para o meu pai nos próximos dias. E, por favor, agradeça aos seus pais por esta festa *tão* legal.

Nick se virou e saiu da biblioteca, atravessando o corredor para pegar seu casaco. Ele até pensou em procurar Phoebe, mas achou que seria melhor dar um tempo para que ela esfriasse a cabeça. Enquanto descia pelo elevador, Nick só queria nunca mais ter que pisar no apartamento dos Chiltons de novo.

IV
O RETORNO

CINQUENTA E CINCO

Seis dias depois, ao bater da meia-noite, três caminhões enormes chegaram à Mansão Eaton em Southampton. Oito funcionários de preto que diziam ser de uma "empresa de entregas cinco estrelas" retiraram os quadros pela entrada dos fundos da casa principal. A empresa era conhecida por sua discrição, por isso não questionou o motivo de estar levando dezesseis pinturas de inestimável valor histórico para um galpão perto do Aeroporto Islip, em Long Island, onde as obras seriam embaladas novamente com os endereços de seus respectivos museus e proprietários, e então despachadas em aviões particulares.

Dois dias depois, Nick viu que a história estava nas capas de todos os maiores jornais do mundo. Como todos os museus haviam oferecido anistia em troca da devolução das obras, nenhuma investigação seria realizada. Alguns dos museus queriam identificar quem havia devolvido os quadros para poderem pagar uma recompensa, que, pelo menos em um dos casos, chegava a cinco milhões de dólares.

No entanto, como era de se esperar, e para o alívio das instituições, ninguém se apresentou.

No dia em que a história veio à tona, Nick pediu para que seu pai o encontrasse na casa da Sociedade, na East 66th Street. Nick se lembrou de dezembro, quando ele, Phoebe e Lauren haviam pedido a mesma coisa, mas não tiveram sucesso. Naquela ocasião, Charles Lawrence, o líder dos Conscritos, apareceu para encontrá-los no lugar de Parker e não lhes deu nenhuma resposta.

Desta vez, Nick escreveu um bilhete e o deixou na mesa do escritório de seu pai. Na parte de baixo do bilhete, Nick colou um recorte de uma matéria do *New York Times* falando sobre a devolução das pinturas.

Isso seria o bastante para convencê-lo, imaginou Nick.

Quando Nick chegou ao local marcado às três da tarde, Parker já estava esperando por ele. Seu pai estava sentado na sala de visitas do primeiro andar, tomando uma xícara de chá. A casa estava em silêncio, e Nick ficou pensando se alguém ficava por lá durante o dia, além da Administradora. Talvez um ou outro membro aproveitasse o lugar, mas a casa em maior parte parecia ser usada apenas para as festas.

— Nick.

Ele acenou a cabeça para seu pai.

— Preciso que você veja uma coisa — Nick pôs seu laptop sobre uma mesinha de café e então colocou um DVD.

— O que é isso? Nick, estou muito ocupado hoje. Não tenho tempo para ficar vendo nenhum vídeo caseiro seu.

Na tela, uma imagem apareceu. Nick ouviu seu pai engolir seco.

A primeira cena era uma tomada externa da Mansão Eaton, mostrando inclusive seu endereço. A câmera entrava então na casa, passando pela porta principal, depois pelo corredor, chegando à cozinha e descendo até o porão. Um marcador aparecia no rodapé da imagem, mostrando que as filmagens eram de dois dias atrás.

— Como diabos você...

— Ainda tem mais — disse Nick. — Fique vendo.

A filmagem continuava no porão. Uma equipe de homens da empresa de entregas estava desempacotando cada uma das obras para inspecionar e registrar suas condições. Vieram então tomadas em close de cada um dos quadros: o Degas, o Rembrandt, o Vermeer, o Pollock e até o Da Vinci forjado.

— Você precisa destruir essas imagens! — disse Parker. — O que passou pela sua cabeça? Como você teve acesso a isso? O Horatio ficou encarregado de cuidar disso com o máximo de discrição!

Dois dias antes, Nick e Patch haviam dito a Horatio que as obras precisavam ser filmadas por exigência da seguradora, caso alguma coisa acontecesse com elas durante o transporte. Querendo apenas continuar prestando um bom serviço ao seu finado patrão, o mordomo aceitou a explicação e permitiu que Nick e Patch filmassem todo o processo. Nick mal conseguiu acreditar quando viu que a desculpa tinha colado, mas ainda precisava que a próxima parte do seu plano desse certo.

O vídeo continuou, mostrando as pinturas sendo colocadas dentro dos caminhões, e depois os veículos deixando a propriedade pelo portão da frente.

— Nick, isso é absurdo. Não entendo por que você fez isso. O que você quer?

Nick se inclinou para frente e pausou o vídeo. Seu coração estava disparado.

— Nós temos cópias deste DVD prontas para serem enviadas a todas as maiores agências de notícias. *Times*, CNN, Reuters, Associated Press...

No entanto, Nick não mencionou que Patch também tinha enviado uma cópia para Eliot Walker, no Maine, que ficou de guardá-la em seu cofre no banco. Patch também já tinha colocado o vídeo em vários servidores remotos. Tudo isso para garantir que essas imagens continuassem intactas.

— Nick... — grunhiu Parker. — Não acredito que você fez isso! Você precisa destruir todos esses DVDs. Isso é um completo absurdo. Você faz ideia do tipo de estrago que isso pode causar? Vocês não podem mandar esses DVDs para ninguém!

— E não vamos mesmo — disse Nick. — Se você nos garantir uma coisa.

— O quê? Vocês querem ter acesso ao seu dinheiro agora? Isso não é nenhum...

— Não, pai. Acho que você já sabe o que nós queremos. Nós queremos deixar a Sociedade. Quero que você me libere, e o Patch, a Phoebe e o Thad também. Você vai ter que fazer isso... você não tem escolha.

— Seu avô não gostaria nada disso.

— Não tenho tanta certeza — disse Nick. — Acho que ele não morria de amores pela Sociedade tanto quanto você pensa.

— Bom, você vem se mostrando bem ousado ultimamente — disse Parker. — Eu ficaria até impressionado, se isso não me irritasse tanto. Você tem consciência de que isso irá afetar sua herança, não tem? E como consignatário dos depósitos que o Palmer deixou para você e para o Patch, posso dificultar muito o acesso de vocês a esse dinheiro.

— Tanto faz, pai. A gente não se importa com dinheiro. Nada disso importa para a gente. Nem o dinheiro do Palmer, nem a Associação Bradford, nem nada. O que importa para a gente é a nossa liberdade.

— Você está determinado a ser um Infiel até o fim, não é mesmo?

Nick deu de ombros para o comentário.

— Você vai ter que nos liberar. Como você vai fazer isso?

Parker parecia frustrado.

— Não sei... nós quase nunca... acho que vou ter que consultar o Conselho. Deve existir algum tipo de procedimento específico para isso. — Ele encarou Nick. — Você tem ideia do quanto isso está sendo uma decepção, Nick?

— Só para você, pai. Só está sendo uma decepção para você.

Nick se levantou, levando seu laptop com ele.

— Queremos isso resolvido nas próximas vinte e quatro horas — disse Nick. — Se você não fizer nada, vamos enviar as imagens. Pela internet e pelo correio. Vai sair em todos os jornais amanhã mesmo se você não nos der uma resposta.

— Você vai me deixar uma cópia do DVD? — pediu Parker. — Como vou provar para eles que isso é mesmo necessário?

— Tenho certeza de que você vai dar um jeito — disse Nick.

Ele se retirou, deixando seu pai para trás. A primeira coisa que ele quis fazer foi ligar para Phoebe e contar a ela que finalmente tinham conseguido, que eles seriam liberados. Sabia que isso era tudo o que ela queria.

Ele tinha deixado algumas mensagens para ela nos últimos dias, mas nenhuma foi respondida. Nick achou que ela ainda devia estar brava com ele pela briga, mas esperava que suas ações de hoje pudessem consertar as coisas.

Ele ligou para ela, mas a ligação caiu na caixa postal. Deixou uma mensagem curta pedindo para que ela ligasse de volta. Depois mandou um SMS dizendo apenas: *As coisas mudaram.*

CINQUENTA E SEIS

No terceiro dia das férias de primavera, Phoebe pegou um avião para Los Angeles. Ela foi ouvindo seu iPod, tentando se esquecer de tudo, na esperança de que estar a centenas de quilômetros de Nova York pudesse resolver alguns de seus problemas.

Tudo tinha começado mais ou menos uma semana antes, quando ela voltou para casa depois do coquetel dos Chiltons. Sua mãe anunciou que ela e Daniel estavam noivos. Os dois estavam bebendo champanhe na sala e a convidaram para ficar com eles, mas Phoebe recusou. Em vez disso, ela correu para o seu quarto e trancou a porta. Estava sentindo toda aquela loucura voltando, o pânico, as sensações sufocantes que ela tinha vivido no último outono quando as pressões da Sociedade tinham começado a aumentar. Não tinha só a ver com Daniel. Era mais pelo caso dos quadros roubados, e o jeito como Nick tinha lidado com aquilo. Será que seu namorado não tinha nem um pingo de coragem? Quando tentou se justificar para ela, Nick não foi nada diferente de seu avô, um covarde ladrão de quadros. Nada do que eles haviam feito nos últimos meses – tudo praticamente sob o comando de Nick – tinha servido em nada para ajudá-los a deixar a Sociedade. Ele era tão baixo quanto todos os outros, apenas mais um jogador no meio de um complexo jogo, armado para que eles se divertissem.

Alguns dias depois, ao perceber que a raiva ainda não tinha passado, ela comprou uma passagem para Los Angeles.

Agora, depois de embarcar em um avião no Aeroporto JFK, quase ninguém sabia seu destino. Nem Nick, nem sua mãe, nem Daniel. Nem mesmo seu pai, que era quem ela estava indo visitar.

A única pessoa que sabia para onde ela estava indo era Lauren. A amiga não a tinha encorajado a ir, mas prometeu guardar o segredo.

Nick tinha lhe deixado várias mensagens, mas Phoebe não respondeu nenhuma. Ela amava Nick, pelo seu humor, pelo seu lindo sorriso, pela sua visão de mundo, mas ela finalmente tinha admitido para si mesma que talvez eles não devessem ficar juntos. Nick Bell, o belo garoto que ela havia conhecido no último outono, não tinha se mostrado à altura de tudo o que ela esperava.

Phoebe checou o endereço na última carta que seu pai havia lhe enviado, e torceu para que ainda fosse o mesmo. Era uma casa em Hollywood Hills, um lugar muito cobiçado. Estava ansiosa para passar um tempo tranquila, ficar com seu pai, andar pelas longas ruas da vizinhança, pegar sol ao lado da piscina, ler um bom livro. Longe de tudo de Nova York.

Enquanto o avião começava a se preparar para decolar, e as atendentes de bordo pediam a todos para desligarem seus celulares, Phoebe recebeu uma mensagem de texto e uma de voz de Nick. Ela não se deu ao trabalho de ouvir a mensagem de voz, mas o SMS dizia: *As coisas mudaram.*

Ela duvidou.

O avião de Phoebe pousou em Los Angeles, fazendo com que ela acordasse de seu sono conturbado com o pescoço duro e dolorido. Desejou que tudo o que tinha acontecido tivesse sido só um pesadelo, mas sabia que não era verdade.

No táxi, saindo do aeroporto, ficou contente por ter trazido óculos escuros em sua bolsa, porque o sol do sul da Califórnia era de arder os olhos. Não estava muito calor, já que ainda era março, e a costa oeste não costumava ser tão quente na primavera quanto todo mundo imaginava, mas ainda assim, era ótimo sentir o sol brilhando em seu rosto.

O táxi parou em frente à casa. Phoebe pagou o motorista, apertou o interfone no portão e ficou esperando. Por fim, foi recebida por uma empregada, que a ajudou com sua mala de rodinhas.

A casa era bonita e branca, um sonho modernista do alto de uma colina. Ela nunca tinha estado ali antes, já que seu pai só havia comprado a casa depois que ela e sua mãe já tinham se mudado para Nova York. Havia um quadro de Andy Warhol logo na entrada, um com o rosto de Jackeline Kennedy. Seu pai devia estar bem de vida.

Preston Dowling, o pai de Phoebe, apareceu no saguão de entrada, usando um suéter e uma calça jeans, como se estivesse trabalhando em casa.

— Phoebe, como é bom ver você! — ele lhe deu um abraço. — Você não disse nada... está tudo bem? Você não me perece muito...

— Eu sei — disse ela. — Não estou nos meus melhores dias.

Ela sabia que seu cabelo estava ensebado, e que todo aquele estresse havia afetado seu corpo: ela estava com espinhas, pálida e com olheiras enormes.

— O que está acontecendo, querida?

Ele finalmente a soltou, e Phoebe percebeu que estava quase chorando.

— Pai, eu quero sair de Chadwick — disse ela. — Quero voltar para Los Angeles e morar com você.

CINQUENTA E SETE

A partida de Phoebe para Los Angeles foi um duro golpe para Lauren. Mesmo sabendo que a amiga tinha outros motivos, ela temia que seu comentário impertinente no coquetel dos Chiltons tivesse encorajado Phoebe a deixar a cidade. Lauren não conseguia parar de pensar naquela conversa, querendo encontrar alguma maneira de mudar suas palavras. Mas, independentemente do que Lauren havia falado, Phoebe tinha certeza de que passar um tempo longe de Nova York era mesmo o que ela precisava.

E talvez a viagem lhe fizesse bem. Lauren no fundo não sabia o que era melhor para a amiga.

Quando as férias da primavera começaram, a irmãzinha de Lauren, Allison, tinha acabado de voltar do internato em

Connecticut, cheia de histórias para contar para a irmã mais velha. Quando Lauren disse que logo estaria indo para Paris, Allison não conseguiu esconder sua decepção.

Foi só então que Lauren percebeu como tinha passado pouco tempo com sua família ultimamente. Sua mãe, Diana, vinha trabalhando sem parar no projeto para o apartamento dos Chiltons. Lauren nem sabia mais se elas teriam tempo para curtir seus rituais de primavera como no ano passado: caminhar pela Park Avenue para admirar os primeiros botões de tulipa, passear pelo Central Park e ver os primeiros barcos saindo do lago recém-descongelado.

Um dia depois de sua irmã ter voltado para casa, Lauren pegou o metrô para ir até a Giroux New York. Sebastian estava na área de vendas, acabando de conversar com Sabrina sobre uma vitrine.

— Posso falar com você? — perguntou Lauren, sentindo sua boca ficando seca. Ela e Sebastian tinham se aproximado muito nos últimos meses, e agora era como se ele fosse um estranho.

— Claro — disse ele. — Venha comigo. Como está a minha *designer* favorita? Já fez as malas para Paris?

Lauren respirou fundo. O charme de Sebastian estava dificultando as coisas.

— Sebastian... — por fim disse ela. — Eu não posso ir nessa viagem.

— Não... Lauren! Você tem que ir! Não se pode perder uma oportunidade dessas!

— Eu sei — disse Lauren calmamente. — Eu só...

Eles entraram no escritório de Sebastian, e ela se sentou. Sebastian olhou para ela com um ar sério por cima de sua mesa abarrotada de papéis e esboços.

— O pessoal da Colette vai ficar muito decepcionado. Enfim, posso perguntar por quê? Aconteceu alguma coisa?

— Mais ou menos — disse ela. — Só acho que deveria estar me concentrando mais nos meus estudos. — Não era uma boa desculpa, mas ela não sabia como expressar o que realmente estava sentindo.

— Mas Lauren, minha querida, você está de férias — disse Sebastian. — Que tipo de coisa você poderia estar estudando agora?

— Não é só isso. Preciso voltar a me sentir como uma pessoa de verdade de novo — disse Lauren. — Uma pessoa da minha idade não viaja para Paris para lançar uma coleção de joias. Não quero todo esse estresse na minha vida. Achei que queria, mas na verdade não quero, não. Sei que eu consigo aguentar e que tenho o resto da minha vida para tentar de novo, mas nunca mais vou ter a idade que tenho agora.

— Lauren, você está perdendo uma tremenda oportunidade. Você não percebe que muitas pessoas fariam de tudo para estar no seu lugar?

— Sim — disse Lauren, acenando a cabeça. — Sei, sim.

Era justamente por isso: ela sabia o que tinha feito para chegar onde estava.

— O pessoal da Colette vai adorar suas joias. Mas não sei se eles vão ficar muito contentes se souberem que você não poderá estar lá para o lançamento.

— Acho que vou ter que correr esse risco então — disse Lauren. — Se você não conseguir devolver a passagem, pago do meu bolso. É a coisa certa a fazer — ela se lembrou de que Thad não poderia mais viajar também, mas ele iria entender. Enquanto ela continuasse trabalhando na Giroux New York e com Sebastian, nunca conseguiria se desligar da Sociedade. Por mais que ela tentasse fugir desse fato, era impossível negar.

— Não é pelo dinheiro! — disse Sebastian. — É pela experiência. Você não vai mais cuidar do resto da coleção?

— Isso é outra coisa — disse Lauren. — Adoro o meu trabalho. Adoro mesmo. Mas preciso dar um tempo. Minhas joias não têm mais originalidade, não para mim, pelo menos. Tudo é inspirado em peças antigas, reformuladas com meus próprios toques. Isso pode vender bem porque as pessoas gostam, mas não é o que eu quero fazer da vida.

Sebastian ficou em silêncio por um momento.

— Bom, por essa com certeza eu não esperava. Eu não tinha ideia. Agora não vou ter outra escolha a não ser descartar a coleção.

— Eu entendo — disse Lauren, acenando a cabeça.

Sebastian chamou Sabrina pelo intercomunicador, pedindo para que viesse até o seu escritório.

— Lauren, vou ter que pedir para que você esvazie seu escritório — disse ele. — Vamos chamar um táxi para você. E amanhã mesmo, vou entrar em contato com a nossa equipe legal para encerrar as nossas relações.

— Obrigada, Sebastian — disse ela.

Uma hora depois, ela deixou o prédio na 14th Street, seguida por dois seguranças carregando caixas cheias de esboços, cadernos e itens pessoais.

Lauren podia ter acabado de perder tudo o que tinha no mundo da moda, mas estava se sentindo mais livre do que nunca.

CINQUENTA E OITO

Depois da conversa com seu pai na casa da Sociedade, Nick passou a noite no apartamento de Patch, já que esse parecia ser o único lugar seguro para se ficar. Depois que fossem liberados oficialmente da Sociedade, não haveria problema em voltar para a casa de seus pais, mas, até lá, ele preferia não se arriscar. Tirou seu computador e todas as coisas mais importantes de seu quarto e agora estava acampando na sala de Patch.

Mais do que tudo, era importante estar perto de seu irmão.

A manhã seguinte passou devagar. Genie achou que os garotos não deveriam sair de casa até que soubessem o que iria acontecer. E até o meio-dia, nada havia sido dito.

— Isso é a cara deles — disse Patch. — Deixando tudo para a última hora.

— Pelo menos estamos preparados — disse Nick. — Já liguei para a Lauren e o Thad. Se o Conselho não concordar, vamos mandar os DVDs e os e-mails.

— E a Phoebe? — perguntou Patch.

Nick encolheu os ombros.

— Não sei onde ela está. A Lauren falou que ela foi viajar, mas não me disse para onde.

— Essas meninas... — grunhiu Patch. — Não contei nada para Lia desde que você falou com o Parker. Não queria que ela ficasse assustada. — Ele começou a andar de um lado para o outro na sala. — Meu Deus, por que eu não consigo chamar o Parker de *pai*?

Genie apareceu na porta da cozinha.

— Porque ele não é seu pai, Patch. Seu pai é quem criou você. O Parker pode ser seu pai no sentido biológico, mas não no emocional.

Patch acenou a cabeça, melancólico, e olhou para Nick. Os dois queriam muito ter uma conexão com o pai, mas ele havia tornado isso impossível. Talvez a única coisa mais próxima de família que eles poderiam ter era Genie e um ao outro.

O telefone tocou, e Genie atendeu com uma voz seca.

— Acho que é para você — disse ela para Nick.

Nick atendeu ao telefone. Era Charles, pedindo para que fossem até a casa da Sociedade às duas da tarde.

Patch avisou Lauren e Thad rapidamente.

Nick ficou tão nervoso que quase achou que ia vomitar. O dia pelo qual eles tanto esperavam finalmente havia chegado.

Na entrada da casa da Sociedade, havia uma câmera de segurança virada para a porta da frente. Patch foi o primeiro a notar.

— Não tinha reparado nisso ontem — disse Nick. — Acho que eu não estava prestando atenção.

— Fico surpreso — disse Patch. — Mas por que isso? Achei que eles não queriam que tivesse nenhum registro das pessoas entrando e saindo deste lugar.

Nick balançou a cabeça. Estava cansado de especular sobre a Sociedade.

Mais adiante, Thad e Lauren estavam vindo pela rua em direção ao prédio. Os quatro haviam combinado que entrariam juntos na casa. Pediram a Genie para que avisasse a polícia e colocasse todos os DVDs em uma caixa de correio, caso eles não se encontrassem com ela dentro de duas horas em um local predeterminado.

Nick sentiu uma pontada de angústia enquanto subiam os degraus do prédio com paredes de arenito. Nick tinha esperança de que Phoebe pudesse aparecer, que ela na verdade não estivesse viajando.

— Espera — disse ele para Lauren. — E a Phoebe? Ainda está viajando?

Lauren acenou a cabeça.

— Desculpa, Nick. Conto para você onde ela está depois que tudo isso terminar. Prometi para ela que não contaria, mas você merece saber.

Aquilo parecia tão sério. Onde ela estava? Tinha conhecido outra pessoa? Nick ficou com o estômago embrulhado só de pensar.

Assim que chegaram ao último degrau, Charles Lawrence abriu a porta. O batedor no formato de cabeça de leão ficou balançando levemente com a brisa enquanto ele segurava a porta aberta para que todos entrassem.

Dois dos Guardiães, membros da equipe de segurança particular da Sociedade, estavam no vestíbulo da casa sobre o tapete oriental da entrada.

— Vamos precisar revistar vocês — disse um deles. — Nada de aparelhos de gravação, entendido?

Nick acenou a cabeça para os outros.

— Vai dar tudo certo — sussurrou para Lauren e Thad. No entanto, ele mesmo não tinha essa certeza.

Patch não parava de olhar para os lados, como que tentando entender o que estava acontecendo. Nick apertou seu braço para confortá-lo enquanto eram revistados pelos Guardiães.

— Venham comigo — disse Charles. Ele os levou por um corredor, passando pela escada principal. Depois de apertar um botão na parede, uma porta se abriu, dando acesso a um elevador.

— Você está louco se acha que a gente vai entrar aí — disse Lauren.

— Se vocês quiserem desistir, tudo bem — disse Charles, encolhendo os ombros.

— Não, tudo bem — disse Nick, dando um passo à frente. — É só um elevador. Nós já conhecemos os andares lá de cima e sabemos o que tem lá, mais ou menos.

Os quatro entraram junto com Charles e um dos Guardiães. O elevador era grande, mas ainda assim ficou apertado.

Charles apertou um botão e, para a surpresa de todos, o velho elevador começou a descer. Nick pegou a mão de Lauren, sentindo que ela estava com muito medo. Ele não sabia o que estava lhe dando toda essa confiança para seguir em frente, mas estava tomado por uma certeza de que iriam conseguir. No entanto, lembrou-se de que já tinha tido muitas certezas nos últimos seis meses e que havia se enganado sobre muitas delas.

O elevador desceu pelo que pareceram ser dois andares. Saindo do elevador, entraram em uma sala comprida com acabamento de madeira. Nas paredes, havia quadros de avisos com recortes de jornais, mapas, fotografias, e-mails impressos e várias listas. Uma série de armários de arquivo se estendia pela parede à esquerda, com vários monitores de tela plana logo acima, sendo que um deles estava monitorando a entrada da frente e os demais estavam ligados em canais de notícia no mudo. Uma prateleira próxima parecia estar cheia de anuários e outros arquivos. À direita, havia quatro mesas antigas de secretária, alinhadas perfeitamente em uma fileira, com computadores, impressoras, uma máquina de fax e telefones PABX. Em frente às mesas, havia uma grande mesa oval de reunião feita de carvalho, que era muito similar às que eles tinham nas salas de aula em Chadwick. Nick reparou que, ao longo das paredes e em frente às mesas, havia hastes de cortina presas ao teto. Cortinas aveludadas de um tom de vinho profundo estavam abertas em todos os quatro cantos da sala.

— Vocês devem estar perguntando por que deixamos as cortinas abertas hoje — era o pai de Nick quem estava falando, na ponta oposta da sala, em frente a uma porta. — Nós chamamos este lugar de Sala de Guerra. Alguns Anciães queriam esconder as nossas operações, manter tudo por baixo do pano hoje. Mas achei que vocês deveriam ver o que acontece aqui antes de nos deixarem. Queria que vocês vissem todo o trabalho que é feito por esta organização. Esta sala quase nunca fica vazia. É aqui onde tudo acontece. É de onde todas as mensagens de texto são enviadas por aparelhos de alta tecnologia. É aqui que decidimos quando e como vamos nos reunir, ou como vamos conectar vocês a novas oportunidades. A maioria dos seus colegas nunca conhecerá este lugar.

A sala era um contraste de elementos antigos e modernos. Os computadores eram de última geração, mas as lâmpadas e luminárias que iluminavam o ambiente podiam ter mais de cem anos. As cortinas cor de vinho pareciam ter saído de algum teatro antigo da Broadway.

Nick olhou para Patch, e seu irmão conseguiu apenas balançar a cabeça.

— O que você acha? — sussurrou Nick.

— Não sei bem o que dizer — disse Patch.

Nick decidiu se pronunciar.

— Por que você está mostrando isso para a gente?

— Boa pergunta — disse Patch, olhando para os quatro. — Estou fazendo isso porque é importante que vocês entendam o valor das oportunidades que receberam. A Sociedade é um mecanismo que poderia ter ajudado muito suas vidas. Mas, infelizmente, todos vocês decidiram jogar isso fora.

Ele fez um gesto para que eles o seguissem.

Depois da porta, havia uma outra sala, mas esta estava cheia de gente.

CINQUENTA E NOVE

Lauren estava por último enquanto os quatro eram levados pela porta. A sala seguinte era octogonal, com paredes de listras brancas e pretas, um piso branco reluzente e um candelabro de luzes fracas no centro. Ela tentou se preparar para o que estava por vir.

De um lado, enfileirados, estavam seus mentores: Charles, Emily e Anastasia, além de Hunter, que vinha sendo o mentor de Thad.

Do outro, estava Parker Bell, junto com Katherine Stapleton, a Administradora.

— Acho que todos nós sabemos por que vocês quatro estão aqui — disse Parker Bell. — Vocês nos decepcionaram muito, então decidimos aceitar seu pedido para deixar a Sociedade.

— Calma — disse Nick. — E a Phoebe? Você prometeu que ela ia ser liberada também.

— A senhorita Dowling também será liberada, mesmo estando ausente. O mentor dela está aqui e vocês servirão como testemunhas do seu desligamento.

Anastasia pareceu enxugar uma lágrima.

— Meus cinco Infiéis — continuou o Sr. Bell. — Estou certo de que a esta altura, vocês já saibam que é assim que vocês estão sendo chamados. Um infiel é uma pessoa que não acredita em uma religião. Há também a palavra *infidelidade.* Ou seja, o ato de ser falso. De não agir com fidelidade. Todos vocês não têm fé. Vocês não têm fé, tampouco confiança em nós.

À sua esquerda, os quatro mentores estavam circunspectos, como se eles também tivessem fracassado.

— Hector, abra as portas.

Um dos Guardiães abriu dois dos painéis. Eles revelaram um porão inacabado, no centro do qual havia uma fornalha gigante com uma porta de ferro.

— Mentores!

Os quatro mentores deram um passo à frente, cada um segurando uma máscara de plástico, as mesmas da Noite do Renascimento nas quais todos os Iniciados haviam deixado as marcas de seus rostos. Lauren recebeu sua máscara de Emily e, por conta da ausência de Phoebe, acabou ficando com a máscara da amiga também. Jeremy entregou a de Thad para ele. Charles estava com as máscaras de Nick e Patch, ainda que Patch não tivesse participado daquela noite. Ele entregou uma para cada um deles.

Hector abriu a porta de ferro que dava para a fornalha.

— Queimando suas máscaras — disse Parker. — Vocês estarão destruindo as suas identidades enquanto membros da Sociedade.

— Será que devemos mesmo fazer isso? — sussurrou Lauren para Nick. O calor da fornalha estava dominando a sala, elevando a temperatura.

— Acho que sim — disse ele.

Cada um dos quatro veio à frente, um após o outro, e então jogou sua máscara na fornalha aberta. Um cheiro tóxico de plástico queimado inundou o ar.

— Agora, os pergaminhos — disse Parker.

A Administradora lhes entregou cinco pergaminhos que representavam cada um dos membros. Mais uma vez, Lauren recebeu o de Phoebe. Eram os mesmos pergaminhos que haviam sido mostrados a eles na Noite do Renascimento.

Ao comando de Parker, cada um deles jogou seu pergaminho na fornalha. Com um estalo sinistro, Hector fechou a porta, avivando as chamas ainda mais.

— Essas chamas representam seu esquecimento, seu esquecimento de tudo o que aconteceu na Sociedade. Vocês já sofreram consequências dentro da Sociedade, e, mesmo fora dela agora, voltarão a sofrê-las caso revelem suas histórias. Talvez vocês estejam se perguntando por que não estamos pedindo para que vocês assinem nenhum contrato de confidencialidade — ele fez uma pausa. — Mas acho que vocês sabem que tudo isto aqui está acima da lei.

— E as nossas tatuagens? — perguntou Patch. — Como vamos nos livrar delas?

— Nós não podemos remover suas tatuagens. Vocês podem tentar. Mas pelo que sei, alguns traços continuarão para sempre em vocês — ele então se virou para Nick. — Não vou pedir uma cópia daquele filme ridículo que vocês fizeram. Sei que existem várias cópias espalhadas por aí, e confiscar apenas uma delas não mudaria nada. Mas eu posso lhes garantir que, caso esse vídeo algum dia venha a público, vocês cinco sofrerão graves consequências. Se eu fosse vocês, destruiria todas as cópias. Essa é a única forma de garantir que seus herdeiros não façam nenhuma besteira com elas no futuro — ele fez uma pausa. — Charles, acho que já encerramos aqui. Por favor, acompanhe os quatro de volta até a rua.

Depois de alguns minutos, já estavam do lado de fora. Tudo tinha acontecido muito rápido, mas Lauren ainda estava nervosa. Seu rosto estava ardendo pelo calor da fornalha, e sentir o ar gelado da rua foi revigorante. Ela abraçou Thad, sentindo-se fraca.

— Quanto drama, hein? — disse Patch.

— Eu nem sei o que pensar — disse Thad. — Será que eles não podiam só ter picado as nossas carteirinhas, ou alguma coisa assim?

Nick abriu um sorriso soturno para Thad pela sua tentativa de piada. Claro, todos sabiam que eles não tinham carteirinhas.

Lauren se deu conta de que nunca tiveram nada para provar que eram membros, a não ser tatuagens em seus pescoços. Agora precisariam dizer que foram feitas por algum tatuador qualquer.

— A gente pode ir andando? — disse Lauren. — Juro que nunca mais quero passar por esta rua.

Os quatro começaram a andar.

— Lauren, você pode me fazer um favor? — perguntou Nick.

— Claro.

— Me diga onde a Phoebe está, por favor.

— Desculpa por não ter falado, Nick — disse Lauren, virando-se para ele. — Ela foi para Los Angeles passar uns dias com o pai. A mãe dela me ligou hoje de manhã, na verdade. Ela ficou muito preocupada porque a Phoebe saiu sem avisar, e estava tentando entender por quê. Aí eu disse que foi por causa do Daniel. Sei que esse não era o único motivo, mas acho que a Phoebe quis deixar claro para a mãe que não confia nele.

— Você pode ligar para ela por mim? Para contar o que aconteceu. Quero que ela volte para casa. — Ele fez uma pausa, olhando para a casa da Sociedade ao longe. — Quero que ela saiba que tentei consertar as coisas.

— Ligo, sim — disse Lauren, apertando o braço de Nick. — Eu prometo.

SESSENTA

Patch e Nick estavam caminhando pela Quinta Avenida, indo em direção ao Museu Metropolitano. Eles haviam se separado de Lauren e Thad, que foram para o apartamento de Lauren. Ela ainda estava bastante abalada por tudo o que tinha acontecido, mas Thad prometeu lhe fazer companhia. Agora, Patch e Nick estavam indo se encontrar com Genie no lugar combinado.

Mesmo sentindo aquele gelado ar de março, Patch ainda não conseguia acreditar no que tinha acabado de acontecer. Tudo ligado à Sociedade tinha um quê de irreal – os rituais, as reuniões, as festas –, mas, mesmo assim, a última hora havia sido ainda mais estranha do que tudo isso. Patch esperava que eles estivessem livres daquele grupo, pelo menos por enquanto. Ainda havia, é claro, muito a ser discutido. Patch não sabia se algum dia teria alguma relação com Parker Bell. Não sabia nem se Nick conseguiria voltar a viver com seus pais. Talvez Nick pudesse vir morar com Genie e ele – isto é, se o seu pai não tentasse despejá-los do prédio ou ameaçá-los de alguma outra forma.

Patch suspirou. Tudo era tão complicado, toda essa confusão na qual tinham se metido desde o último outono. Ou, talvez, por terem nascido nesse meio, nunca tiveram nenhuma escolha mesmo. Queria que eles pudessem fugir de tudo aquilo, da Sociedade, de suas vidas, de Nova York. Talvez algum dia conseguiriam.

Por ora, Patch decidiu que deveria ser grato pelas coisas que realmente importavam. Pela chance de se ver livre da Sociedade. Por Lia. Por Genie. Por Nick.

Entraram no Museu Metropolitano, pagando apenas um dólar na *cara dura* – na verdade, os vinte dólares eram apenas um valor "sugerido" – e piscando para o bilheteiro enquanto passavam. Os dois haviam combinado de se encontrar com Genie no jardim chinês na Corte de Astor, no segundo andar, logo acima da ala egípcia. Patch não sabia por que tinham escolhido essa sala em particular do museu; talvez por Parker Bell odiar arte chinesa, pelo menos segundo Nick.

Genie estava em um pequeno pátio que havia sido recriado dentro do museu, uma réplica de um verdadeiro pátio chinês do século XVII.

— Ah, graças a Deus! — disse Genie, enquanto corria para receber os meninos. — Estou aqui roendo as unhas já faz meia hora. Estava quase ligando para a polícia.

— Vamos sentar — disse Patch, pegando sua avó pelo braço.

— Na Corte de Petrie? — sugeriu Nick, referindo-se ao café no museu com vista para o parque. Patch e Nick tinham passado boa parte da infância tomando o chocolate quente de graça que era oferecido pelas garçonetes que se divertiam vendo aqueles dois garotinhos que mal alcançavam as mesas.

Assim que chegaram ao café, Patch se virou para Nick.

— Nick, eu...

Em frente às janelas do café, estava a Agulha de Cleópatra, o monumento onde Jared Wilson havia sido morto. O obelisco estava bem ao longe, mas ainda visível.

— Relaxe — disse Nick, puxando uma cadeira. — É só um monumento. Só isso e nada mais. O que aconteceu com o Jared não muda isso.

Patch entendeu a mensagem de Nick. Eles tinham que parar de ter medo de tudo. Isso era parte da discussão entre Nick e Phoebe que Patch tinha ouvido em Southampton. Nick parecia ter pensado bastante no assunto.

Genie pediu chocolate quente para os três e diversas sobremesas em miniatura, do tipo que vinha em uma torre com três pratos. A garçonete se retirou, e Nick pareceu ficar nervoso.

— Patch, preciso contar uma coisa para você — disse Nick, olhando primeiro para Patch, depois para Genie. — Para vocês dois, na verdade. Acho que devo desculpas para vocês dois.

— Não entendi — Patch franziu a testa. — Por quê?

Nick respirou fundo.

— Eu sabia tudo sobre você ser meu irmão há algum tempo. Meu pai me contou sobre o que aconteceu entre ele e a sua mãe no dia depois da sua iniciação na ilha de Ísis. Queria ter contado antes para você, mas não sabia como. Era uma coisa muito séria, e eu não queria arriscar a nossa amizade de novo. Mas aí começou a história do desafio do Palmer... e eu nunca encontrei um bom momento.

Patch olhou para Nick com um ar irritado.

— Nick, você podia ter me contado a qualquer momento! Será que nunca vou poder confiar em você? Isso é igualzinho ao que você fez no ano passado, quando não me contou o que estava rolando com a Sociedade...

— Meninos... — interrompeu Genie. — Vocês precisam confiar um no outro. Na verdade, vocês não têm escolha. E, pelo amor de Deus, Patch, escondi esse segredo de você durante quase dezessete anos. Você acha que eu não sabia o tempo todo? Que não queria ter contado a você? Que não sofri a cada dia sem saber se estava fazendo a coisa certa ou não? Desde que sua mãe foi internada, ficou tudo por minha conta. Eu não disse nada também. Com o Nick, foram só alguns meses. Você precisa perdoar.

Os pratos com os docinhos chegaram, e os meninos pegaram alguns, escolhendo as tortinhas de framboesa e os bolinhos de groselha com cobertura de limão.

Talvez Genie tivesse razão. Talvez Patch precisasse entender seu irmão. Nick só estava querendo fazer a coisa certa, e obviamente estava sob muita pressão.

— Eu só queria entender o que realmente aconteceu entre a minha mãe e o nosso pai — disse Patch. — Por que ela faria isso? Por que ela não contou nada para o meu pai... digo, para o Patch Jr.?

— Sua mãe tinha vergonha — explicou Genie. — Mas queria muito ter um filho. Ela e o seu pai não tinham conseguido ter filhos, ou pelo menos, ainda não. Quando ela ficou grávida, todos nós ficamos muito felizes. Eu não sabia de nada no começo. Ela só foi me contar lá pela metade da gravidez. Foi um choque e tanto, mas, no final das contas, o que mais importava era que Esmé e Patch teriam um filho.

Patch acenou a cabeça.

— Mas por que... por que o Parker? Digo, sem querer ofender, Nick, mas aquele cara é um monstro — um monstro, pensou Patch, que era seu pai verdadeiro.

Nick pareceu ficar triste, mas não surpreso. Ele se virou para Genie.

— Isso eu não sei responder — disse ele.

— Ele era maravilhoso naquela época — disse Genie. — Tão bonito e charmoso. Todas as mulheres o adoravam. Olhando agora, ele e a Esmé tinham mesmo uma ligação um tanto curiosa. Eles se davam bem. Acho que foi só depois que seu pai se tornou... não sei bem qual palavra usar... acho que se tornou um sujeito torpe, calejado. Talvez por culpa do Palmer.

— E o meu pai sabia disso? — perguntou Patch.

— Acho que ele acabou descobrindo — disse Genie. — Eles tiveram uma briga. Foi uma época horrível quando isso aconteceu... foi como se duas partes de uma mesma família tivessem se separado. E então seu pai se afogou. Aquele final de semana era para ser uma reconciliação entre eles. Mas isso nunca aconteceu.

— Preciso mostrar uma coisa para vocês — disse Nick. — Para vocês dois. Talvez a senhora já tenha visto, Genie, mas o Patch tenho certeza que não. É uma placa memorial para o seu pai, para Patch Jr., na praia.

— Já vi, sim — disse Genie. — Mas acho que o Patch deveria ver também.

— Nunca mais quero voltar naquela casa — disse Patch. — Desculpa, Nick, só me sinto estranho, depois de tudo o que o seu pai fez.

— Entendo — disse Nick. — Também não me sinto muito bem.

— Genie, eu queria saber mais sobre a minha mãe — disse Patch. — De como ela era antes de ficar louca.

Genie suspirou.

— Patch, acho que não sou eu quem deveria contar essas histórias para você. A Esmé nunca retornou sua ligação, não foi?

— Patch tinha deixado uma mensagem para ela, mas não tinha recebido nenhuma resposta ainda.

— Não mesmo — disse Patch.

— Acho que deveríamos ir visitá-la — disse Genie. — Sei que você não quer, mas essa é uma coisa que precisamos fazer. Ela sempre teve tanto medo de que você descobrisse. Acho que se você contar a ela que ficou sabendo sobre o Parker, e que você entende a situação... pelo menos até onde é possível... acho que isso poderia ajudá-la.

— Será que algum dia ela vai poder voltar para casa? — perguntou Patch.

— Não sei — disse Genie, com um ar de incerteza. — Acho que só o tempo dirá. Mas o primeiro passo para isso é ir visitá-la. Acho que deveríamos fazer isso mais vezes, nós dois juntos. Eu tentei proteger você dessa situação todos esses anos, mas você está crescendo, e é hora de tentar consertar as coisas. Você precisa ter algum tipo de relação com a sua mãe, por mais complicada que possa ser.

— Quando a gente pode ir? — perguntou Patch. — Hoje?

— Acho que nós já tivemos um dia cheio demais hoje — disse Genie, franzindo a testa. — Vamos descansar um pouco. Que tal amanhã? Vamos amanhã.

Patch acenou a cabeça. Sentado ali com sua avó e seu meio-irmão no conforto da Corte de Petrie, ele começou a sentir que talvez, apenas talvez, os fios soltos de sua vida estivessem começando a se encontrar.

SESSENTA E UM

Nick, Patch e Genie saíram do museu. Já era quase hora de fechar, e os turistas estavam amontoados na calçada em frente à entrada. Um cheiro estranho e adocicado dos pretzels, cachorros-quentes e castanhas torradas pairava no ar.

— Podem ir na frente — disse Nick. — Quero ficar aqui mais um pouco.

Ele ficou sentado em um degrau enquanto via Patch e Genie atravessando a rua, voltando para o prédio onde todos eles moravam.

Nick não sabia se poderia voltar para a sua própria casa ou se teria que morar com Patch por enquanto. Ele já tinha quase se esquecido, mas estava com uma viagem marcada para dali a alguns dias. Meses atrás, antes de tudo isso ter acontecido, a mãe de Nick havia preparado um roteiro que passaria por doze faculdades em sete dias, para que conhecesse cada instituição. Ele deveria estar empolgado com essa oportunidade de recomeço, mas, agora, o que realmente queria era tentar reorganizar sua vida antes de embarcar em qualquer coisa nova. Mais do que tudo, Nick queria comprar uma passagem para a costa oeste e ir atrás de Phoebe. Depois de pensar em tudo aquilo pelo que tinham passado, agora entendia o quanto ela estava sofrendo, e como ela tinha sido sincera naquela conversa na cozinha em Southampton, quando disse todas aquelas coisas que o magoaram. Ela tinha razão: ele vinha se preocupando mais com sua própria família do que com qualquer outra coisa, mais do que com dela. Ele nunca mais queria fazer isso. Mas, mesmo querendo vê-la, Nick sabia que precisava dar a Phoebe o tempo que ela merecia para pensar na vida. Lauren já havia prometido ligar para ela. Cedo ou tarde, Phoebe voltaria para casa.

Nick olhou para o seu prédio do outro lado da rua. Aquela construção imponente sempre tinha sido um símbolo de tudo o que a família Bell representava para ele: força, tradição, segurança. No entanto, desde que tinha descoberto a Sociedade, tudo aquilo parecia ser só uma grande mentira. Algum dia voltaria a sentir um quê de realidade no mundo, ou tudo continuaria parecendo falso como aqueles rituais da Sociedade, com seus truques dramáticos baratos para assustar as pessoas?

O legado de seu avô também parecia falso. Palmer havia construído um império bastante dúbio, respeitado por muitos, mas ainda assim, para quê? Aquele homem tinha feito alguma coisa na vida além de mentir, conspirar e roubar?

Nick atravessou a rua, passando com cuidado pela faixa de pedestres. Enquanto se aproximava do prédio, viu seu irmão, Benjamin, saindo de uma limusine preta. Nick não sabia que ele estava na cidade.

— Ben! — chamou ele, correndo para alcançá-lo. — Achei que você estava na Flórida. — Ele deveria estar passando as férias de primavera com os amigos da faculdade.

— Tive que voltar para resolver um assunto — disse Ben. Ele não costumava falar assim. Em geral, o único assunto com que ele se preocupava era curtir com os amigos.

— Você soube do que aconteceu? — Nick achou que não haveria problema em falar sobre isso com seu irmão. Afinal, o que poderiam fazer com ele?

— Soube sim, Nick — ele parecia abatido, mas não com aquele estranho ar de decepção egoísta de seus mentores. Aquilo era diferente, era uma tristeza genuína.

— O que foi?

Ben olhou para ele.

— Tinha uma coisa que o Palmer sempre dizia, e que agora o papai disse também. É uma frase em latim: *Alea jacta est*. "A sorte está lançada."

— O que isso quer dizer?

Ben olhou com um ar nervoso para as portas do prédio, como se não quisesse que ninguém o ouvisse.

— Nick, você pode achar que conseguiu se livrar da Sociedade, mas isso nunca vai acontecer.

Seu irmão abriu a porta traseira da limusine e entrou, fechando-a logo em seguida. Nick ficou na calçada, atônito, enquanto o carro se afastava do prédio e se misturava ao resto do trânsito que inundava a Quinta Avenida.

FIM